LE JOUR DE MA MORT

DU MÊME AUTEUR
CHEZ SONATINE ÉDITIONS

Adieu, 2011
Qui ?, 2013
Deux gouttes d'eau, 2015
Hortense, 2016
Sauvez-moi, 2018

CHEZ D'AUTRES ÉDITEURS

La Longue Peine, Calmann-Lévy, 1989
Gens de l'Est, La Découverte, 1992
La Femme du monstre, Anne Carrière Éditions, 2007
La Théorie des six, Anne Carrière Éditions, 2008
Ce soir je vais tuer l'assassin de mon fils, Anne Carrière Éditions, 2010
Grands criminels de l'histoire, Éditions Radio France, 2012
Scènes de crime, Presses de la cité, 2015
Tu me plais, Le Livre de poche, 2015
Ne nous quittons pas, Albin Michel, 2017

Jacques Expert

LE JOUR DE MA MORT

SONATINE ÉDITIONS

Directeur de collection : François Verdoux
Coordination éditoriale : Tania Capron

Sonatine Éditions
32, rue Washington
75008 Paris
lisezsonatine.com

Ouvrage réalisé par Cursives à Paris

ISBN 978-2-35584-757-8
N° d'édition : 757 – Dépôt légal : avril 2019

Avant de me coucher, je vérifie toujours mon matériel. Je suis, je le reconnais volontiers, un peu maniaque.
Pour moi ce n'est pas un défaut. Je dirais même que c'est une qualité. Car c'est aussi une question de sécurité. «Prudence est mère de sûreté», disait ma mamie. Elle avait tellement raison! Si, un jour, vous souhaitez prendre exemple sur moi, retenez cette première leçon : ne négligez jamais rien, jusqu'au détail qui vous paraît le plus insignifiant. Le risque se loge souvent là où on l'attend le moins. C'est une nécessité d'être maniaque... Prudence est mère de sûreté...

Tout est en ordre dans ma banane, rien ne manque. Mon Opinel est parfaitement aiguisé, coupant à souhait. Un régal de précision. Un sac plastique, plié avec soin, est glissé dans la poche droite de mon blouson.
Je dispose mes vêtements sur la chaise à côté de mon lit : slip de couleur crème, pantalon de jogging gris, chaussettes blanches, tee-shirt noir à manches longues, blouson de cuir marron foncé et baskets bleues. C'est ma tenue, les jours où je me consacre à ma tâche. Je m'y sens bien. Avec les années le cuir est devenu souple, comme une seconde peau. Le reste de la semaine, je suis en costard cravate. N'y voyez aucune superstition, tout doit se faire dans un confort idéal. Sinon à quoi bon?
J'ai consulté la météo, la journée sera maussade : pluvieuse, fraîche et humide. Tout ce que je déteste.

Mais pas question de reporter mon intervention. Elle est programmée pour demain et ce n'est pas un peu de pluie qui m'empêchera de m'y tenir. Dans ma vie, j'ai affronté tellement pire.

Bref, tout va bien, je suis prêt, en bonne santé, en pleine forme. Un mètre quatre-vingt-cinq pour quatre-vingt-dix kilos. Grâce à une alimentation équilibrée, j'ai un ratio muscle-masse graisseuse idéal.
Mes dernières analyses de sang et d'urine sont excellentes.
Comme tous les soirs, je prends ma tension : 12-7. Parfait.
Je n'ai que très rarement des problèmes de santé, et je m'en félicite.

Je m'allonge pour pratiquer mon exercice quotidien de respiration. Le 4-7-8. Quatre secondes d'inspiration, retenir son souffle pendant sept secondes, et huit pour vider les poumons.
Répéter l'opération à trois reprises. Ça détend.
Je sais qu'il me suffira de fermer les yeux pour m'endormir. J'ai cette chance.
Avant cela, je déroule une dernière fois dans ma tête la chronologie des événements à venir.
Je savoure à l'avance l'heure et demie de réjouissances qui m'attend. Je lance toujours mon chronomètre avant d'entrer en action : quatre-vingt-dix minutes, c'est le temps moyen. Tout est organisé avec précision.
Il me tarde de passer à l'action. Je pense que vous pouvez comprendre mon impatience. L'impatience est tellement humaine. Et je suis un être humain.
Comme vous.

1

Les liens martyrisent ses poignets. Elle crie de douleur. Ils sont serrés si étroitement, ils lui lacèrent les chairs. Pieds et mains ligotés, Charlotte ne peut faire le moindre mouvement. Elle est à sa merci, elle est sa proie. Elle sent dans son cou le souffle de l'homme qui la tient prisonnière. Sa voix est rauque : « Reste tranquille, Charlotte, tu n'as pas de raison d'avoir peur, je ne vais pas te faire souffrir, je ne suis pas méchant. Alors sois gentille et jouons ensemble. Tu es d'accord ? » Ces mots portent sa panique à son paroxysme, elle se sait perdue. C'est ce qu'il veut.

Elle tremble d'effroi, pleure. Elle est en nage, ses larmes se mêlent à la sueur qui coule de ses cheveux blonds. Elle gémit.

« Tu n'as pas confiance en moi ? » chuchote-t-il à son oreille. Elle sent son haleine, son odeur, un mélange de transpiration et de musc.

Elle secoue la tête avec affolement.

Il insiste, les lèvres collées à son oreille : « Plus fort, je n'entends pas ! » Il arrache d'un geste sec le ruban adhésif collé sur sa bouche. « Je ne comprends pas, Charlotte, c'est oui ou c'est non ? »

Elle hoche frénétiquement la tête.

« Dis oui, j'ai envie de l'entendre.

– Oui, marmonne-t-elle, vaincue, avant qu'il ne lui remette le bâillon.

– Bien… je suis content… Et toi, Charlotte ? Tu es contente ? »

Elle baisse la tête, soumise.

Il répète : « Je ne te ferai aucun mal. »

Comment le croire, alors qu'il a ôté la cagoule qui dissimulait son visage, en disant : « Bonjour, Charlotte » ?

Maintenant qu'elle l'a vu, qu'elle pourrait le décrire, elle réalise qu'elle ne survivra pas. C'est impossible… Elle a vu cela dans un film où le tueur faisait exprès de se dévoiler pour que sa victime n'ait plus d'espoir. Pour le seul plaisir d'ajouter cette certitude atroce à son supplice.

Il l'a fait asseoir sur la chaise en plastique de la cuisine et l'a attachée avec de la corde. Elle ne peut plus crier, appeler à l'aide. Mais de toute façon, qui viendrait ? Ce week-end, les voisins ont déserté l'immeuble ; comme si tous s'étaient donné le mot pour l'abandonner face à son destin.

Elle est seule dans le bâtiment. Il a surgi, elle n'a pas trouvé la force de lui résister. Pire, elle a le sentiment de s'être livrée au monstre.

Elle hurle, autant de peur que de douleur. Elle a l'impression qu'il s'acharne à tirer sur ses liens. Mais son cri reste prisonnier du bâillon.

L'homme la regarde d'un air attristé.

« Tu te fatigues pour rien. »

Elle ne s'est pas méfiée quand elle a entendu frapper à la porte. Il était tard, pourtant, et elle n'attendait personne.

Elle n'a même pas pris soin de regarder dans l'œilleton, ce que d'ordinaire elle fait toujours. Elle n'a pas réagi quand il est apparu dans l'encadrement de la porte, le visage dissimulé sous cette cagoule noire effrayante. Elle aurait dû le repousser, refermer la porte aussitôt. Elle est restée interdite, pétrifiée comme un petit animal pris dans la lumière des phares, et quand il a demandé s'il pouvait entrer, elle a juste dit : « Oui. »

Elle n'en revient pas de s'être ainsi abandonnée à sa volonté. Elle n'a rien tenté, n'a pas essayé de fuir. Elle ne s'est pas débattue, n'a pas crié. Elle savait pourtant où était le grand couteau. Dans le tiroir du placard de la cuisine. Il aurait suffi qu'elle se précipite, il aurait été si facile de s'en saisir. Alors elle aurait pu se défendre. Quand sa vie en dépend, il n'y a pas de questions à se poser. Il faut se battre...

Allez comprendre pourquoi elle n'a pas agi ainsi, pourquoi elle n'a pas un instant pensé à lutter mais a obéi sans discuter.

Bizarrement, au début, elle n'a pas eu peur. La peur est venue après.

Quand il lui a ordonné de s'asseoir sur la chaise, elle a encore obéi. Il l'a attachée et ce n'est qu'ensuite qu'il a posé le bâillon sur sa bouche.

« Je te l'enlèverai tout à l'heure », a-t-il dit.

Sa voix était calme, presque apaisante. Elle était comme hypnotisée, incapable de prononcer le moindre mot. Soumise à ses volontés.

Puis il a ôté sa cagoule, qu'il a rangée dans la poche de sa longue veste noire. Et là, la peur a fondu sur elle.

Il a approché son visage du sien, si près. Elle a senti pour la première fois cette odeur entêtante, musquée. Il est resté ainsi un long moment, silencieux, à l'observer. À lui tourner autour. Comme un rapace qui plane au-dessus de sa proie.

Il lui a fallu plusieurs minutes pour comprendre. Un vieux souvenir enfoui a soudain resurgi, d'abord incertain. Ce visage, ces cheveux et ces yeux noirs, qui ne vous lâchent pas un instant. En une fraction de seconde, tout lui est revenu.

C'est bien lui. Elle l'avait effacé de sa mémoire. Il est revenu, encore plus effrayant.

Alors une peur panique s'est emparée d'elle. Elle venait de comprendre que la mort l'avait accompagnée.

Une larme a roulé sur sa joue, glissé jusqu'à son menton fin et gracieux. L'homme a levé la main, l'a recueillie avec son index. Il a porté le doigt à sa bouche.

« C'est doux et un peu sucré... Mais il ne faut pas pleurer, Charlotte. Ça ne sert plus à rien... Il est trop tard. »

Oui, c'était bien la même voix. Le même visage.

Oui, il était trop tard…

Quelques minutes plus tôt, elle était prisonnière dans la cuisine. Maintenant elle est dans la chambre, attachée à la chaise en rotin, où s'entassent ses vêtements. Elle ne s'est rendu compte de rien… Comment ont-ils fait pour se déplacer aussi vite ?

L'a-t-il portée ? L'a-t-elle suivi sans résister ? Elle ne sait plus… Tout se brouille.

Il rôde toujours autour d'elle, animal curieux penché sur la proie qu'il s'apprête à dévorer. Il la renifle, il murmure : « Tu te souviens de moi, de ce que je t'avais annoncé ? »

« Non ? insiste-t-il. Réfléchis bien… »

Elle incline la tête, ferme les yeux. Non, elle n'a pas oublié. Comment aurait-elle pu, alors qu'il lui avait promis le pire ? Cela remonte à des années, et pourtant elle a le sentiment que c'était hier.

L'homme promène la lame d'un poignard sur ses joues, son front, l'arête de son nez. Elle la sent, si effilée qu'il suffirait qu'il presse à peine pour entailler sa peau. Puis il descend, effleure son cou, dessine ses seins de la pointe de l'arme, tourne autour du nombril, suit sa cuisse, s'arrête au genou.

Elle est nue, elle ne s'en était pas aperçue. Comment a-t-il fait pour lui enlever son pyjama ? L'a-t-elle accueilli ainsi ? Elle ne se souvient pas. Elle s'est levée en entendant frapper, dans un demi-sommeil, a ouvert sans réfléchir. Peut-être s'est-elle endormie toute nue. Cela lui arrive parfois.

Il attire une chaise à lui, y pose délicatement le blouson de cuir qu'il a enlevé.

« Je n'aime pas les vêtements froissés. Je ne veux pas le salir », explique-t-il.

D'un geste rapide, il enlève à nouveau le bâillon de ruban adhésif et dit d'une voix douce :

« Je ne t'ai jamais oubliée, Charlotte. Et toi, j'espère que tu ne m'as pas oublié ? Je serais fâché ! »

Elle devrait hurler maintenant. On l'entendrait, on viendrait la sauver de ce monstre.

« Non », se contente-elle de répondre. Elle est incapable de résister à l'emprise de cet homme calme et souriant.

« Tu te souviens de tout ? Vraiment ? Alors, que va-t-il se passer maintenant ? »

Elle tente de soutenir son regard noir et froid. Elle murmure :

« Je ne sais pas.

– Mais si, tu le sais. On ne lutte pas contre ce qui est écrit dans le grand livre de la vie. C'est impossible. Tu comprends cela, Charlotte ?

– C'est mon destin, alors ?

– Oui, Charlotte, tu ne peux y échapper. Je te l'avais dit. Et je ne me trompe jamais...

– Je suis prête », répond-elle simplement.

L'homme se lève. Il est derrière elle, elle ne le voit plus mais l'entend : « C'est aujourd'hui le jour de ta mort, Charlotte. Je te l'ai annoncé il y a trois ans. Tu vois, je tiens ma promesse.

– Si c'est mon destin, il n'y a pas à discuter, répond-elle, docile.

– C'est bien, tu es raisonnable. C'est bientôt terminé... »

Elle ne pleure plus. Son visage s'éclaire, elle sourit. « Merci ! » dit-elle.

Elle sent le froid de la lame sur sa gorge. Le visage de l'homme se brouille, s'efface. Maintenant lui apparaissent, menaçants, des visages connus, d'autres sur lesquels elle ne parvient pas à mettre un nom. Certains paraissent hostiles, d'autres à l'inverse lui proposent de l'aide.

Enfin, Jérôme apparaît. Mais elle le reconnaît à peine, tant son rictus est dur, son regard implacable. Il tient le couteau dans une main. Elle se débat, tente de distendre ses liens. Cela ne fait qu'aviver la douleur.

« Délivre-moi », supplie-t-elle. Muet, il se contente de sourire.

Elle s'étonne : « Que se passe-t-il, mon amour ? Que fais-tu avec ce poignard ?

– Je suis venu pour toi, ma chérie. »

Elle est heureuse, maintenant : l'homme qu'elle aime est là pour la sauver des griffes du monstre.

Il se penche sur elle, elle sent son haleine, fétide. Il murmure à son oreille, la voix douce, amicale :

« Le destin est cruel, Charlotte. La vie est ainsi... »

Il s'interrompt et annonce, martial, un peu désolé : « C'est l'heure, chérie. Il est presque minuit.

– J'ai échoué, sanglote-t-elle.

– On ne peut pas lutter contre le destin.

– Tu as raison...

– Non, répond-il. *Lui,* il avait raison... »

Charlotte ouvre les yeux et émerge, suffocante, de son mauvais rêve.

2

Charlotte a du mal à retrouver son souffle et ses esprits. Où est-elle ? Dans le noir, son cœur s'emballe.

Est-ce le bruit insistant de cette voiture dont le conducteur laisse tourner le moteur sous ses fenêtres qui l'a réveillée ? Le tohu-bohu d'un groupe de fêtards qui est passé en braillant ? Le chuintement du vent qui s'engouffre dans les échafaudages sur l'immeuble d'en face et fait crisser les structures métalliques ? Le cliquetis de la pluie sur les volets ? Grichka, son chat persan, qui s'est glissé sous la couette et qui comme à son habitude s'est frotté contre ses cuisses ? Ou encore la violente douleur dans ses mains ? Elles sont entortillées dans le drap au niveau des poignets, et Charlotte agrippe si fort le tissu que ses doigts privés de sang sont envahis de fourmillements. Elle les délivre et agite les mains. La circulation revient et la douleur disparaît peu à peu.

Elle respire enfin, allume à tâtons la lampe de chevet. Elle est dans son lit, dans sa chambre, dans son appartement. Tout va bien.

Pourquoi est-elle en nage, les cheveux mouillés ?

De l'horrible cauchemar ne subsiste qu'un malaise diffus. Les images violentes, tous ces visages menaçants, se sont évanouies. Mais elle garde l'impression désagréable qu'elle a fait un mauvais rêve, et un sale goût d'amertume dans la bouche.

Elle se tourne sur le côté, cherche Jérôme, ne le trouve pas, s'inquiète un instant. Bien sûr, il n'est pas là, réalise-t-elle. Que je suis bête !

Elle aurait tant aimé le trouver à ses côtés.

Charlotte est nue sous la couette. Elle s'en étonne. Elle se lève et enfile le tee-shirt et la culotte de coton noir posés au bout du lit. Sa tenue habituelle pour dormir.

Elle distingue sa silhouette dans le miroir : grande, mince, les yeux clairs, ses cheveux blonds, longs et fins, qui encadrent un visage parfait. De l'avis de tous, Charlotte est si jolie que c'est une injustice...

Il est 1 h 06 quand elle consulte son iPhone, glissé sous l'oreiller. Elle a l'impression de dormir depuis longtemps, pourtant elle n'a éteint qu'une heure plus tôt, après s'être laissé gagner par le sommeil en regardant *The Voice* à la télé.

C'est idiot, et ses amis se moquent d'elle, la traitent gentiment de « vieille fille ringarde » ou d'« ado attardée », c'est selon, quand elle évoque son péché mignon. Car elle adore ce programme. Elle tremble avec les chanteurs débutants quand aucun des jurés ne se retourne, partage l'émotion des familles, applaudit avec ferveur quand son candidat favori est choisi. Elle a ses chouchous, ceux qui l'attendrissent par leurs maladresses. Le samedi soir, elle refuse presque toujours les soirées avec les copines, sans leur avouer que c'est à cause de cette émission.

Cette année, c'est décidé, elle prendra des cours de chant, rien que pour le plaisir.

Lorsqu'elle se résout à sortir le samedi, elle n'oublie jamais d'enregistrer l'émission et passe le dimanche matin devant la télé, affalée sur son canapé, dans son pyjama de pilou, si douillet.

« À vingt-huit berges, presque vingt-neuf, je te rappelle, tu es vraiment une gamine », la taquine Jérôme.

Son petit ami ne la rejoint pas chez elle aussi souvent qu'elle le souhaiterait. Elle vit dans son trois-pièces d'un quartier peu animé (mortel, dit-elle volontiers) entre la rue de la Convention et la porte de Versailles, dans le sud de Paris.

Quand ils se sont rencontrés, trois mois plus tôt, tous deux sortaient d'une histoire difficile. Elle est plus impulsive que lui, dit-il, plus passionnée, dit-elle, elle aimerait que les choses aillent plus vite, mais elle comprend sa prudence. Il dit qu'il est heureux avec elle, cependant il refuse de brusquer les choses. « Ne nous emballons pas », dit-il, avec un sourire plein de tendresse.

Déjà, Charlotte a clairement fait passer le message qu'elle serait prête à partager son appartement avec lui, qui loge dans un studio d'à peine vingt mètres carrés. Mais quand elle évoque le sujet, il répète que c'est encore trop tôt, qu'ils ont toute la vie devant eux, et puis, il n'est pas si loin, à quelques rues de chez elle…

Elle boude. « Tu ne m'aimes pas ! »

Il rit. « Tu sais bien que si ! »

Mais elle respecte son désir d'indépendance. Après tout, c'est aussi ce qui l'a séduite. Libre, un peu rebelle, il n'est pas comme ceux qu'elle a connus avant lui, si conformistes qu'ils devenaient vite ennuyeux. Certains l'ont aussi fait beaucoup souffrir, l'ont ouvertement trompée, quittée sans un mot, sur un texto expéditif. Jérôme est si doux.

Avant lui, sa vie amoureuse n'avait été qu'une cascade d'échecs et de désillusions. Avec lui, elle a le sentiment qu'elle va être heureuse. Pour de bon. Alors elle prend patience. Pas question de le perdre. Chaque jour qui passe, elle se l'attache un peu plus.

Ils se sont rencontrés par hasard, au Carrefour Market de la rue de la Convention, où elle fait ses courses. C'est là qu'elle trouve les boîtes hors de prix, mais de la meilleure qualité, pour Grichka. Elle avait un soir remarqué ce beau jeune homme un peu ténébreux, qui promenait sa grande carcasse et son regard candide dans les travées du magasin. Il semblait un peu perdu, son Caddie presque vide.

Elle venait d'endurer une rupture difficile. Elle n'était pas prête, et draguer des inconnus, ce n'est pas son genre. Elle en avait son compte des mecs, entendait profiter pleinement de sa liberté. Elle traînait un peu sur Tinder pour des rencontres d'un soir.

Elle l'avait revu trois jours plus tard. Leurs regards s'étaient croisés, mais elle n'avait rien tenté.

Finalement quand, un samedi matin, elle l'avait retrouvé à la caisse, elle s'était lancée. Dans son panier, il n'y avait que des fruits, des légumes et des céréales. « Tu es végan ? » s'était-elle exclamée, surprise et amusée. Il avait rigolé : « Ah, surtout pas. Je ne suis pas malade, moi. J'adore la viande bien rouge ! »

Le soir même, ils dînaient à l'Hippopotamus de Montparnasse.

Une semaine plus tard, il passait la nuit chez elle.

S'ils ne vivent pas ensemble, au moins, il a déjà ses habitudes chez elle. « Il a sa brosse à dents ! s'extasie-t-elle auprès de ses copines qui suivent pas à pas sa nouvelle aventure. C'est un signe, non ? »

En revanche, Charlotte n'a jamais dormi chez Jérôme. Ce n'est pas qu'il refuse, mais, dit-il, « c'est tellement plus agréable chez toi ».

Elle y est allée trois fois seulement. C'est vrai que c'est petit et que le lit est étroit. Il avait souri quand elle s'était étonnée qu'un grand gaillard comme lui puisse vivre dans si peu d'espace.

« J'ai été élevé à la dure », avait-il répondu. Sa gravité soudaine avait intrigué Charlotte. Elle aurait voulu qu'il lui en dise davantage, mais il avait esquivé.

Bref, elle est « grave *in love* de lui ». Leur joli petit couple, le grand brun ténébreux et la superbe blonde romantique, fait l'admiration de tous. Charlotte n'en est pas peu fière. Jérôme est si beau que son bonheur suscite quelques jalousies parmi ses amies. « Il y en a qui ont de la chance, quand même », lui disent-elles parfois, mi-envieuses, mi-affectueuses. Et c'est vrai, il y a des jours où elle-même n'en revient pas.

Quand elle parle de lui, elle dit « mon fiancé », même si rien n'est encore fait. Ça ne saurait tarder, se persuade-t-elle. Elle attend avec impatience la bague, puis la demande en mariage. Les enfants qui suivront…

Même s'il renâcle à s'engager et reste évasif quand elle le questionne, elle n'a aucun doute sur ce point : Jérôme est l'homme avec lequel elle construira son existence.

Son plan est tout prêt :

1) s'installer ensemble (c'est la priorité) ;

2) se marier (elle fera une grande fête) ;

3) déménager (peut-être en proche banlieue, genre Montreuil) ;

4) un premier enfant (de préférence avant ses trente ans).

Son pouls s'est ralenti. Elle se sent mieux. Il lui a suffi de penser à son amoureux pour que la sale sensation qu'elle avait en émergeant de son cauchemar s'estompe. Elle tire sur la couette, essuie son front encore brûlant.

Elle consulte son portable. Elle est déçue. Non, il n'a pas appelé…

Le beau Grichka, avec son pelage si soyeux, vient coller son petit museau contre sa joue. Elle le caresse, le gratouille, pose son nez sur le sien.

« Il n'y a que toi qui ne l'aimes pas, le beau Jérôme, hein, mon gros bébé ? Ce n'est pas bien d'être jaloux ! »

Elle n'a jamais compris pourquoi le chat d'ordinaire si sociable ne se laisse jamais approcher, encore moins caresser, par son amoureux. Il y a une quinzaine de jours, sans raison, Grichka s'est jeté sur lui et lui a lacéré le mollet jusqu'au sang.

Jérôme a dit que ce n'était pas grave, qu'il avait dû lui marcher sur la queue sans s'en apercevoir, mais depuis, il évite « la terreur », comme il l'appelle pour faire enrager Charlotte.

Pour jouer, elle saisit la frimousse de son chat et lui susurre : « Jérôme, Jérôme, Jérôme… » Elle sait ce qui va se passer : Grichka s'agite, se dégage, saute sur la moquette et se réfugie sous le lit.

« Vilain chat ! »

Charlotte sourit. Chaque fois qu'elle se livre à ce petit jeu, Grichka réagit de la même façon. Elle aurait tant voulu que les deux amours de sa vie s'adorent.

Ce sera l'objectif des jours à venir (des semaines serait peut-être plus réaliste, soupire-t-elle) : les réconcilier. Car elle ne pourrait pas vivre sans l'un ou l'autre.

Cela viendra avec le temps. Comment pourrait-il en être autrement ?

Je dois vous confier une chose importante, et tant pis si cela vous déplaît : je n'aime pas les chats. Ils sont fourbes, lâches et méchants. Vous ne réussirez jamais à me convaincre du contraire. Je déteste ces sales bêtes.
Quand ils vous regardent, on ne sait jamais s'ils vont attaquer ou s'ils attendent une caresse.
Je l'avoue sans honte, je ne les ai jamais aimés. Je vois clair dans leur jeu, je sais de quoi ils sont capables.
Laissez-moi vous raconter.
Quand j'étais petit, je passais l'été chez ma grand-mère, dans un village appelé Biganos, le trou du cul du bassin d'Arcachon. Un endroit où pour se baigner sur une petite plage puante, il faut s'enfoncer dans la vase. Quand l'eau veut bien venir jusqu'à vous. Moi, cela ne me dérangeait pas, tant que j'étais avec ma grand-mère adorée.
Elle me gâtait, s'occupait de moi, cuisinait pour moi tout seul des repas délicieux (ah, ses salades de tomates du jardin !). Je passais de merveilleuses vacances. J'en garde les plus beaux souvenirs de ma vie, gravés dans ma mémoire.
En revanche, elle avait une passion, je dirais même une obsession : ces foutus chats. Elle en possédait cinq ou six, mais en nourrissait des dizaines. C'était le même rituel tous les soirs, elle remplissait des gamelles de tas de saloperies, appelait ses « bébés » et ils surgissaient de partout.
Cette invasion m'écœurait et m'effrayait. J'étais sûr qu'ils étaient couverts de puces, porteurs de toutes les maladies de la terre.

Certains avaient les yeux crevés, la pelade, la queue coupée. Et qu'est-ce que ça puait! J'ignorais d'où ils venaient, car je ne les apercevais jamais dans la journée. Mais ces saletés rappliquaient toujours en fin d'après-midi, avant de disparaître à nouveau dans la forêt de pins, où, de peur de les rencontrer, je n'osais pas m'aventurer. Je ne les approchais jamais. Je m'enfuyais, même, quand l'heure de la distribution arrivait.

Mamie s'amusait de mes trouilles. Elle venait me chercher quand je me cachais dans la grange. Elle m'attrapait par le bras et, indifférente à mes cris, elle m'obligeait à rester. « Regarde comme il est mignon, celui-là », susurrait-elle en me montrant un gros chat noir à l'oreille purulente. Elle l'attrapait et l'approchait de mon visage, le collait presque sur mon nez. « Caresse-le », m'encourageait-elle. Je pleurais, elle riait aux éclats, se moquait de moi, me traitait de froussard...

Mais je ne lui en voulais pas de ces petites tortures. J'adorais ma mamie.

J'avais six ans et quelques jours (mon anniversaire est le 26 juin) quand ma mère m'a emmené en voiture chez mamie, pour les vacances d'été. J'étais heureux et il me tardait d'y être. Nous sommes arrivés en fin de matinée. Il faisait déjà très chaud.

Contrairement à son habitude, mamie ne nous attendait pas à la grille d'entrée. La maison était grande ouverte. Nous sommes descendus de voiture et nous avons appelé. Pas de mamie, ni dans le jardin, ni dans la grange où maman avait garé la Renault, à l'ombre.

Lorsque nous avons franchi la porte de la cuisine, nous avons senti l'odeur, épouvantable.

Mais ce n'est pas cela qui nous a fait reculer.

Des dizaines de chats avaient envahi la pièce et nous dévisageaient si méchamment qu'on avait l'impression qu'ils allaient nous sauter dessus.

Nous les dérangions.

Lorsque nous nous sommes à nouveau approchés, nous avons aperçu le corps de mamie, allongée sur le carrelage, la jupe relevée.

Son visage n'était plus qu'une plaie, ses orbites deux trous noirs, de ses cuisses ne restaient que des lambeaux de peau.

Ma mère restait muette de stupeur, sans penser un instant à m'éloigner de cet horrible spectacle.

L'un d'eux, un gros mâle que je connaissais sous le nom de Nestor, nous fixait, assis, immobile, un morceau de chair rouge sang dans la gueule. Nous avions l'impression, ma mère et moi, qu'il allait se jeter sur nous en entraînant les autres avec lui.

Maman est sortie en hurlant d'effroi, m'abandonnant dans la cuisine. C'est là que les gendarmes m'ont trouvé, immobile, assis à côté de ma grand-mère.

Comme nous l'avons appris ensuite, elle avait fait un malaise trois jours plus tôt et les chats qu'elle chérissait étaient en train de la dévorer.

Étonnez-vous qu'après cela je déteste les chats.

Ce n'était vraiment pas un spectacle pour un enfant, n'est-ce pas ?

Ce souvenir horrible me revient souvent au coucher et quelques minutes me sont toujours nécessaires pour retrouver mon calme et chasser ces images répugnantes. Seule m'apaise la pensée du sort qui attend l'une de ces bêtes maléfiques.

Il est temps de me laisser aller « dans les bras de Morphée », comme disait ma mamie quand elle venait éteindre après m'avoir embrassé sur les deux joues.

Ah, qu'est-ce qu'elle me manque…

À présent, j'écarte l'oreiller, car je dors à plat sur le dos, et je ferme les yeux.

3

Il est 1 h 26. Charlotte a éteint la lampe de chevet une dizaine de minutes plus tôt. Les lourds rideaux filtrent les lumières de la ville, la chambre est plongée dans une semi-obscurité reposante. Dehors, il pleut.

Grichka est remonté sur le lit. Blotti contre elle, il ronronne.

Elle se sent mieux, voudrait dormir, mais, tout de même, une petite boule d'angoisse lui contracte l'estomac. Tant qu'elle la sentira, elle ne trouvera pas le sommeil.

Pour patienter, elle se remet à songer à son sujet favori, celui qui lui fait oublier tout le reste : Jérôme. Elle pense à leurs petites chamailleries. *The Voice* n'est vraiment pas sa tasse de thé : il déteste autant ce jury qui se remplit les poches que ce jeu où « tout est pipé ». Les samedis soir où elle reste devant la télé, il préfère aller faire un tour. Quand il revient, elle dort déjà.

« J'ai traîné avec des copains », répond-il le lendemain quand elle lui demande ce qu'il a fait. Elle n'insiste pas, ne demande pas où il était, ni avec qui. Il ne lui a encore présenté personne, alors qu'il connaît déjà tous ses meilleurs amis.

Alors, pour le taquiner, elle lui décrit les chanteurs qui ont fait chavirer son cœur.

Un dimanche matin, trois semaines plus tôt, il s'était énervé : « Mais ferme-la, à la fin, j'en ai rien à foutre, de tes conneries ! » Elle avait ouvert de grands yeux stupéfaits, au bord des larmes et, la voyant bouleversée, il s'était repris. Mais il lui avait fallu de longues minutes pour la rassurer. Elle ne l'avait jamais imaginé capable d'une telle fureur.

Finalement, Charlotte avait accepté ses excuses, non sans en profiter pour lui faire la leçon : « Tu n'es pas mieux que moi, mon petit chéri de vingt-huit ans, bientôt vingt-neuf... Tu piques des crises comme un ado. Nous sommes tous les deux des ados ! Et c'est pour ça que je t'adore ! » Elle n'était pas mécontente de le voir si contrit : une femme doit parfois se faire respecter de son mec !

Elle avait retrouvé le sourire tandis qu'avec minutie, il préparait son sac de sport. Le dimanche matin et un ou deux soirs par semaine (ces soirs-là, il rentre dormir chez lui), pour lui, c'est le sacro-saint match de foot avec les copains, sur un des terrains en synthétique de la porte de Champerret.

Elle aimerait tant aller le voir jouer. Mais il le lui interdit : « C'est un truc de mecs. On ne veut pas de gonzesses ! »

Après quoi, tous les derniers dimanches du mois, ils se retrouvent pour un brunch dans le Marais ou le 11e, avec la petite bande d'amis de Charlotte. Une vieille habitude pour elle et une toute nouvelle pour lui. Elle était si contente la première fois qu'il avait accepté de l'accompagner. Il est tellement sauvage, parfois...

Pour le bruch d'aujourd'hui, rendez-vous est pris dans un nouvel endroit, près de la Bastille, mais cette fois, elle ira seule. Jérôme, consultant dans un important cabinet d'expertise comptable, ne revient qu'après-demain d'un déplacement à Dubai.

Inutile de préciser qu'elle déteste quand il est absent. « C'est comme si ma vie était toute vide », se lamentait-elle la veille encore auprès de Constance, une de ses grandes amies (elles s'appellent quasiment tous les jours).

Charlotte travaille « dans la com », comme on dit. Sur le mur, à l'accueil de son agence, rue Goujon dans le 8e, est écrit en grosses lettres : « Ce lieu est un espace d'échange, de connaissance et de partage autour des problématiques sociétales et d'insights collaboratifs. » Elle trouve que cette formule

« extraordinaire » résume parfaitement son travail et elle « adore » les sculptures d'Orlinsky qui trônent dans l'entrée, trois ours en Bakélite qui « valent une blinde ».

Elle dirige une équipe « formidable » de cinq jeunes nanas qui « kiffent leur job ». Elle, elle s'occupe de tout ce qui est fringues (cinq enseignes dont H&M et Abercrombie). Elle s'entend à merveille avec les meilleures influenceuses du moment (« elles sont à surveiller comme le lait sur le feu », répète-t-elle à ses filles).

Bref, Charlotte a vraiment tout pour être heureuse. Un petit ami que tous adorent (ses parents aussi, elle voit bien à leurs airs ravis qu'ils le considèrent comme le gendre idéal, et espèrent la même chose pour sa sœur qui, à trente et un ans, n'a toujours pas de liaison sérieuse), que ses copines lui envient (toutes les filles rêvent d'un mec comme lui, avec sa barbe de quatre jours, gentil, élégant, disponible et si amoureux d'elle que ses amies en ont les larmes aux yeux). Un boulot en or et bien payé. Un chat trop chou et une Fiat 500 décapotable super classe, garée dans un parking souterrain au bout de la rue. Elle la prend tous les jours pour aller au boulot, c'est plus fort qu'elle, elle déteste le métro. L'odeur, la promiscuité, « la tête de déprimés des gens », elle ne supporte pas – et tant pis si les contraventions s'accumulent dans la boîte à gants.

Elle n'a pas encore trente ans, et malgré quelques années de galères (essentiellement amoureuses), elle a enfin la certitude que sa vie est une réussite, et que le meilleur, avec son Jérôme, est encore à venir…

Elle se voit déjà au printemps prochain avec lui, sur les petites routes de Normandie, pour des week-ends à deux. Sans brunch ni foot. Eux seuls à courir, main dans la main, sur les galets d'Étretat, le bonheur ! Charlotte, grâce à ses contacts dans la com, a le don pour dénicher des « petites adresses à tomber ».

Les enfants ? Il ne faudra pas trop tarder… Ils en ont déjà parlé. Il a fallu qu'elle insiste un peu, mais il a fini par admettre que lui aussi en voudrait deux, comme elle ! Avec une fille « minimum », toute mignonne et « blonde comme les blés », comme elle. Pour la première fois, elle l'a vu si ému qu'elle en a eu le cœur chaviré. Elle a eu le sentiment de fendre son armure, lui qui reste si mystérieux, intouchable, derrière ses abords sympathiques et cordiaux.

Tout va pour le mieux pour elle... Alors pourquoi s'est-elle réveillée tout à l'heure prise de panique, en nage ? Pourquoi n'arrive-t-elle pas à retrouver le sommeil ? Elle examine ses mains : elles tremblent...

Venue d'on ne sait où, une peur incontrôlable monte en elle. Elle suffoque, baignée d'une sueur glacée, veut se lever, elle a le vertige, y renonce. Elle se réfugie sous la couette, attire son chat contre elle.

Submergée par la panique, elle ne peut contenir le flot de larmes qui jaillit de ses yeux. Elle se sent si seule, si perdue, si abandonnée...

Pourquoi Jérôme n'est-il pas là ? Elle trouverait refuge dans ses bras puissants. Il la consolerait. Il saurait la rassurer et la faire rire. Hélas, il est si loin... Elle a envie de l'appeler, mais là-bas, c'est encore la nuit. Elle doit attendre, pour ne pas le déranger dans son sommeil.

Elle tente de se raisonner, en vain, frissonne, a du mal à respirer.

Un vieux souvenir enfoui vient de resurgir.

Et soudain, la question angoissante l'étreint : Et si cette journée qui commence était la dernière de ma vie ?

Sera-t-elle vivante à minuit, dans un peu plus de vingt-deux heures ?

Une éternité.

4

Le cœur battant, elle quitte la chambre, va à la cuisine. Grichka est dans ses pieds tandis qu'elle boit directement au robinet de la cuisine.

Elle relève la tête : il est 2 h 18 à la pendule achetée chez Conran Shop.

Impossible de trouver le sommeil, elle s'est tournée et retournée dans son lit. Maintenant, un verre d'eau à la main, elle hésite à avaler un demi-Stilnox. Sur elle, son efficacité est redoutable. Dans dix minutes elle sombrerait dans un sommeil long, profond et sans rêve. Charlotte a parfois l'usage de ce somnifère, lorsque, trop énervée par les événements de sa journée, elle ne parvient pas à dormir et entend le souffle régulier de Jérôme.

Lui, il suffit qu'il s'allonge pour sombrer aussitôt. En revanche, il est toujours levé quand elle se réveille. Et, forcément, a déjà acheté des croissants et préparé le petit déjeuner. Un amour !

Elle regarde le comprimé, si tentant. Si elle le prend, elle oubliera toutes ces bêtises. Car ce sont bien des bêtises, des balivernes que lui a racontées un vulgaire escroc il y a des années, à Marrakech, qui lui trottent dans la tête.

Pourtant elle ne se résout pas à céder aux sirènes du somnifère et le remet dans sa boîte. Le prendre signifierait perdre le contrôle des événements. Et ça, non ! Qui sait ce qui pourrait arriver pendant qu'elle dort...

Elle retourne dans la chambre. Une boule d'angoisse lui tord les tripes.

Depuis une heure, elle ne peut se sortir de la tête le souvenir de cette foutue soirée à Marrakech. À s'en rendre malade. Il lui faut absolument se calmer, se raisonner. Se convaincre que c'est n'importe quoi.

Ah, si Jérôme était là... Elle se sent seule, fragile et elle a tellement peur.

Et si c'était vrai...

C'était il y a trois ans.

Elles avaient longtemps hésité sur la destination. Carole plaidait pour Ibiza ou Barcelone, Sylvia pour Londres, Constance voulait les entraîner aux Caudalies, près de Bordeaux, où on les aurait dorlotées (en plus elle avait des prix...). C'est Charlotte qui avait pensé à Marrakech. Pour les convaincre, elle avait déniché un riad « d'exception », une immense demeure dans la palmeraie, avec piscine, hammam privé, cuisinière, femme de chambre. Et tout ça pour moins de cinq cents euros la nuit.

Avec, en prime, le grand et chaud soleil.

Charlotte avait définitivement assis sa réputation de « Mme Bon Plan ».

Les quatre jeunes femmes étaient arrivées à Marrakech le jeudi soir pour fêter l'enterrement de vie de jeune fille de Carole. Pas question de faire des folies, ni de se livrer à des excentricités, ce n'était pas le genre de la petite bande.

Ça, c'était bon pour les poufiasses comme celles qu'elles avaient repérées dès l'embarquement : un groupe de filles déguisées, avec des couronnes de fleurs dans les cheveux, tenant par la main la future mariée qui avançait les yeux bandés. Quand on lui avait retiré son foulard et qu'elle avait découvert leur destination, la pauvre fille avait hurlé de joie, sous les applaudissements d'une partie des passagers. La future mariée était grosse et moche. « Cocue dans les deux ans ! s'était moquée Carole.

– Il faut de tout pour faire un monde..., avait renchéri Constance d'un air condescendant.

– Allez, les filles, ne soyez pas vaches », avait protesté Charlotte.

Charlotte et surtout ses copines se flattaient de ne pas appartenir au même monde que ces nanas « d'une vulgarité sans nom », comme disait Sylvia. Et il leur avait fallu supporter pendant tout le voyage les plaisanteries de ces idiotes, installées deux rangs derrière elles dans l'avion, tandis que l'équipage leur offrait le champagne.

Pour se venger, elles avaient ricané et déversé leur bile. Pour ça, elles étaient championnes… Charlotte était la seule à rester indulgente. « Elles sont marrantes, ces filles », avait-elle tenté, allant jusqu'à proposer de lier connaissance, « puisqu'elles étaient là pour les mêmes raisons ». Carole avait mis son veto avec des cris d'horreur. « Tu veux nous gâcher le week-end, ou quoi ? »

Pour ses trois amies, le vol fut un enfer. Heureusement que la suite du séjour promettait d'être un régal.

Au programme : se reposer, se faire chouchouter, rire, parler, profiter de leur complicité, et bien sûr faire plaisir à Carole, la première à se marier. C'était déjà largement suffisant pour un long week-end.

Les trois jours passèrent en un éclair dans leur riad de rêve. Hammams, massages et soins quotidiens, shopping dans les souks, dîners dans des restaurants où elles firent beaucoup trop d'entorses à leurs régimes en s'empiffrant de tajines et de pâtisseries sucrées, veillant tard, discutant de tout et de rien, riant beaucoup.

Elles avaient veillé à tout pour ne garder de ces trois jours que des souvenirs merveilleux.

Elles avaient bien l'intention de profiter de leur dernière soirée : elles iraient boire un cocktail à la Mamounia, dîneraient au Jal Mahal et finiraient au Silver, la boîte attenante. La nuit promettait d'être très gaie pour les quatre jeunes amies, habillées avec soin de robes légères et très décolletées, chaussées de talons hauts. Quatre jeunes femmes superbes et sexy prêtes à dévorer la fin de leur week-end.

Maquillées un brin exagérément, coiffées comme des princesses, elles s'étaient élancées dans la nuit marrakchie. « Ce soir, on se la joue salopes ! » avait annoncé Sylvia, qui n'avait peur de rien.

Elles le racontèrent en riant à leur retour, lors de leur brunch mensuel du dimanche. « Nous étions quatre vraies garces un peu bourrées, résuma Constance pour leurs copains de l'époque, curieux de leur virée marocaine.

– Beaucoup trop bourrées, avait renchéri Charlotte. Hein, Sylvia ? »

Elles dansaient depuis une bonne heure, transpirantes, les chaussures dans une main, un verre de tequila dans l'autre. Elles s'amusaient, riaient de tout, se moquaient de l'horrible future mariée.

« Eh, c'est le gros tas de l'avion ! » avait lancé Carole en l'apercevant la première. La honte ! Ses copines l'avaient affublée d'une gandoura rouge et de babouches. Ces pétasses avaient les mains tatouées au henné, pour couronner le tout. Une horreur ! Même Charlotte, d'ordinaire si bienveillante, y allait de ses commentaires assassins.

Un peu à l'écart, Sylvia se collait à un splendide play-boy local, en costume sombre et chemise noire. Elle n'allait quand même pas les laisser tomber pour ce bellâtre ? se demandaient les autres à voix basse, faussement alarmées. Charlotte avait éclaté de rire quand Sylvia leur avait présenté son cavalier : « Voici Mohamed.

– Mohamed ? avait lancé Constance, un vrai nom de séducteur !

– Mais on m'appelle Momo », avait-il tenu à préciser sans percevoir son ironie.

Même Sylvia s'était jointe à l'hilarité de ses amies. Momo n'avait pas relevé. « Il se croit irrésistible, Momo le beau gosse », soufflait Constance à l'oreille de Charlotte, déclenchant de nouveaux fous rires.

La soirée s'étirait, toujours aussi joyeuse, lorsque, sur le coup de 2 heures, Sylvia était venue les rejoindre en tenant son soupirant par la main.

« Les filles, avait-elle annoncé, mon cher Momo ici présent nous propose une virée originale pour poursuivre la nuit. »

Elles s'attendaient à ce qu'il les emmène dans une autre boîte de nuit, mais rien de tel. Il s'agissait d'aller dans la médina, consulter un voyant.

Charlotte aurait dû écouter son instinct, la petite voix qui lui disait de dissuader ses amies d'y aller.

Tout avait été parfait en tout point jusque-là, mais brusquement, la soirée dérapa.

Je dors très peu. Quatre heures me suffisent largement. Et cela depuis mon plus jeune âge.
Ma maman se plaignait que je lui avais fait vivre un enfer quand j'étais nourrisson. Je dormais quelques heures seulement par jour et pleurais dès qu'elle me posait dans le berceau. C'était une femme de caractère, elle m'a souvent raconté qu'elle me laissait brailler des journées entières. Notre petite maison était isolée et personne ne m'entendait.
J'étais un bébé « emmerdant comme la pluie », m'expliquait-elle. Cette femme remarquable a dû faire preuve d'une patience infinie, car elle m'a élevé seule.
Et je ne m'étais pas arrangé en grandissant. Ma maman a été d'une grande humanité avec l'enfant difficile que j'étais. Si elle me corrigeait et me punissait sévèrement, c'était pour mon bien. Le résultat est là. Je suis un homme apprécié, recherché, même. J'ai réussi, et, sans en tirer une satisfaction excessive, force est de constater que les femmes me tournent autour.
Mon côté ténébreux doit plaire...
J'ai fait des études supérieures, j'ai une bonne situation, un salaire des plus convenables pour un homme de moins de trente ans. Mais je suis ambitieux et je ne m'arrêterai pas là. Je le dois bien à ma pauvre maman, après tous ses sacrifices.

Il paraît que faire la grasse matinée est un plaisir. Il ne me manque pas car j'estime que ce n'est qu'une perte de temps, réservée aux faibles et aux mollassons.

Moi, j'ai une chance inestimable, celle de dormir peu, ce qui me permet de tirer parti de chaque heure de ma vie.
«Le temps perdu ne se rattrape pas», disait toujours ma mamie.
J'ai vécu selon ce précepte, et du temps, je n'en ai jamais perdu.
Elle disait aussi : «Le temps, c'est de l'argent.» C'est une image, bien sûr, car si c'était le cas, je serais multimillionnaire!
J'ai fait le calcul sur la base d'un gain de trois heures par nuit.
3x365x30 = 32850 heures. Divisées par 24, cela donne 1368,75 jours, soit 3,75 années gagnées par rapport à quelqu'un qui dort en moyenne sept heures par nuit.
C'est vertigineux, non?
Bien sûr, je ne reste jamais à fainéanter dans mon lit. Dès que je suis debout, je pète la forme!
Avoir la chance, comme moi en ce moment, de me promener sous ses fenêtres en pleine nuit, d'observer, de humer les lieux, de me dire que je vais bientôt passer à l'acte, sans ressentir aucune fatigue, l'esprit parfaitement clair, est un bonheur rare.

Quelle belle nuit d'octobre. D'où je suis posté, je distingue la lumière qui filtre à travers les persiennes de sa chambre. Elle ne dort pas.
Il faut dormir, ma blonde, ou tu seras fatiguée demain...

J'ai appris à la connaître, depuis le temps que je m'intéresse à elle : c'est une anxieuse, une nerveuse, un rien la perturbe. Si elle est réveillée, c'est que quelque chose la tracasse.
S'il n'y avait cette mauvaise pluie, je resterais bien pour vérifier à quelle heure elle éteint sa lumière.
C'est que je me la veux en grande forme, tout à l'heure.
Ce dimanche, 28 octobre, sera le dernier de sa vie...
Telle est ma décision.

5

L'histoire remonte à trois ans, pourtant Charlotte se souvient de tout. Chaque détail lui revient, la robe que chacune portait, la couleur de leurs escarpins, ce qu'elles avaient bu, mangé, le prix des consommations, la tête des serveurs, la musique sur laquelle elles avaient dansé, et l'heure précise à laquelle elles avaient quitté le night-club. Tout lui revient subitement en mémoire. Si clairement, à en perdre la raison.

« Il ne reçoit que la nuit, avait précisé Mohamed. C'est un homme fascinant qui ne se trompe jamais et je vous promets que vous serez bluffées, mesdemoiselles. »

« Midimoiselles ! » avait pouffé Constance en aparté pour ses copines. Le jeune homme l'avait entendue, mais n'avait réagi que d'un léger haussement d'épaules.

Sylvia n'avait guère eu besoin d'insister et quelques minutes plus tard elles s'entassaient dans la Range Rover du jeune Marocain. Sans doute avaient-elles trop bu, pour suivre ainsi un inconnu sans réfléchir. Mais cette soirée se devait d'être inoubliable et la proposition de Mohamed la rendait plus magique encore. À l'idée de s'enfoncer de nuit dans les ruelles mal éclairées de la médina, les quatre copines étaient excitées comme des puces... Durant le trajet, elles avaient multiplié les questions sur l'homme mystérieux qu'elles allaient voir. Mais Mohamed refusait d'en dire davantage. « Vous verrez bien. »

Il s'était contenté d'assurer (et maintenant Charlotte s'en souvient parfaitement) : « Vous n'oublierez jamais ce que vous allez entendre. Jamais il ne s'est trompé... »

Pourtant, à force de les entendre ricaner, il avait fini par les mettre en garde : « Attention, il ne dit pas toujours des choses sympathiques. » L'air grave, sourcils froncés, il leur avait demandé si elles étaient sûres de vouloir y aller.

« Plus que jamais ! » avait fanfaronné Carole.

C'est Charlotte, toujours pragmatique, qui avait posé la question : « Et ça nous coûtera combien, cette histoire ?

– Cent euros chacune.

– Il n'y va pas avec le dos de la cuillère, ton bonhomme, Momo. Il ne fait pas de prix de groupe ? »

Les filles avaient pouffé de plus belle.

« Vous pouvez renoncer, pas de problème, avait répliqué Mohamed, l'air un peu vexé.

– Ah, non, moi j'y vais », avait tranché Sylvia.

Les autres diraient plus tard qu'elles n'avaient pas voulu la laisser seule. En réalité, leur curiosité de Parisiennes en mal d'exotisme était émoustillée. « C'est trop amusant ! » avait conclu Carole.

Après avoir roulé de longues minutes, Mohamed avait laissé sa voiture à une porte de la vieille ville et les avait guidées à travers le dédale de ruelles sombres.

« Il fallait nous voir, expliqua Constance le dimanche suivant. Quatre filles en robes décolletées, pieds nus, escarpins dans une main et portable allumé dans l'autre pour ne pas se casser la figure.

– Les quatre cinglées ! » avait ajouté Sylvia.

Malgré leur excitation, quand Mohamed avait frappé à la lourde porte de bois d'une maisonnette, elles avaient cessé de glousser.

« C'était flippant et on a dessoûlé d'un coup », s'était remémoré Carole, blottie contre Pierre, son futur époux.

Elles s'attendaient à entrer dans la caverne d'un vieux mage oriental, pleine de mystère. Au contraire, la pièce était inondée de lumière et en bruit de fond, la télé passait de vieux clips. L'homme en djellaba qui les accueillit avec un large sourire avait tout au plus la quarantaine. Il les avait invitées à s'asseoir dans de gros fauteuils de Skaï blanc.

Elles étaient un peu déçues. Elles auraient voulu une lumière tamisée, des volutes d'encens, des animaux difformes dans des bocaux, et, surtout, un vieil homme édenté ne s'exprimant que dans un dialecte inconnu.

« Ce voyant était d'un ordinaire, raconta Carole d'une voix boudeuse. On était à deux doigts de se barrer.

– Oh, les filles, soyez honnêtes, dit Sylvia. Vous étiez impatientes comme des folles.

– C'était toi la folle, rectifia Constance. On n'avait pas intérêt à passer avant toi, tu nous aurais coupé le cou !

– N'importe quoi ! Je m'en foutais de ses prévisions à la noix.

– Tu parles. Tu étais à fond. »

De fait, quand l'homme avait demandé dans un français sans accent : « Qui veut commencer ? », Sylvia avait bondi : « Moi ! »

Charlotte se souvient du regard de son amie à ce moment. Sylvia dévorait le voyant des yeux. Les deux autres s'étaient rapprochées. Elles ne voulaient rien rater, et voir si leur copine en aurait pour ses cent euros. Charlotte, en revanche, d'ordinaire si impétueuse, était restée en retrait, l'air sur la défensive, un peu inquiète.

À l'époque, elle avait mis son attitude sur le compte d'une méfiance légitime et de son manque d'intérêt pour ces sornettes.

Cette nuit, tremblante dans son lit, caressant son chat, elle comprend sa réticence. En réalité, elle avait bien senti à l'époque que tout cela n'augurait rien de bon.

Maintenant, elle est seule, effrayée. Il est 2 h 51, elle ne dort toujours pas.

Revenu chez moi, allongé sur mon lit, je calme mon impatience en songeant aux précautions qu'il est nécessaire, obligatoire de prendre dans un exercice comme le mien.
Je le répète : la moindre erreur, même celle qui vous semble la plus anodine, peut être fatale.

Bien sûr, je porte des gants en latex. Je n'aime pas tellement ça, car rien qu'à les voir, ces pauvres jeunes femmes sont terrorisées et, par ailleurs, elles n'apprécient pas le contact sur leur peau. Mais comme disait mamie, « deux précautions valent mieux qu'une ».

C'est pourquoi je consacre toujours un quart d'heure à bien tout vérifier avant de repartir. Le moindre contact peut laisser des empreintes digitales ou (plus sournoisement) son ADN. Attention aux cheveux et aux poils – j'en ai repéré un une fois –, ma sécurité tient à des détails de ce genre.
Autre précaution élémentaire : ne pas laisser de trace de chaussure, surtout un jour pluvieux comme aujourd'hui. Une simple empreinte de semelle peut conduire à sa perte. Il faut veiller à tout effacer consciencieusement.
Je prépare avec un soin particulier le sac plastique. J'ai longuement étudié la question avant d'arrêter mon choix sur les grands sacs utilisés par les agents municipaux pour les poubelles des rues. Ils ont toutes les qualités : grands, transparents, résistants, on n'en trouve plus d'une telle qualité. Ceux qui restent encore en circulation se déchirent au premier coup de dent. Je les

ai personnellement expérimentés avant de choisir ce modèle exclusif. Avant de l'utiliser, je le fais tremper dans de l'eau de Javel et, une fois séché, je ne le manipule jamais autrement qu'avec des gants. « Prudence est mère de sûreté ! »

Je ne serais vraiment pas content de moi si je me faisais prendre à cause d'un détail insignifiant.
Il y a une chose à laquelle on ne prête pas suffisamment garde : ce sont les caméras de surveillance qui envahissent nos rues.
Essayez de les repérer, elles sont facilement visibles, mais quoi qu'il en soit, chapeau, lunettes, moustaches, perruque (pourquoi pas ?) sont des accessoires très utiles. Personnellement, il m'arrive de me grimer quand je dois emprunter des rues très fréquentées. Si c'est le cas, je me débarrasse de mon accoutrement après être entré dans l'immeuble de mes blondes. Je tiens à me présenter sous ma véritable apparence. C'est une question de respect à leur égard. Je ne triche jamais.
Et puis, une allure trop farfelue peut à l'inverse provoquer de la suspicion et conduire à l'échec.

À propos d'échec, j'ai à ce sujet un autre conseil : pas d'ascenseur pour repartir, même si vous devez descendre vingt étages ! Monter n'est pas un problème (on économise ses forces), en revanche n'utilisez JAMAIS l'ascenseur pour redescendre. Il serait dommage, après avoir tout parfaitement réussi, de se faire piéger par une panne. De nos jours, cela arrive de plus en plus souvent.
Si vous croisez quelqu'un : saluez-le rapidement mais poliment. Il vous oubliera aussitôt, tandis qu'il se souviendra d'un malotru.

En dépit de l'heure, je suis en super forme… J'ai envie de faire un tour, j'y retourne. Avec l'idée, dans un petit coin de ma tête, que si une ouverture se présente, je la saisirai.
J'ai des fourmis dans les jambes !

6

Grichka confortablement niché contre sa poitrine, Charlotte tend l'oreille, attentive au moindre bruit. Comme si un assassin pouvait soudain surgir... De mort violente, se rappelle-t-elle.

Elle se raisonne, se tapote les joues, reprend le dessus. Arrête avec ça, ma fille, se dit-elle. Elle s'en veut de sa sottise. Une vieille histoire enfouie qui ne repose que sur les élucubrations d'un dingue.

Une bonne nuit de sommeil, et tout passera aux oubliettes.

Mais le souvenir s'accroche, insidieux. Elle a beau se traiter d'imbécile, tenter de se remémorer les bons moments passés avec ses trois amies, rien n'y fait, la boule d'angoisse lui tord les tripes. Quelle conne ! peste-t-elle. Sa nuit est fichue. Comment pourrait-elle trouver le sommeil avec ce souvenir qui la torture ?

Aujourd'hui, elle devra faire attention à tout, ne jamais relâcher sa vigilance. Le danger peut venir de partout. Mieux vaut ne pas dormir et ne pas quitter l'appartement. C'est ce qu'elle se dit, alors que sa montre indique 2 h 50.

Cette voix... Elle frémit en y repensant. Et ce regard noir, terrifiant.

Il voulait me faire peur, c'est gagné ! réalise-t-elle. Je suis vraiment trop impressionnable. Ce type est un malade qui a voulu te terroriser, ma fille, et il a réussi, ce salaud, essaie-t-elle de se convaincre. Elle s'en veut d'être dans cet état : elle est effrayée parce qu'il fait nuit et qu'elle est seule. Au matin, avec le jour, tout ira beaucoup mieux.

Elle est en colère : Mourir de mort violente – et pourquoi pas assassinée, tant qu'on y est ! Dans trois ans ! Il faut vraiment être taré pour oser raconter ça à une jeune femme !

Il avait précisé : le 28 octobre. Manque juste l'heure exacte ! N'importe quoi ! Quel salaud...

Elle se souvient de l'incident, et cela la rassure. Il a cherché quelque chose pour se venger. Elle glisse la main sous le ventre de Grichka, si doux, si chaud. Il se colle à elle, ronronne de plaisir et ça la réconforte.

Elle ferme les yeux, les battements de son cœur s'apaisent.

Enfin.

Elle va s'endormir, et cette soudaine et absurde panique va disparaître, gommée par une nuit réparatrice. Quand elle se réveillera, tout sera oublié. Et elle se promet d'en rigoler tout à l'heure avec ses amis. Plus question de rester enfermée.

Elle leur racontera cette histoire à la con par le menu et rien ne lui fera plus plaisir que de les entendre se moquer d'elle. Et même, elle appellera Jérôme, à l'autre bout du monde. Il lui dira qu'il l'aime, qu'il la veut vivante et entière. Ils riront !

L'image du regard noir et insistant de l'homme resurgit brusquement, comme s'il était là, penché sur elle, savourant sa revanche trois ans après.

Quelques visions fugaces du cauchemar dont elle est sortie en pleine confusion lui reviennent. Mais oui, ces yeux qui l'ont martyrisée, ce sont les siens...

Elle tremble, transpire, regarde tout autour d'elle.

Bien sûr qu'il n'est pas là.

À l'heure qu'il est, peut-être continue-t-il à arnaquer de pauvres filles avec la complicité de cette crapule de Mohamed. Ah, celui-là, elle le retient, de les avoir entraînées dans ce traquenard. Lui aussi avait eu droit à sa fureur tandis qu'il les ramenait au riad. Tout au long du trajet, elle s'était bien défoulée en le traitant de tous les noms, au point qu'il avait fallu que Sylvia la calme. Si elle avait continué, il aurait bien été capable de les planter au milieu de nulle part.

Et Sylvia. Elle lui en veut, à elle aussi : qu'est-ce qui lui avait pris de sauter au cou du premier dragueur qui passait. Il faut toujours qu'elle ait des idées à la con ! Une fois rentrées, elles s'étaient laissées tomber avec soulagement sur les coussins du salon luxueux, au bord de la piscine, et avaient ouvert un magnum de champagne. Elles l'avaient bien mérité !

Enfin, Carole s'était mise à rire et toutes avaient suivi. « Ça nous servira de leçon, avait-elle dit. On grandit, les filles !

– Moi, j'ai rien payé, s'était vantée Charlotte. Faut vous faire rembourser !

– Mais moi je vais baiser, il me l'a dit ! » ne cessait de répéter Constance. Leur copine gloussait, levait les bras en signe de victoire, s'extasiait pour des bêtises, se tordait de rire à la moindre remarque. « L'alcool et le hasch font bon ménage avec elle », s'amusait Carole. Jamais elle n'avait vu leur copine dans un tel état.

Sylvia avait sorti à point nommé ses provisions d'herbe. Charlotte se souvient de leur euphorie, un rien provoquait des fous rires inextinguibles. Elles se moquaient de Sylvia, qui s'était fait séduire par cet arnaqueur. « Je ne connaîtrai pas les saveurs de l'Orient, c'est votre faute », se lamentait leur amie tandis que dans son coin, entre deux éclats de rire, Constance répétait inlassablement qu'elle allait baiser...

Quand elles étaient finalement allées se coucher, il était presque 6 heures du matin. Charlotte se rappelle qu'elle riait encore toute seule dans son lit...

Mais à présent, elle ne rit pas du tout. Elle se sent sombrer, sans trouver à quoi se raccrocher. Ah, si seulement elle avait de l'herbe...

7

Et si ce salaud était un vrai voyant ?

La question l'obsède depuis qu'elle a surgi dans son esprit.

Comment n'a-t-elle pas fait le lien plus tôt ? Elle aurait pris les dispositions nécessaires, aurait demandé à Jérôme de ne pas la laisser. Elle se serait réfugiée dans un lieu où elle ne risquait rien. Mais elle n'a rien fait. Elle est seule, si seule. Abandonnée, et la menace est là.

Elle compte les heures.

Comment tenir jusqu'à minuit ?

Elle rallume, court à la porte d'entrée. Elle avait oublié de la fermer à clef.

Ce n'est qu'une simple serrure, qui ne résistera pas si quelqu'un veut vraiment entrer, constate-t-elle avec dépit. Jérôme parlait toujours de faire installer une serrure trois points (« ce serait plus prudent, avec tous ces cambriolages ») mais il remettait toujours au lendemain. Et elle, elle n'était pas du genre à s'en inquiéter. Elle aurait dû, pourtant...

Calme-toi, s'ordonne-t-elle. Personne ne viendra te faire du mal. Arrête de te martyriser. Il ne peut rien t'arriver.

Elle retourne à sa chambre. Elle voudrait s'y enfermer mais, s'il y a bien une serrure, il n'y a pas de clef. Il y en avait une, elle en est certaine. Aurait-elle roulé sur le plancher ? Elle fouille sous la grosse commode qui trône en face du lit. Rien. Où a-t-elle bien pu passer, bordel ? Elle se précipite à la cuisine, revient avec une chaise. Elle essaie de la coincer sous la poignée de la porte, mais la chaise glisse, tombe sur le plancher dans un grand fracas. Elle tressaille.

Ne pas faire de bruit, ça va l'attirer ! Qui ? Elle ne se pose même pas la question. La panique a pris le dessus.

Elle doit trouver autre chose. Elle rassemble ses forces et tente de pousser la commode devant la porte. C'est ridicule, elle le sait, mais cela la rassurera.

Elle aurait dû prendre un couteau quand elle était dans la cuisine.

La commode, trop lourde, bouge à peine. Puis elle la voit. La clef est là, dans une coupelle, sur le meuble.

Je deviens complètement folle. Elle soupire, fâchée contre elle-même. Je ne risque rien, se répète-t-elle en se recouchant. Qu'est-ce qui me prend, de m'affoler ainsi ?

Elle attire son chat contre elle, il se laisse faire, ronronne à nouveau.

C'est risible ! Quand je raconterai ça à mon Jérôme...

Elle ne comprend pas son stupide accès de panique. Pour s'obliger à se calmer, elle respire profondément comme elle l'a appris dans ses cours de yoga, trop vite abandonnés, repris sur l'insistance de Constance, laissés à nouveau en jachère. Cette année, elle s'est mise au Pilates en même temps qu'elle suit un régime sans gluten.

2h54 à sa montre, posée sur la table de nuit. Presque une heure de plus de passée.

Ça va beaucoup mieux, maintenant.

Ses pensées repartent à Marrakech. Sylvia avait été la plus prompte à répondre à l'invitation du voyant.

Des trois copines, c'est sans doute celle qu'elle préférait. Elle adorait le grain de folie de cette petite brune pétillante, pleine de tonus, toujours partante. Sylvia était un peu barrée, c'est du moins la réputation qu'elle avait, mais elle la faisait marrer. Elle avait en permanence des histoires abracadabrantes à raconter. « Y a qu'à toi que ça peut arriver », lui disait-on. Et il est vrai qu'elle n'en faisait qu'à sa tête, toujours à l'affût de nouvelles expériences. Logique que ce soit elle qui les ait embarquées dans cette virée improbable dans la médina. Sans elle, Charlotte, Constance et Carole seraient tout simplement rentrées au riad, après avoir dansé jusqu'à ne plus tenir debout.

Elle s'était avancée la première. L'homme avait pris ses mains, fermé les yeux et, presque aussitôt, il s'était mis à parler comme s'il connaissait tout d'elle. Son âge, son métier, ses goûts, ses envies... Il semblait tout savoir.

Sylvia, pour une fois, se taisait. Elle l'écoutait religieusement.

« Franchement, c'était impressionnant, avait-elle avoué en rentrant au riad. Je n'en menais pas large. »

De retour à Paris, elle était plus dubitative : « Au final, je me suis demandé s'il ne s'était pas foutu de moi. J'avais raconté pas mal de choses sur moi à Mohamed. Bref, on se faisait avoir, et il a fallu que je sorte mes cent euros. »

Pour finir, le voyant lui avait annoncé qu'elle partirait vivre à l'étranger avant la fin de l'année.

« Moi ? Je déteste les voyages ! avait-elle répliqué.

– Pourtant, tu feras ta vie au loin, tu te marieras et tu auras trois enfants », avait-il assuré avec le plus grand sérieux.

Sylvia avait haussé les épaules et pris ses copines à témoin : « Pas de danger. J'aime pas les chiards ! »

Aujourd'hui, Sylvia a disparu des radars, Charlotte n'a que rarement de ses nouvelles. Maquettiste de formation, elle avait eu quelques mois plus tard une proposition, « de celles qu'on ne refuse pas », d'un studio à Los Angeles. Elle n'avait pas hésité une seconde et était partie pour les États-Unis en décembre. Presque trois ans maintenant. Une connaissance l'avait croisée l'année précédente dans une *party*, enceinte et flanquée d'« un grand con d'Américain » du nom de Matthews.

« À laquelle, maintenant ? » avait lancé le voyant, d'un ton autoritaire.

Constance, la bonne élève, avait levé le doigt : « C'est mon tour ! »

8

Constance a toujours été un peu naïve.

Sylvia disait en aparté : « Je crois qu'elle est un peu simplette. » Et comme elle ne brillait pas par son sens de la diplomatie, elle la taquinait : « Franchement, Constance, il faudrait grandir un peu. Tu es vraiment bébête, quand tu t'y mets, je te jure ! Cela dit, magnifique comme tu es, tu ne peux pas tout avoir, hein ? Moi, je suis hyper intelligente, ricanait-elle, chacune son truc ! »

C'est vrai que Constance était superbe : grande, élancée, les yeux clairs, les cheveux noirs, toujours impeccable. Quand même, elle a pas mal forci ces derniers temps. Charlotte entend d'ici ce que dirait Sylvia : « Eh ben, tu en as pour ton argent, au brunch du dimanche ! » Elle sourit. Ce soir, elle réalise à quel point Sylvia et ses extravagances lui manquent. Elle calcule le décalage horaire. C'est la fin de l'après-midi là-bas. Elle pourrait l'appeler et Sylvia lui remonterait le moral. Malheureusement, elle n'a même pas son numéro. Comment peut-on se perdre de vue aussi vite ? Promis, elle reprendra contact avec elle, très bientôt. C'est trop bête, cette fille, c'était sa préférée dans leur groupe.

Charlotte allume la télé, histoire de tuer le temps. Elle zappe de chaîne en chaîne, s'agace de ne rien trouver d'intéressant. Pour finir, elle s'arrête sur BFM. Elle coupe le son. Suivre l'actualité ne l'a jamais passionnée et elle se vante, un peu bêtement, de n'avoir jamais voté. Elle l'aurait bien fait pour Macron dont la tête de jeune homme tout frais et tout beau lui revenait, mais cette fois encore, elle a oublié de s'inscrire sur les listes électorales. Elle s'est fait enguirlander par Maxime, son grand pote homo du bureau : il était « vital de faire barrage aux fachos du FN et à cette pourriture de Le Pen ». Heureusement Jérôme est comme elle, il n'en a rien à faire de la politique.

À tel point qu'il lui arrive parfois de se demander ce qui l'intéresse, à part son foot et (bien sûr) elle ! Il est tellement secret. Mais ses amis sont unanimes, Constance en tête : « Au moins il ne la ramène pas. C'est ce qui fait son charme, à ton Jérôme. »

Ils sont ensemble depuis trois mois et elle réalise qu'elle ne sait pas grand-chose de lui. Quand même, elle aimerait qu'il se livre davantage. Il faudra que ça change.

Au pied du lit traîne le *Elle* de la semaine, qu'elle a rapporté du bureau. Elle l'attrape, il l'aidera à ne penser à rien et à oublier cette histoire absurde.

D'ordinaire, elle adore ce « magazine de gonzesses qui se la pètent branchées », comme dit Jérôme pour la taquiner, aujourd'hui elle le feuillette machinalement sans parvenir à fixer son attention. Elle a autre chose en tête que ces futilités. Elle le jette sur le côté, lève les yeux sur la télé. Le visage d'une jeune femme blonde occupe l'écran. Marrant, elle lui ressemble un peu, les cheveux, sans doute… Sur le bandeau défile l'annonce : « Une troisième victime du monstre. »

En hâte, elle remet le son.

Ce qu'elle entend la tétanise.

Je suis rentré chez moi, les pieds trempés après avoir marché dans une flaque d'eau. J'ai fait l'erreur de sortir en baskets de toile et je suis fâché contre moi. J'aime beaucoup ces chaussures (elles m'ont coûté cher), et je crains qu'elles ne soient foutues. La journée commence mal !

Tout à l'heure, avec cette météo qui ne s'arrange pas, je mettrai mes rangers. Ce n'est pas très élégant pour se présenter à un rendez-vous, mais beaucoup plus confortable sous l'orage.

J'ai lu, allumé la télévision, j'ai vite éteint quand j'ai vu qu'ils continuaient à ressasser des idioties sur moi. Une espèce de bonne femme (tellement moche que c'est une injure à la féminité) a proféré l'une des plus grandes bêtises que j'aie entendues à mon sujet. Selon cette imbécile, si mes « victimes » (quel terme réducteur, ces gens sont tellement limités) sont blondes, c'est parce que la blondeur symbolise « la pureté féminine que je veux souiller ». Quelle ineptie ! Et dire que ces gens-là sont payés pour énoncer de telles énormités. Sachez, pauvre idiote, que je ne suis ni fou ni psychopathe, et que je n'ai aucun compte à régler avec les femmes blondes.

Je le soutiendrai toujours, envers et contre tout, si, par malchance, je me retrouve un jour devant un tribunal : non, messieurs les juges, je n'ai pas été violenté ni traumatisé par une femme blonde, qu'elle soit parente, voisine ou enseignante, durant ma prime enfance. Ma chère maman n'était pas toujours blonde en dépit de son adoration pour Marilyn Monroe. Elle changeait si fréquemment de couleur de cheveux que son coiffeur a dû faire fortune grâce à elle.

Ces soi-disant spécialistes, psychologues, criminologues ! Ils ne comprennent rien. Le pire, c'est quand ils invoquent le complexe d'Œdipe pour parler de moi.
Cela vous arrangerait de faire de moi un taré, mais vous n'y êtes pas du tout. Je suis quelqu'un de tout à fait normal. Et je vous interdis de me juger !

J'admire le tableau au point de croix accroché face à moi, au-dessus de mon petit bureau. C'est ma maman qui a fait ça, une merveille de délicatesse et de précision. J'étais enfant, à l'époque, et ce travail lui a pris plusieurs semaines. Il ne fallait surtout pas la déranger, le moindre bruit la perturbait ; elle devait m'enfermer des journées entières dans la cave pour être tranquille.
Le résultat est époustouflant. Plus beau (à mon humble avis) que l'original peint par Botticelli, exposé salle 10-14 au musée des Offices à Florence. Tout de même, j'aimerais le voir de mes yeux. Je compte bien m'y rendre un jour prochain. Pour comparer.
Maman s'est focalisée sur le personnage central de Vénus sortant de l'eau. Maman était une artiste de qualité. Dans cette magnifique broderie elle a su à l'égal de Botticelli exprimer la pureté de cette déesse. Elle a parfaitement reproduit ses longs cheveux d'un magnifique blond vénitien, la candeur de son visage, la finesse de sa nudité, pudiquement voilée.
Je ne me lasse jamais de contempler cette œuvre. Elle me rappelle, bien sûr, ma maman chérie, et le temps béni de mon enfance à ses côtés. Malheureusement elle n'est plus de ce monde. D'elle ne me reste que ce canevas parfaitement exécuté.
J'y tiens comme à la prunelle de mes yeux, comme disait ma mamie quand elle parlait de ses chats. C'est cette femme, cet être parfait et si pur, que j'aspire à retrouver un jour...

9

Charlotte est pétrifiée. Elle voudrait s'enfouir sous la couette épaisse, mais elle demeure là sans faire un geste, les yeux rivés sur la télé, captivée par les images qu'elle voit et surtout par ce qu'elle entend.

Son cerveau lui murmure : Change immédiatement de chaîne. Tu te fais du mal. Mais elle écoute, hypnotisée, le journaliste de BFM. Il est question d'un tueur en série qui terrorise la capitale depuis plusieurs semaines. Bien sûr, elle a entendu parler de cette histoire. Elle s'en était même émue auprès de Jérôme. Son amoureux avait plaisanté, comme à son habitude : « Bientôt ton tour, qui sait ? Il apprécie les jolies blondes !

– Tu es horrible ! » s'était-elle indignée. Ça l'irrite, qu'il ne prenne jamais rien au sérieux.

« Imagine, ma chérie, avait-il poursuivi sur le même ton, avec ce petit air rêveur qui la fait craquer. Ça doit être tellement bon de zigouiller de jolies jeunes femmes. Il en a de la chance, le gars...

– S'il te plaît, arrête, ce n'est pas drôle du tout. »

Elle était fâchée, il avait dépassé les bornes. Comment pouvait-il plaisanter avec des faits aussi atroces et le calvaire de jeunes femmes qui avaient presque son âge ? Elle était sur le point de le renvoyer chez lui, tant elle était contrariée, mais elle s'était ravisée. Sans trop savoir pourquoi, elle avait eu l'impression qu'il serait capable de partir pour de bon.

Alors elle l'avait juste traité de sale vicelard, ce qui l'avait mis en joie.

« J'adore être un sale jeune vicelard. Et quand je serai vieux, je serai un sale vieux vicelard.

– En attendant, tu es un vilain petit garçon », avait-elle soupiré en secouant la tête d'un air impuissant. Franchement, comment résister à son charme quand il jouait les canailles ?

Si seulement il était là aujourd'hui, se lamente-t-elle une fois de plus, il trouverait les mots et il me ferait rire. Mais personne n'est là, et elle reste prostrée devant ce reportage qui n'en finit pas. Le ton du journaliste, monotone, sans âme, rend le récit encore plus glaçant.

L'image montre la façade grise d'un immeuble haussmannien et zoome sur une fenêtre éclairée, au quatrième étage. La rue est barrée par des voitures de police, gyrophares allumés. Comme dans les films, un cordon de sécurité empêche les curieux d'approcher. Des hommes vont et viennent.

« Une troisième victime pour celui que l'on surnomme déjà l'Égorgeur de chats ? La question est désormais clairement posée et inquiète les autorités judiciaires et policières : un tueur et violeur en série sévit-il dans la capitale, exécutant le chat de ses victimes, comme signature de ses crimes ? Ce matin, le corps de Sybille P., une jeune femme de vingt-six ans, a été découvert dans son appartement de la rue de la Roquette, dans le 11e arrondissement de Paris. »

Sur l'écran apparaît le visage de Sybille Plisson, gracieux, harmonieux, presque enfantin avec ces boucles blondes qui tombent sur ses épaules découvertes. Charlotte est bouleversée de voir livrés ainsi, sans égards, son nom et son image.

Le commentateur continue :

« Selon nos sources, le mode opératoire est identique aux précédents assassinats. Comme pour les premières victimes, elle a été retrouvée nue et ligotée sur son lit, étouffée avec un sac plastique. La dépouille d'un chat, gorge tranchée, reposait sur son bas-ventre. On attend les résultats de l'autopsie pour savoir si la jeune femme a été violée, comme cela a été le cas des deux autres victimes. »

Les photos de très jolies jeunes femmes aux yeux bleus et aux longs cheveux blonds ondulés se succèdent à l'écran.

« *Voici les visages de Victoire Chapelain et Madeleine Benedetti, victimes d'un probable tueur en série* », poursuit le commentateur. « *À ce stade, la police, en dépit des convergences manifestes, refuse de confirmer cette thèse, sans doute pour ne pas créer de psychose. Les investigations se poursuivent, a seulement indiqué le commissaire Clément, chargé de l'enquête à la police criminelle.* »

La voix monocorde enchaîne sur la suite des informations, comme si tous les événements avaient la même valeur : résultats des matchs de foot de la veille, ce crime terrifiant, ou le bras de fer qui oppose le gouvernement et les syndicats depuis des mois, à coups de communiqués.

Charlotte demeure immobile, sonnée, incapable de changer de chaîne jusqu'au générique de fin. Le PSG a écrasé Bordeaux six à zéro, dont un triplé d'un certain Cavani. Elle trouve qu'il ressemble à son Jérôme, avec son épaisse chevelure noire où elle aime tant promener les doigts.

Quelle horreur ! réagit-elle enfin. Elle songe au supplice enduré par la jeune femme. À ce chat martyrisé. Quel malade peut faire de telles choses ?

Charlotte éteint enfin la télé d'un geste las. L'Égorgeur de chats. À 3 heures du matin passées de quelques minutes, elle vient d'apprendre le surnom donné par la presse à l'assassin de ces jeunes femmes.

Elle est au bord de la nausée. Il lui a semblé que les trois filles lui ressemblaient terriblement. Vingt-cinq à trente ans, parisiennes, yeux bleus, et surtout cette opulente chevelure blonde... C'est terrifiant ! Non, non, ne tombe pas là-dedans, Charlotte. Ce n'est pas ton histoire. Pas de paranoïa, s'oblige-t-elle à penser.

Elle appelle Grichka. Le chat saute sur le lit, se glisse sous la couette, se blottit contre elle en ronronnant, comme s'il comprenait que sa maîtresse a besoin de toute sa tendresse.

J'éteins (je n'aime pas dépenser inutilement de l'électricité) et je m'allonge sur mon lit étroit. Lorsque j'ai emménagé ici, j'aurais bien aimé en mettre un plus large (cent vingt centimètres, par exemple). Mais il aurait pris trop de place dans ce studio, ou alors il aurait fallu sacrifier mon imposant fauteuil ou mon bureau. Or, je tiens aux deux. Le fauteuil, quoique défoncé et usé par le temps, est idéal pour se relaxer, et avoir un bureau est primordial. J'aime y travailler, préparer mes plans d'action. C'est là que je réfléchis le mieux. Finalement je me contente de mon vieux lit une place, un peu cabossé, je n'ai pas besoin de plus pour me sentir bien, les pieds en éventail, avec une grosse couette qui tient bien chaud !
Je regrette un peu mon hésitation, mon excès de prudence de tout à l'heure. Elle était réveillée. Et j'aurais aisément pu entrer (très facile chez celle-là !).
Et une fois dans les lieux... Je ne vais pas vous faire un dessin.
Même en pleine nuit, cela ne me pose aucun problème de pénétrer chez quelqu'un sans forcer la porte. Je sais trouver les mots. En toute occasion, je l'affirme sans fausse modestie, je suis doué.
Je vais vous faire une confidence : j'ai toujours été stupéfait de la naïveté des gens, et en particulier des jeunes femmes. Il suffit de si peu pour se les mettre dans la poche. Un sourire, de la gentillesse, de la politesse, une bonne présentation, comme on dit, il n'en faut pas davantage pour inspirer confiance.
La jeune femme qui a eu droit à mes faveurs avant-hier ne s'est pas méfiée une seconde de moi. Il y avait pourtant de quoi. À sa place, j'aurais été sur mes gardes. J'aurais fait attention. Il y a tellement

de gens bizarres, de malades, qui hantent nos rues, nos villes et nos villages.
Imaginez : je rentre, pressée, chez moi et, alors que les rues sont désertes, un jeune type s'engouffre à ma suite dans mon immeuble. Je serais aussitôt sur mes gardes, je me dirais qu'il y a quelque chose qui cloche. Je prendrais l'escalier pour monter, je ne partagerais pas l'ascenseur avec un inconnu.
Mais les filles ne sont pas comme nous. Il suffit de leur tenir la porte, de s'écarter pour leur céder le passage, d'échanger sans insister quelques banalités sur le temps pourri, d'éviter les compliments lourdingues, et surtout de ne pas les dévisager, alors que l'envie vous en démange.
Arrivée à son étage, elle appréciera que vous ouvriez la porte et que vous lui souhaitiez une belle soirée. Elle répondra : « Merci, à vous aussi » et croira en rester là, satisfaite (peut-être) d'avoir tapé dans l'œil d'un inconnu courtois.
Je vous le dis : les gens ne sont jamais assez prudents et les femmes sont d'une naïveté !
À l'instant où elle ouvrira la porte de son appartement, elle sera surprise que le gentil et poli jeune homme la pousse à l'intérieur, sa main puissante sur sa bouche, tandis que du pied il referme la porte d'entrée.
La suite n'est elle aussi qu'une simple formalité.
Quand les choses sont bien préparées, tout devient facile.

Avant de ressortir (décidément, je ne tiens pas en place aujourd'hui), je n'oublie pas de vérifier que mon matériel est bien rangé. Chaque chose à sa place dans ma banane. Dans ma poche, le sac plastique.

10

Elle n'a pas tout compris à cette histoire de chats. Le tueur vient-il avec un chat errant sacrifié au préalable ou tue-t-il l'animal de compagnie de ses victimes ? Le reportage n'était pas clair. Son regard croise celui de Grichka : quel monstre peut prendre plaisir à égorger une aussi mignonne petite chose ?

Apparemment, il s'en prend à des jeunes femmes blondes et il y a déjà eu trois victimes. Qui sont-elles ? Quand les a-t-il tuées ? Où en est l'enquête de la police, ont-ils des pistes, des suspects ?

Sous le choc, tout s'est embrouillé dans sa tête.

Elle veut, elle doit en savoir plus. Elle récupère son ordinateur portable au pied de son lit dans un fatras de journaux, d'une tasse encore pleine de thé, d'une bouteille de vin rouge presque vide, d'une assiette avec le reste de pizza dont elle s'est gavée en regardant la télé. Quand Jérôme n'est pas là, elle en profite, se laisse un peu aller. Il est tellement maniaque, à traquer le moindre désordre, il deviendrait dingue en voyant ça. Mais tout sera impeccable à son retour.

Nerveuse, Charlotte tape trop vite « gogeur de cht ». Elle doit s'y reprendre à trois fois avant de trouver toute une série d'articles concernant le tueur en série.

Le premier crime remonte à la fin du mois de septembre. Elle s'appelait Victoire Chapelain, vingt-sept ans, et vivait dans un petit appartement du 13e, près des Gobelins. La photo qui illustre l'article montre une jeune femme splendide, rayonnante. Blonde, les cheveux ondulés, légèrement cuivrés.

Elle était styliste dans un bureau de tendances. Dans une vidéo, d'une voix peinée, les larmes aux yeux, ses relations parlent d'une jeune femme sans histoire, bien intégrée, bien dans sa peau. « Victoire était un soleil ! » Elle avait tout pour réussir et ses amis sont dévastés par ce drame. Ils ne comprennent pas.

Un voisin avec lequel elle avait eu un différend pour une histoire de tapage nocturne avait été placé en garde à vue. Ses antécédents psychiatriques, plus les menaces qu'il avait formulées contre elle, hurlant contre son chat qui, affirmait-il, avait pissé sur son paillasson, en faisait sinon le suspect idéal du moins le premier. Il avait crié si fort, tambourinant sur sa porte pour qu'elle sorte s'expliquer, que des habitants de l'immeuble avaient appelé la police. La scène avait eu lieu deux jours avant l'assassinat, et bien sûr, tout le désignait. Mais il avait été relâché, faute d'éléments suffisants. Son alibi (il était en boîte avec des amis ce soir-là) avait été confirmé par plusieurs personnes et semblait tenir.

Après cela, la police avait multiplié les interpellations d'un paquet de malades bien capables de commettre une pareille horreur, sans le moindre résultat. L'enquête de voisinage n'avait pas donné grand-chose. Personne n'avait été repéré en train de rôder dans les parages, aucun bruit suspect à l'heure estimée du crime, un dimanche en début d'après-midi. Les enquêteurs s'étaient intéressés à son dernier petit copain. Leurs relations étaient orageuses : ils avaient rompu un mois plus tôt, puis s'étaient remis ensemble. Là encore c'était une impasse. Le copain était à Londres à ce moment-là.

Le chat de Victoire Chapelain était un tigré de cinq ans du nom de Fripouille.

Les enquêteurs avaient exploré toutes les pistes concernant ce chat, jusqu'à interroger le vétérinaire, le commerçant chez qui la jeune femme achetait ses croquettes, et même des membres d'une association prônant l'interdiction des chats dans les villes et leur retour à l'état sauvage, un groupe de farfelus qu'ils avaient longuement et sérieusement malmenés.

Bref, les flics pataugeaient.

Le tueur avait laissé passer trois semaines avant de récidiver.

Le deuxième crime, advenu le 14 octobre, un dimanche cette fois encore, dans la matinée, ne les avait malheureusement pas davantage fait avancer. Madeleine Benedetti, vingt-cinq ans, habitait un deux-pièces dans le Marais, rue des Archives. Elle aussi avait un compagnon (parti rendre visite à ses parents en province) et un chat. Elle était journaliste, dynamique, appréciée, promise à une belle carrière, et très jolie.

Blonde, évidemment.

Madeleine avait été retrouvée dans le même état que Victoire. Étouffée dans un sac plastique, nue, son chat, la gorge tranchée, posé sur le bas-ventre. Il était impossible de ne pas faire le rapprochement entre les deux massacres, si bien que la piste d'un tueur en série était désormais privilégiée, même si personne en haut lieu ne le reconnaissait ouvertement. Le point le plus frappant était que ce monstre égorgeait le chat de ses victimes, et il n'en avait pas fallu plus pour que la presse l'affuble du surnom d'Égorgeur de chats.

Le groupe du commissaire Clément, qui était dans le brouillard en dépit d'un déploiement de forces et de moyens considérable, craignait l'annonce d'une troisième victime. Six jours plus tard, Sybille Plisson était retrouvée massacrée, avec son chat Rocco.

Ce sac intrigue les enquêteurs, selon les reporters. Le tueur utilise toujours le même modèle, ces grands sacs très résistants qui servent pour les poubelles des rues. Les policiers mènent l'enquête auprès des agents municipaux pour savoir si des vols de sacs ont été signalés dans tel ou tel quartier de Paris. Un moment l'un d'eux a même été soupçonné. Pour l'instant, les recherches n'ont rien donné.

Les psys, eux, faisaient le tour des plateaux de télévision, pour expliquer que le choix du sac, où est imprimé en grosses majuscules noires « vigilance propreté », n'était pas anodin. Comme l'avait dit l'un d'eux, « l'utilisation d'un sac-poubelle peut signifier un désir du tueur de châtier la femme considérée comme impure. Il la désacralise. »

Ils évoquaient la fascination des hommes pour les chats depuis l'antiquité égyptienne. Sur le site de *Libération*, l'un d'eux expliquait très sérieusement que ce n'était pas un hasard si les chats qui avaient été sacrifiés étaient des mâles, « et qu'ils aient été posés sur la "chatte", veuillez me pardonner le terme, des victimes résume toute la symbolique de l'assassin. C'est la revanche du masculin sur le féminin, à une époque où le mâle perd sa position dominante. » La journaliste qui recueillait ces propos soulevait à sa suite un point « crucial » : « Et si l'enquête révèle que ces chats étaient castrés, quelle serait alors la problématique du tueur ? » Ce à quoi le chercheur répondait doctement : « Dans ce cas, on atteindrait le paroxysme de la revanche du mâle sur la femelle castratrice. L'impuissant exprime ainsi toute sa puissance retrouvée. »

Charlotte laisse échapper un petit rire nerveux, pas tant parce que ces propos lui semblent ridicules, mais parce qu'elle se remémore que son Grichka a lui aussi perdu sa virilité. « Impuissant, sans-couilles ! » s'amuse-t-elle en lui passant la main entre les pattes de derrière. Il n'apprécie pas et saute du lit.

Sa gaieté forcée l'abandonne vite, tandis qu'elle passe en revue les articles sur le calvaire infligé aux jeunes femmes.

Ces trois jeunes femmes sont de son monde. Citadines, branchées, indépendantes, elles pourraient être ses amies. Même âge, super job, petit copain beau et amoureux, des vies qui s'annonçaient formidables. Elles avaient sans doute les mêmes centres d'intérêt. Si ça se trouve, elle a croisé l'une ou l'autre à un vernissage, à une avant-première, dans le tournoiement de la vie parisienne… Il faudra qu'elle vérifie si la journaliste n'est pas dans ses contacts, s'il existe des liens entre ces trois malheureuses filles et elle.

C'est notre réussite qui doit agacer le tueur. Il a une vengeance à assouvir sur ce que représentent des femmes comme nous, se dit-elle, sans même se rendre compte qu'elle s'associe spontanément aux trois victimes. Toutes sont blondes et ont un chat, se répète-t-elle.

Comme moi.

Grichka n'a pas filé bien loin.

Quand elle l'appelle, il bondit comme à son habitude sur ses cuisses. Il s'y love, trouve son confort, ferme les yeux, attendant les flatteries de sa maîtresse. C'est bon de le caresser, de l'entendre ronronner, de le voir frotter sa petite tête, les yeux mi-clos, contre sa poitrine. « Tu es le chat le plus intelligent du monde », murmure-t-elle.

L'idée épouvantable qu'un tueur de jeunes femmes blondes rôde dans la ville, que ce soir peut-être une autre femme est en péril, s'insinue dans son esprit. Elle a beau la repousser, s'obliger à penser à tout autre chose, l'idée revient sans cesse. Insidieuse, insistante, de plus en plus présente, croît en elle la pensée qu'elle pourrait être la prochaine victime du monstre. Si forte, soudain, qu'elle en a le souffle coupé. Grichka la regarde, inquiet. Elle le rassure, l'attire contre elle : « Ce n'est pas grave, assure-t-elle. Ça va passer. »

Mais ça ne passe pas. Au contraire, ça l'emporte.

C'est absurde, il en existe des dizaines, des blondes qui ont un chat. Mais comment ne pas faire le lien entre ce sadique en liberté et cette menace qu'elle sent peser sur elle et qui la tient éveillée depuis des heures ?

Ce jour serait-il vraiment le dernier de sa vie ?

Un bruit fait tressaillir Grichka. Il dresse les oreilles, en alerte. Elle a entendu aussi : le claquement de la porte d'entrée, en bas dans le hall sonore, puis des pas dans l'escalier de l'immeuble. Dans le silence de la nuit, tout s'entend.

Le chat lui échappe et va se réfugier sous le lit. Caché là, il miaule plaintivement, comme un avertissement à sa maîtresse. Il a senti un danger et la prévient.

À ce moment précis, à 3h52 du matin, alors que dehors la pluie frappe de plus en plus fort sur les volets clos de la chambre, l'horreur s'impose à elle. Et si elle était celle que l'Égorgeur de chats a choisie comme prochaine victime ?

Les bruits de pas dans l'escalier se sont arrêtés. Mais elle n'a pas rêvé : quelqu'un est entré dans l'immeuble et a commencé à monter, sans prendre l'ascenseur.

L'immeuble est quasiment désert ce week-end, et ce n'est pas le vieux monsieur du deuxième qui rentrerait ainsi en pleine nuit.

Il y a quelqu'un dans l'immeuble.

Je veux être franc avec vous : j'aime beaucoup le mot « proie ». Ces jeunes femmes sont effectivement des proies. MES proies. Moi, je suis le chasseur, prédateur hors pair. Ce mot, je le revendique d'autant plus qu'il fait si peur.

Une précision importante : mes proies ne sont pas choisies par hasard, ou sur un coup de tête, parce que j'aurais un jour croisé une jeune beauté blonde et que j'aurais été saisi d'une pulsion irrépressible.

Je n'emploie jamais le terme d'« assassinat », ou tout synonyme du même genre, « meurtre », « crime », etc., que j'ai pu lire dans la presse. Je prends beaucoup de plaisir à accomplir ma tâche et j'y mets beaucoup de soin.

Une chose est certaine : je ne suis pas comme ce violeur de la Sambre, Dino Scala, qui n'a pas su s'arrêter à temps et qui maintenant pleurniche et demande à être soigné. Ce type m'horripile, à toujours justifier ses actes en parlant de pulsions qu'il était incapable de maîtriser.

Un peu de pudeur et d'honnêteté, monsieur Dino Scala ! Vous devez assumer la tête haute, au lieu de vous cacher derrière une pseudo-maladie mentale.

Je ne crois absolument pas à ces histoires de pulsions dont parlent si facilement les avocats et les journalistes.

Pour ma part, en tout cas, mes actes sont raisonnés, étudiés, programmés. Parler de pulsions serait une excuse pitoyable.

Je ne suis pas malade. J'assume en parfaite conscience ce que je fais. Aucune pulsion !

Vous pouvez en juger à ma façon de choisir mes proies. Mes décisions sont le fruit d'un long et minutieux travail d'enquête. Bien sûr, toutes mes élues sont blondes, les journaux l'ont assez répété. Mais n'allez pas croire que la première blonde décolorée au cheveu filasse fasse l'affaire. Je recherche des femmes aux qualités très particulières, exceptionnelles. Des femmes de bonne condition, avec une bonne situation. Des femmes qui travaillent, pas des sottes au foyer, mais belles, racées, pures. Des princesses aux cheveux d'or. Célibataires, aussi. Avec un chat.

Ce critère pourrait sembler le plus difficile à respecter, vu que je ne suis pas vétérinaire. Pensez-vous, c'est un jeu d'enfant. Mon terrain de chasse favori : les supérettes, les commerces de proximité : Carrefour Market, Monoprix, et plus rarement les Leader Price et les Franprix, qui n'attirent pas « ma clientèle ». Ces filles-là font leurs courses en fin de journée, ou le week-end. Il est facile de les repérer quand elles achètent de la nourriture pour leur animal adoré. Ah, j'en ai passé, du temps, dans les rayons pour animaux ! Mais quelle jouissance quand le chasseur trouve une perle rare. L'enquête peut commencer.

Il faut trouver où elles vivent, leur situation de famille (mariée, avec des enfants, ça ne le fait pas, forcément), l'accessibilité à leur domicile, leurs habitudes, leurs horaires, des quantités de détails qu'il serait beaucoup trop long d'énumérer ici. C'est ma cuisine !

Mais plus j'en apprends sur elles, mieux je me porte. C'est tellement jouissif de disséquer au scalpel la vie, le quotidien de mes proies.

Je vous assure que c'est un travail de longue haleine. Il y en a, de la perte, je l'estime à 95 %. Je suis parfois tombé sur des merveilles auxquelles j'ai dû renoncer.

Cela ne fait qu'à peine plus d'un an que j'ai débuté ma traque, et j'ai déjà sélectionné une dizaine de candidates parfaites...

Quelle satisfaction, quand j'ai enfin pu commencer avec Victoire. Ah, Victoire ! C'était un ange, et avec un pareil prénom, je ne pouvais pas débuter avec une autre !

Une jeune femme superbe même si elle n'était pas très grande (je dirais un mètre soixante-cinq). J'admirais ses longs cheveux

blonds et bouclés. Son petit nez retroussé lui donnait un aspect mutin qui n'était pas pour me déplaire. Victoire avait un sourire magique, le regard d'un bleu profond et pétillant. C'était une jeune femme pleine de vie, curieuse, avide de nouveautés (avec moi elle a été servie !). Je ne pouvais pas trouver mieux pour débuter (en plus de ce magnifique prénom).
C'est à elle et à la joie qu'elle m'a procurée que je songe tandis que je marche dans les rues sombres, humides et désertes.

À présent, je suis sur les lieux, il n'y a pas d'heure pour les braves. Quand je suis entré dans son immeuble, il faisait encore nuit noire. La porte m'a échappé des mains et le bruit a résonné dans la cage d'escalier plongée dans l'obscurité.
Je trouve l'interrupteur et j'allume. Je monte par l'escalier.

11

Il y a dans la ville un malade qui rôde.
Et Charlotte en est certaine maintenant : il est ici, il monte, il vient pour elle.

Charlotte éteint la télé, ne laisse allumée que la petite lampe sur sa table de chevet. Le reste de l'appartement est plongé dans le noir. Le couloir est un tunnel inquiétant, où il faudrait qu'elle se lance pour aller surveiller le palier, par l'œilleton. Mais, aux aguets dans son lit, elle ne trouve pas le courage de bouger.

Sous la porte d'entrée brille un rai de lumière venu de la cage d'escalier. Il y a bien quelqu'un. Il est déjà au premier, calcule-t-elle.

Peut-être devrait-elle tout allumer, faire un maximum de bruit ? Qu'il sache qu'elle ne dort pas, qu'il ne pourra pas la prendre par surprise, qu'il croie qu'elle n'est pas seule, qu'il comprenne qu'elle est prête à se défendre. L'agitation dans l'appartement l'alerterait et le ferait fuir.

Mais elle préfère rester dans la pénombre, réfugiée dans son lit, ne laisser que la petite lampe qui éclaire faiblement la chambre. Surtout ne pas bouger. Ne pas faire de bruit. Il pensera que l'appartement est vide, passera son chemin. Et se trouvera une autre victime.

Elle se sent plus en sécurité de cette façon. Si on ne la voit pas, si on ne l'entend pas, si elle devient invisible, il ne viendra pas. Même la lumière de la chambre est de trop. Sa main cherche le fil électrique de la lampe de chevet. Elle trouve l'interrupteur et éteint.

Car, maintenant, après ce qu'elle a découvert à la télé, appris sur Internet, elle est convaincue qu'elle est en danger. En très grand danger. Ce n'est pas une simple intuition, c'est une certitude, et ce danger elle va devoir l'affronter, c'est imminent. Où puisera-t-elle la force de lutter ?

Il approche, elle entend ses pas résonner dans la cage d'escalier, comme une marche inexorable vers elle. Au bruit, elle estime qu'il a atteint le deuxième. Combien de temps lui reste-t-il avant qu'il ne se présente à son étage ? Une quinzaine de secondes à peine. Moins peut-être.

Que va-t-il faire ? Sonner, frapper, tenter de forcer la serrure ? Enfoncer la porte qui ne résistera pas à un puissant coup d'épaule ?

Pourquoi, bon Dieu, n'a-t-elle pas changé la serrure ?

Et s'il avait la clef de l'appartement ?

Elle sera sa prochaine proie. Elle tremble, transpire, a le souffle coupé, ses forces l'abandonnent, ses résistances cèdent. Elle se voit livrée à cet homme implacable, violée, torturée, soumise à sa force et sa violence. Une image lui saute au visage : elle, perdant son souffle, la tête prisonnière d'un vulgaire sac de plastique. Que faire ? Bien sûr elle luttera, mais il finira par prendre le dessus, petit à petit. Les monstres sont toujours les plus forts. Elle va mourir, elle ne veut pas mourir...

Elle devrait appeler, mais qui ? Les flics ? Oui, oui, vite. Elle saisit le portable glissé sous l'oreiller. C'est le 18, le 17, le 911 ? Elle ne sait plus. Elle compose le 17. Si ce sont les pompiers, ce sera pareil, elle hurlera, suppliera qu'on vienne la sauver.

« Vous avez appelé la police, veuillez ne pas quitter... Vous avez appelé la police, veuillez ne pas quitter... » Interminablement, le répondeur répète la même litanie. Charlotte perd patience. Personne ne répond. Les flics sont aux abonnés absents. Elle raccroche d'un geste rageur. De toute façon, ces connards ne l'auraient pas prise au sérieux. Qu'est-ce qu'elle leur aurait dit ? Qu'elle est blonde, qu'elle a un chat, qu'elle a entendu des bruits suspects dans l'escalier, qu'il monte pour l'assassiner ? Qu'elle ressemble aux trois autres filles ? Qu'elle est certaine d'être la prochaine sur la liste du tueur, parce qu'il est écrit qu'elle doit mourir aujourd'hui ? Ils la prendraient pour une mythomane, lui diraient de se calmer. Ils enverraient, peut-être, une patrouille tourner dans le quartier, histoire de dire qu'ils ont fait quelque chose... Plus tard, bien trop tard...

Charlotte compose à nouveau le 17. Cette fois, il sonne occupé. Elle enrage : « Bande d'enfoirés ! »

Téléphoner à Jérôme, lui expliquer pourquoi il lui manque tant cette nuit ? Il lui dira quoi faire. Avec le décalage horaire, il est peut-être déjà levé ? Ce serait si simple de l'avoir en ligne...

Pourquoi l'a-t-il abandonnée alors qu'elle a tant besoin de lui ? Dans ses bras, elle serait à l'abri, en sécurité. S'il avait été là, jamais elle ne se serait souvenue de cette histoire débile de Marrakech. Elle dormirait, à l'heure qu'il est... Car elle est stupide, cette histoire, et elle, elle est totalement idiote de lui accorder un tel crédit. Elle tente de se convaincre. En vain. Fébrilement, elle compose son numéro.

Jérôme est au bout du monde. Bon Dieu, pourquoi a-t-il fallu qu'il parte ce week-end ? Elle le connaît par cœur, l'amour de sa vie : d'abord il plaisantera (prendra-t-il un jour les choses au sérieux ? s'agace-t-elle). Mais quand il réalisera sa panique, il lui dira gentiment qu'elle s'affole sans raison, qu'elle ne risque rien, qu'il faut qu'elle dorme, que tout à l'heure, quand elle se réveillera, tout cela ne sera qu'un mauvais souvenir, qu'il l'aime et qu'il rentre bientôt... Ce sera si bon d'entendre sa voix...

À la cinquième sonnerie, la boîte vocale s'enclenche.

« *Vous êtes bien sur le portable de Jérôme Verdier. Merci de laisser un message. Je vous rappelle au plus vite.* »

Elle dit simplement : « Appelle-moi vite, mon amour. J'ai besoin de toi. »

Elle ne sait si c'est d'avoir entendu la voix aimée et familière, mais, d'un coup, comme par miracle, elle sent s'apaiser la peur panique qui la faisait trembler. Elle reprend le dessus. La situation est loin d'être désespérée : l'appartement est fermé à clef, elle est réveillée, et, dans l'hypothèse peu probable où il parviendrait à entrer, elle est déterminée à se défendre.

Elle retrouve une respiration normale, son cœur ne bat plus à mille à l'heure.

Ce dimanche ne sera pas celui de sa mort, se promet-elle.

« Je t'aime », dit-elle à haute voix en pensant à Jérôme.

Elle compose à nouveau le 17. Occupé… De rage, elle jette le téléphone à travers la pièce.

Je n'ai pas pu résister. Je suis incorrigible, il a fallu que j'y retourne ! Comme je ne suis pas très loin, je suis venu en voisin. Cette fois j'ai enfilé des rangers. Avec ces grosses chaussures aux pieds, je ne crains pas les flaques d'eau. En revanche, elles font un bruit du diable dans l'escalier en chêne de l'immeuble. Je pourrais marcher sur le tapis, mais j'aime bien le martèlement régulier de mes semelles cloutées sur le bois.
Si elle ne dort pas, comme je le suppose puisque j'ai vu en arrivant devant son immeuble que les fenêtres de sa chambre étaient toujours allumées, elle doit m'entendre.
Je prends un léger risque, en venant ici alors que j'ai programmé mon intervention plus tard dans la journée, et j'ai parfaitement conscience que je fais une entorse à mes règles de prudence.
Mais de temps à autre, un peu d'adrénaline fait du bien, convenez-en, mes amis !

Je me demande ce qui lui arrive pour qu'elle soit encore éveillée. À cette heure, il n'y a que les fêtards, les travailleurs de nuit, les prostituées, ou les gens comme moi, qui n'ont besoin que de très peu de sommeil, qui veillent. Ou enfin les angoissés. Comme elle ne figure dans aucune des quatre premières catégories, je me demande ce qui la tracasse à ce point.
Je dépasse le deuxième étage, où vit un vieillard sourd comme un pot. Lui, le bruit de mes pas ne risque pas de le réveiller.
À l'instant précis où je pose le pied droit sur son palier, la cage d'escalier est plongée dans le noir.

Cela ne me gêne pas, au contraire : j'aime évoluer dans l'obscurité totale. Cela me rappelle le temps où ma maman adorée m'enfermait dans la cave de notre maison, sans lumière.
Il m'est arrivé d'y rester deux jours de suite sans manger ni boire, et sans jamais me plaindre. Si j'étais là, c'est que je devais le mériter.
Je possède toujours cette maison, à Talence, en banlieue bordelaise. Malheureusement, avec cette vie de fous que nous avons à Paris, je n'ai que rarement le bonheur d'y aller.
Ne serait-ce que pour vérifier que maman est toujours là, dans la cave. Cela doit bien faire dix ans qu'elle n'a pas bougé.
La dernière fois que je l'ai vue, j'ai trouvé qu'elle avait un peu maigri !
Oh, ne faites pas les gros yeux, je PLAISANTE !
Passez votre chemin, si vous n'avez pas compris que j'aime la plaisanterie. Dans la vie, j'en fais une règle, il faut avoir de l'humour. Et j'apprécie beaucoup les gens qui en ont. Je dois admettre que Victoire et les deux autres en ont cruellement manqué (elles n'ont pas réagi à mon humour et aux quelques blagues, certes un peu potaches, dont je les ai gratifiées quand elles avaient la tête dans le sac). Leur attitude m'a un peu déçu… Je souhaite que celle-là soit plus réceptive.

Je monte les dernières marches dans le noir complet.
Pour l'instant, je reste invisible, un peu en retrait, au cas où il viendrait à ma jolie blonde la curiosité de regarder par l'œilleton.

12

Sous la porte d'entrée, la lumière s'est éteinte depuis de longues minutes. Aucun bruit ne parvient de la cage d'escalier. Charlotte se détend, ce n'était qu'un voisin qui est rentré tard, ou, si c'était un étranger, il est parti. Peut-être même n'y avait-il personne...

Bien sûr, elle ne dormira pas tout de suite, elle restera attentive. Mais elle a le sentiment d'être sortie d'affaire.

Fausse alerte, se réjouit-elle.

Est-elle bien sûre d'avoir entendu quelque chose, vu de la lumière ? Elle commence à en douter, l'immeuble semble si tranquille. Toute cette agitation est le fruit de son imagination. Fais gaffe, à ce rythme tu vas devenir dingue...

Il lui suffit maintenant de penser à Constance. Cette nuit-là, elle était sans doute la plus bourrée des quatre copines. « Je vais m'éclater ce soir », avait-elle annoncé quand elles avaient quitté leur riad. Quelques verres avaient suffi, mais heureusement Constance a l'alcool gai. Elle riait de tout et n'importe quoi, trouvait très excitant de s'enfoncer dans les ruelles sombres de la médina et se moquait de l'air inquiet de Charlotte.

C'est avec un grand sourire qu'elle avait pris la place de Sylvia, affalée sur la chaise en face du voyant. « Tu me chatouilles, s'était-elle exclamée, riant de plus belle, quand il lui avait pris la main.

– Ça va mal finir, avait chuchoté Sylvia à Charlotte. T'as vu la tête du mec ? »

Le voyant posait un regard noir sur la jeune femme ivre. Quand il avait ordonné : « Maintenant, tu te calme. Si tu continues, tu sors de chez moi ! Compris ? », Constance l'avait regardé, déboussolée, avec un sourire niais. Mais il était impressionnant et elle n'avait pas répliqué. Pourtant il n'était pas très grand, son physique était assez quelconque, ses vêtements ordinaires, mais il émanait de lui quelque chose. Sa force irradiait tant qu'il en était presque inquiétant. Peut-être à cause de son regard insistant qui ne vous lâchait pas.

« Bon, on peut commencer », avait repris le voyant dans le silence général.

Cette nuit-là, Constance avait appris qu'elle tomberait enceinte à la fin de l'été. À l'époque, il n'y avait personne dans sa vie. Malgré toutes ses tentatives, bien qu'elle soit très jolie, elle n'arrivait pas à garder un copain beaucoup plus qu'un mois. Sylvia avait une explication : « Elle est vraiment trop bécasse. Les mecs se lassent dès qu'elle ouvre la bouche.

– Ne sois pas méchante, elle tombe mal, c'est tout », l'avait réprimandée Charlotte, qui n'aime pas les perfidies entre filles.

Sylvia ne s'était pas démontée : « Tu es toujours gentille, Charlotte, mais reconnais que Constance, c'est quand même la ravissante idiote. »

Charlotte n'avait pas trop su quoi répondre pour défendre son amie...

En tout cas, les prédictions du voyant étaient pour Constance inattendues et inespérées. « Mais vous savez avec qui ? avait-elle demandé en ouvrant de grands yeux.

– Son prénom commence par un A, avait affirmé l'homme d'un air énigmatique. Je le vois. Il est grand et brun.

– Et beau ?

– Oui, mademoiselle.

– Il a bonne vue », avait murmuré Carole en se retenant de rire, s'attirant un regard furieux du voyant.

Constance était aux anges. « Je vais baiser, les filles ! s'était-elle écriée, exaltée par l'alcool.

– Il n'est jamais trop tard pour bien faire », avait plaisanté Sylvia.

Les filles ne se cachaient plus pour rire de bon cœur. Constance faisait le V de la victoire. L'ambiance était à nouveau légère. Même le voyant souriait. Finalement, cette virée était drôle…

L'homme avait repris la parole : « Je vois aussi de l'argent, tu vas en gagner beaucoup. »

Plus rien ne pouvait retenir Constance. Elle avait levé les bras, en exultant : « Génial ! J'adore le fric ! Merci, Momo, ton copain est super ! s'était-elle exclamée, déclenchant l'hilarité générale.

– Ce n'est pas mon copain », avait répondu le jeune homme. Il fronçait les sourcils, l'air soudain grave : « Vous ne devriez pas plaisanter, Salim Mektoub est un grand *fkih*.

– Un grand flic ! » avait chuchoté Charlotte pour ses copines.

Mais Mohamed l'avait entendue.

« Ne te moque pas, avait-il dit d'un ton sévère. C'est très sérieux et il faut respecter ces choses. Sinon, tu auras des ennuis. »

Charlotte s'était contentée de hausser les épaules.

« Qu'est-ce qu'on avait ri avec toutes ces bêtises ! se rappelait Sylvia. Au début… Mais ensuite… »

Ensuite était venu le tour de Carole et les choses avaient commencé à se gâter.

Charlotte frissonne à ce souvenir quand, soudain, le rai de lumière reparaît, tout au bout du tunnel sombre.

Il y a vraiment quelqu'un, là, dehors.

De nouveau la panique qu'elle avait maîtrisée l'étreint.

Presque sans s'en rendre compte, elle compose le numéro de Jérôme. Elle a terriblement besoin de l'entendre, de confier sa terreur. Mais à la cinquième sonnerie, c'est encore la messagerie qui se déclenche.

Charlotte ne comprend pas. Jérôme répond toujours, d'habitude. Une voix d'automate indique qu'elle n'a pas laissé de message.

Elle compose une deuxième fois le numéro. Et toujours sa messagerie. Elle prend une grande inspiration et dit le plus calmement possible : « Mon amour, rappelle-moi vite, très vite, s'il te plaît. » Il va s'inquiéter, réalise-t-elle. Aussi elle ajoute : « Tout va bien, je t'aime, tu me manques. Je voulais juste t'entendre. »

Elle ne peut rester ainsi démunie, il faut qu'elle parle à quelqu'un.

Mais ses amies doivent dormir, à cette heure. Et c'est surtout la crainte de leur réaction qui la retient. Elle les connaît par cœur, ses copines. Carole sera complètement dans le cirage et se retiendra de lui raccrocher au nez, en râlant que c'est pas une heure, se forcera à l'écouter en pensant qu'elle débloque. « Qu'est-ce que tu as encore inventé ? Arrête de délirer, c'est n'importe quoi. Tu nous raconteras ça tout à l'heure au brunch, d'accord ? » Elle l'imagine déjà pester derrière son dos : « Cette pauvre Charlotte, elle devient vraiment parano. »

Quant à Constance, n'en parlons pas, elle éclaterait de rire d'emblée. Elle est incapable de prendre quoi que ce soit au sérieux. De toute façon, Constance est comme les autres, elle ne pense qu'à elle. Et elle est tellement bêtasse ! Charlotte en est malade : aucune de ses amies ne traversera jamais Paris pour lui venir en aide. Au mieux, elles lui diront de prendre un taxi pour les rejoindre ou de s'enfiler un somnifère.

Elles feront moins les malignes quand elles apprendront que j'ai été assassinée, s'emporte Charlotte. Quoique, si ça se trouve, elles s'en foutront pareil !

« J'irai pas à leur brunch à la con, déclare-t-elle tout haut. Qu'elles aillent se faire voir ! » Au moins, dans cet appartement, elle se sent en sécurité. Dehors, qui sait ce qui peut arriver…

Elle va téléphoner à son père. Il viendra, c'est certain, même de Saint-Cloud.

Mais non, il est malade du cœur, elle ne peut pas faire une chose pareille. Il s'inquiéterait pour elle, se précipiterait… Imagine qu'il fasse un infarctus ! Elle ne se le pardonnerait jamais. Plus tard dans la matinée, peut-être, si ça ne passe pas, en dernière extrémité.

Maxime, son copain homo. Voilà la bonne idée ! Lui, il comprendra, il accourra. En plus il n'habite pas très loin, rue Notre-Dame-des-Champs. Vite, vite !

Il décroche.

« Maxime ! s'exclame-t-elle avec soulagement.

– Ah non, madame, ce n'est pas Maxime », répond la voix d'une femme, sortant du sommeil.

Charlotte s'en moque, elle insiste :

« Maxime est là ?

– Il n'y a pas de Maxime ici ! se fâche la femme, et ce n'est pas des heures pour déranger les gens ! Laissez-moi dormir ! » Et elle raccroche.

Charlotte s'est effectivement trompée de numéro. Dans son affolement, elle a appelé celui qui est au-dessus de Maxime dans la liste. Mme Marson, la représentante du syndic de l'immeuble.

Maxime ne répond pas. Évidemment, il est de sortie, et rentrera à pas d'heure, comme tous les samedis soir. Elle en pleurerait. Lui non plus n'en a rien à faire d'elle. Charlotte laisse malgré tout un message. « J'ai besoin de toi, rappelle-moi ! »

Elle rappelle le numéro de la bonne femme du syndic. Tant pis, elle a trop besoin de parler à quelqu'un, n'importe qui. La communication coupe à la première sonnerie. Cette salope, s'énerve Charlotte, elle a éteint son téléphone.

Elle pourrait aller frapper chez un voisin, mais l'immeuble est vide ou presque ce week-end, départs en vacances obligent.

Elle fait mentalement le tour des cinq étages. Elle est sûre qu'elle reste la seule habitante, avec le vieux monsieur du deuxième. Ce matin, elle a entendu partir la famille de l'appartement voisin, et elle est certaine que ceux qui occupent tout le premier sont également absents, avec leurs quatre gosses. Ceux du quatrième, elle n'en est pas certaine. Au cinquième, il n'y a que deux chambres de bonne encore occupées, les autres servent de débarras. À l'idée de monter jusque-là, elle frissonne.

Reste le vieux monsieur en dessous. Mais il est sourdingue, le pauvre, avant qu'il ne l'entende, réagisse et se lève, elle sera morte mille fois.

Elle pourrait tenter de fuir l'immeuble, en courant le plus vite possible… Oui, mais s'il est dans l'escalier ? Elle ne peut pas prendre ce risque. Elle a beau se creuser la tête, pour l'instant, elle ne peut compter que sur elle-même. Le mieux serait de demeurer en sécurité ici sans ouvrir à personne.

D'un coup, elle réalise qu'elle ne peut pas rester ainsi prostrée dans son lit comme une sotte, à attendre une aide tombée du ciel. Il faut qu'elle se secoue.

« On ne va pas se laisser faire, hein, mon Grichka ? »

13

Charlotte se sent soudain pleine d'audace et de détermination. Il faut qu'elle sache, qu'elle voie.

Elle rallume la lampe de chevet, s'engage dans le couloir, progressant à tâtons, la main gauche glissant le long du mur, dans la faible lumière qui vient de la chambre. Elle avance sur la pointe des pieds, s'efforçant de ne faire aucun bruit.

Son pied bute sur le tapis du couloir. Elle trébuche, tente de trouver appui contre le mur, sa main rencontre la porte entrouverte de la salle de bains, elle perd l'équilibre, se rattrape au guéridon, tombe en entraînant la petite table. Le vacarme lui semble assourdissant.

À plat ventre sur le parquet, elle ne bouge plus, attentive à tout.

Plus aucun bruit. Mais la lumière filtre toujours sous la porte, preuve qu'il y a quelqu'un dans l'escalier.

Peut-être est-il arrivé à son étage… Il a forcément entendu sa chute, il sait qu'elle est là et il attend, immobile et silencieux.

Elle se relève, elle s'est fait mal au coude. Elle le frotte, rien de grave. Le plus doucement possible, elle entre dans la cuisine, ouvre le tiroir du haut. Là, faisant bien attention à ne pas entrechoquer les autres ustensiles, elle saisit le grand couteau à viande. Sa lame fine luit dans les lumières qui montent de la rue.

L'arme en main, elle s'approche de la porte. Elle voit briller l'œilleton.

Elle devrait regarder, mais, au dernier moment, le courage lui manque. Elle a trop peur d'affronter la réalité. Et si elle se retrouvait nez à nez avec le tueur ?

C'est au-dessus de ses forces. Elle ne pourrait retenir un hurlement, elle en est sûre.

Le silence est total. Sa main gauche explore la paroi de la porte et trouve la clef glissée dans la serrure. Charlotte la tourne délicatement d'un demi-tour jusqu'à son maximum et la maintient fermement dans cette position. S'il possède la clef de chez elle et tente d'y pénétrer, elle résistera de toutes ses forces. Il ne pourra pas ouvrir.

Charlotte colle son oreille au battant. Derrière, elle croit percevoir comme un souffle. Rauque et inquiétant.

Elle voudrait demander s'il y a quelqu'un, hurler « Partez ou j'appelle la police », mais les mots refusent de sortir. Elle se terre dans le silence.

Elle réalise que d'un puissant coup d'épaule, un homme déterminé pourrait faire céder la porte. Elle serre le couteau.

Grichka s'approche, se frotte à ses jambes nues, miaule. Du pied, elle le repousse. Il revient. « Va-t'en ! » chuchote-t-elle. Le gros chat n'obéit pas, il reste collé à elle. Si l'homme attaque, il l'encombrera. Elle n'a d'autre solution, se penche pour l'attraper, le jette sans ménagement dans la cuisine juste derrière elle et tire la porte. Grichka miaule, gratte rageusement avec ses pattes. « Reste là. »

Pour se débarrasser de son chat, elle a dû lâcher la clef pendant quelques secondes. Il lui semble l'avoir entendue tinter. Il essaye d'ouvrir. Dans un réflexe désespéré, Charlotte reprend la clef, tourne, bloque la serrure. Juste à temps.

Elle est contente d'elle.

Des gouttes de sueur lui piquent les yeux. Elle les essuie de la main qui tient le couteau. Avec ça, elle saura se défendre !

Alors, elle rassemble son courage et regarde par l'œilleton. Elle se sent plus vaillante maintenant que la lutte est engagée. Le palier est toujours éclairé, mais il n'y a personne. La lumière s'éteint d'un coup. Elle croit entendre se refermer la porte, tout en bas, dans le hall d'entrée.

Elle se précipite à la fenêtre de la cuisine pour regarder dans la rue. Elle se penche à perdre l'équilibre, observe à droite, à gauche. À près de 5 heures du matin, la rue, luisante sous la pluie, est vide. Non ! Une silhouette s'éloigne à l'angle du pâté de maisons, et disparaît. Un homme, lui semble-t-il, qui porte un bonnet et une veste sombre, peut-être un blouson. Difficile à dire, d'où elle est. La lumière blafarde des lampadaires, la pluie fine, les ombres sur les façades, tout a un aspect inquiétant. C'est lui, se dit-elle, le cœur battant à toute allure. Il s'en va ! Elle l'a vaincu !

Elle en est certaine : il a senti sa détermination et a renoncé.

Elle va se servir un grand verre d'eau fraîche, l'avale d'un trait. À ses pieds, Grichka, indifférent, termine sa gamelle de croquettes puis lape son bol d'eau. Il a repris confiance. Elle aussi.

Il n'est que 4 h 46 à l'horloge Conran Shop de la cuisine (fichue horloge qui lui a coûté un bras et dont il faut changer les piles tous les quatre jours – mais elle est si belle avec « New York » inscrit sous les aiguilles), cette journée affreuse est loin d'être terminée. Encore dix-neuf heures à tenir. S'il est parti, est-ce que cela veut dire qu'il ne reviendra plus ? Elle voudrait s'en convaincre.

« Je vais gagner ! » promet Charlotte à Grichka en le couvrant de caresses et de bisous, pour se faire pardonner de l'avoir enfermé dans la cuisine. « C'est pour notre bien à tous les deux, lui murmure-t-elle. S'il me tue, il t'égorgera, mon bébé chéri. Et ça, maman ne veut pas ! »

Grichka ronronne de plaisir.

Décidément, je ne sais pas ce qui se passe dans ma tête, mais c'est le jour des hésitations ! J'ai encore HÉSITÉ, pas longtemps, mais j'ai HÉSITÉ : et si, au lieu d'attendre l'heure prévue, je m'occupais d'elle maintenant ? Je l'avoue : l'envie m'a plus que titillé… Ça frémissait en moi.

J'ai rallumé la lumière dans la cage d'escalier pour regarder la serrure. Je l'ai déjà étudiée de près et je sais que je pourrais la faire sauter très facilement grâce à mon kit de crochetage (neuf crochets picks pour la modique somme de 25,99 euros sur Internet) qui ne quitte jamais ma banane.

Ensuite, tout aussi facilement, j'aurais fondu sur ma proie.

J'allais m'avancer quand j'ai entendu le bruit derrière la porte. Un objet qui tombait. Elle n'était pas couchée. Ça ne m'a pas inquiété plus que cela. Pardonnez mon absence de modestie, mais ce n'est pas une jeune femme de cinquante kilos qui pourrait résister à mon quintal tout en muscles – en réalité quatre-vingt-dix kilos et deux cent cinquante-deux grammes lors de ma pesée matinale quotidienne. J'affiche un léger excédent, pourtant je veille à ne pas dépasser les quatre-vingt-dix. Depuis tout petit, j'ai une mauvaise tendance à l'embonpoint, que maman a vainement essayé de corriger. À seize ans, je pesais cent vingt kilos et maman, pour me secouer, avait raison de me traiter de « gros tas » (« de merde », parfois). Heureusement, aujourd'hui, grâce à une pratique intensive du sport et de la musculation, je conserve mon poids de forme.

Mais si ma princesse est encore debout, c'est que quelque chose ne va pas. Je crains que dans son état (nervosité, méfiance, que

sais-je) elle n'ouvre pas. Je reviendrai plus tard. Après tout, je ne suis pas pressé, j'ai toute la journée devant moi.
Je me suis éclipsé.

Ce bruit a été comme un rappel à l'ordre. Je me suis souvenu de cette phrase que répétait mamie : « Avant l'heure, c'est pas l'heure ! »
J'ai des règles et j'entends m'y tenir, sans aucune exception.
Mon intervention n'est pas programmée pour maintenant. Je reviendrai plus tard, selon ce qui est prévu. C'est-à-dire en pleine journée.
Modifier ses plans et agir sur un coup de tête est dangereux, je vous l'ai déjà dit.
Et puis, je ne voudrais pas avoir à me montrer violent pour la faire taire. Je déteste la violence. Je l'évite au maximum !
Je me permets de donner ce conseil : ne vous laissez jamais porter par l'improvisation. Suivez toujours votre plan TEL QU'IL A ÉTÉ ÉTABLI.
J'ai contenu mon envie de passer à l'acte et je suis parti, à l'instant même où la lumière s'éteignait.
La conclusion n'en sera que meilleure.

14

Il est 5 h 18, il faut absolument qu'elle dorme un peu. Pas longtemps, une heure. C'est le répit dont elle pense disposer avant qu'il ne revienne.

Mais pourquoi reviendrait-il ? Le monstre a passé son chemin, elle l'a vu partir ! C'est l'heure tardive et cette nuit sans sommeil qui lui donnent des idées noires…

Elle ne parvient pas à oublier les mots du voyant de Marrakech. Qu'est-ce qu'elle lui en veut, à ce sale bonhomme ! Il fallait vraiment qu'elles aient perdu la tête cette nuit-là pour suivre ce Mohamed !

Quand était venu le tour de Carole, les filles étaient calmées et attentives. Leur amie allait se marier un mois plus tard. Forcément, il serait question de ça.

L'homme avait paru hésiter, s'était presque excusé :

« Je ne sais pas si je dois te dire ce que je vois…

– Mais si, voyons, je veux savoir ! avait fanfaronné la future mariée, tout sourire.

– Tu es sûre ?

– Mais oui ! »

Haussant les épaules, le sorcier avait annoncé d'une voix grave : « Je vois que ton mariage ne tiendra pas. Tu divorceras dans deux ans. »

Après un moment de stupeur, Carole avait fait la moue et ricané. « N'importe quoi. »

Elle avait sorti ses cent euros d'un air piqué au vif et était allée s'asseoir dans le fond, un peu dégrisée, la mine boudeuse.

Constance fronçait les sourcils. Après ce qu'elles venaient d'entendre, les prédictions la concernant n'étaient-elles pas du pipeau ? Charlotte l'avait sèchement rabrouée : « On s'en fout, de tes histoires de jambes en l'air ! Regarde dans quel état est Carole ! »

Carole était une grande sensible et ce mariage devait être le plus beau jour de sa vie. Les préparatifs stupéfiaient Sylvia : « Elle a tout programmé, c'est dingue ! À croire que cette fille n'a toujours eu qu'un but dans la vie : se marier avec un mec beau, riche et qui sera aux petits soins avec elle, femme au foyer, comblée. Arrêter de bosser, c'était son rêve. »

Le rêve avait pris un sale coup, avec cet oiseau de mauvais augure.

Rentrée en France, Carole avait ri de l'incident avec Pierre, son amoureux, et l'avait vite oublié. Leur mariage, un mois plus tard, fut de l'avis de tous particulièrement réussi.

Dans le salon du voyant, l'ambiance était plombée. Les filles n'avaient pas apprécié son manque de tact. « Bon, fini la rigolade, avait tranché Charlotte. Pour ma part, pas question de me prêter à cette mascarade. Les prédictions de ce guignol, je m'en fous comme de l'an 40. Pas question de filer cent euros de plus à ces deux escrocs. »

Elle avait pressé ses copines de quitter cet « endroit à la con » et toutes s'étaient levées, troublées, et pressées de passer à autre chose.

Charlotte toisait le voyant avec une moue pleine de mépris. L'homme soutenait son regard, l'œil noir…

Ce qu'il lui avait dit ensuite lui revient aujourd'hui comme un uppercut. Tant pis, elle veillera jusqu'à minuit s'il le faut. Mais elle se sent tellement épuisée… Il suffirait qu'elle ferme les yeux quelques secondes pour que le sommeil l'emporte.

Une heure, pas davantage, se promet-elle, elle mettra l'alarme sur son portable pour se réveiller.

Je suis perfectionniste et fier de l'être. Je le suis dans ma vie quotidienne, dans mon métier, et, évidemment dans cette nouvelle mission qui me procure tant de satisfactions.
Comme je vous l'ai expliqué, je choisis mes jeunes femmes à l'issue d'un long travail certes assez fastidieux mais très précis. C'est pour cette raison que je connais plus de 95 % d'échec. J'ai pu faire le calcul, car je note tout avec précision : 96,37 %.
Vous le constatez, j'ai beaucoup de déchet.
Mais cela va avec le degré de perfection que je m'impose dans cette tâche.

Prenons par exemple ma première proie. Nom : Chapelain, prénom : Victoire. Née le 16 janvier 1991 à Colmar dans le Haut-Rhin. Une Alsacienne !
Je précise d'ailleurs que c'est à cause de son prénom qu'elle est passée en tête de liste, comme on dit en politique (soit dit en passant, à l'inverse de beaucoup de jeunes de mon âge – bientôt trentenaire ! – je m'intéresse de près à la politique. Parfois, je me dis que je me lancerai un jour, pourquoi pas ? Je suis un garçon ambitieux et ne m'interdis rien).
Victoire Chapelain n'était pourtant pas la première que j'avais repérée, mais je pense qu'à ma place vous auriez fait le même choix. Je vous explique : j'avais déjà recueilli toutes les informations nécessaires sur la dénommée Madeleine Benedetti et il ne me restait plus qu'à attendre le bon moment. Mais finalement, Madeleine a dû attendre son tour et laisser la première place à

Victoire. Je ne suis pas superstitieux, mais faire mes premiers pas avec une beauté prénommée ainsi me semblait le gage d'une aventure entamée sous les meilleurs auspices. Reconnaissez que «Victoire», ça a une autre gueule que «Madeleine»!

Je l'avais repérée le samedi 24 mars, à 10h35, au Monoprix, 125 boulevard Vincent-Auriol, 75013 Paris.

Elle était accompagnée d'un garçon qui visiblement était son ami. J'ai supposé qu'il se prénommait Emmanuel, car elle l'appelait Manu à tout bout de champ. «Manu, et si je faisais une salade de tomates?» «Manu, tu veux des bananes?» Manu par-ci et Manu par-là...

Elle a immédiatement attiré mon attention à cause de sa chevelure admirable. De longs cheveux blonds, de ce blond vénitien si rare, délicatement ondulés. Je ne pensais plus qu'à y glisser mes doigts. J'ai observé que les cheveux blonds sont en général plus fins et plus soyeux que les autres.

C'était une vraie beauté, un ange tombé du ciel, elle éclipsait presque Madeleine. Je le reconnais : j'étais ébloui, j'ai même eu un bref moment de stupeur, où je suis resté pétrifié sur place, mais qu'heureusement personne n'a remarqué.

J'ai croisé les doigts, j'en tremblais. Et comme par miracle, sans cette fois demander l'avis de «Manu», elle a mis dans son chariot trois boîtes de pâtée pour chat, les plus chères du rayon.

Il m'a ensuite suffi de les suivre, ils sont entrés dans un immeuble à deux rues de là, et il ne m'a pas fallu beaucoup d'efforts pour découvrir qu'ils ne vivaient pas ensemble.

C'était plus qu'un bon début, mais je me forçais à rester calme, à ne pas m'emballer, car j'avais déjà connu bien des désillusions, avec des sujets pourtant tout aussi prometteurs. Je me rappelle par exemple une fabuleuse créature croisée près de Daumesnil. Une blondeur de gravure de mode! Son animal de compagnie n'était pas un chat mais un de ces chiens minuscules, qui préférait la pâtée pour chat, apparemment! Je me rappelle ma déception et ma rage quand je m'en étais rendu compte...

Deux mois ont été nécessaires avant que je sois certain que Victoire Chapelain était une candidate à la hauteur, avec son chat, un mâle de cinq ans appelé Fripouille.
Je savais tout d'elle : sa profession, l'âge de ses parents, les études qu'elle avait suivies, les langues qu'elle parlait, ses goûts, ses loisirs, son emploi du temps, l'adresse et le prénom de son coiffeur (oui, même ça !), le code de l'immeuble, le plan de l'appartement, un deux-pièces de trente-cinq mètres carrés au quatrième étage d'un immeuble neuf qui en comporte sept, ses habitudes et celles de ses voisins, etc. Et bien sûr ses relations avec ce fameux Manu. Ils couchaient ensemble depuis six mois, mais chacun vivait de son côté. Victoire était une fille profondément indépendante, une qualité qui, j'en conviens, m'arrangeait bien !

Toutes les informations que je recueille sur les « sujets » sur lesquels je travaille sont consignées sur mon ordinateur. Ce n'est pas de l'étourderie. Sachez que si je suis arrêté un jour (mais bien sûr, ceci me semble hautement improbable ; vu mon attention aux détails et ma prudence, il faudrait un très mauvais concours de circonstances), je n'ai absolument pas l'intention de nier quoi que ce soit. Je ne cacherai rien aux enquêteurs, je leur donnerai accès à tout.
Car cela voudra dire non seulement que j'ai failli mais aussi que j'ai fait mon temps. Ils constateront aussi la qualité, j'ose écrire la perfection, de mon travail.

Vous savez désormais comment je procède. En suivant une autre maxime de ma chère grand-mère : « Patience et longueur de temps font plus que force ni que rage. »

15

Charlotte ne rêve que de s'accorder un peu de sommeil. Malgré tout, sans lâcher son grand couteau, serré dans sa main droite, ni Grichka, prisonnier de son bras gauche (ce gros paresseux ne voulait pas se bouger et maintenant il gigote pour tenter d'échapper à sa maîtresse), elle quitte son lit, allume toutes les lumières et retourne à la porte d'entrée d'un pas lourd, tapant presque du pied sur le parquet pour faire le plus de bruit possible, tout en sifflotant, et en parlant fort à son chat.

Arrivée à la porte, elle jette un coup d'œil machinal par l'œilleton. Quelle idiote ! se gronde-t-elle : elle ne voit rien, le palier est toujours plongé dans le noir. « Chut ! » ordonne-t-elle à Grichka qui se trémousse de plus belle. Aucun bruit. Elle en est certaine : l'escalier est vide.

Elle pourrait retourner tranquillement dans son lit, allumer la télé et rester bien à l'abri dans l'appartement, dormir un peu…

Plus tard, elle se torturera à se demander ce qui l'a poussée à faire une telle bêtise. La curiosité, tout d'abord, de voir si quelqu'un avait laissé sur le palier des gouttes d'eau, des traces de terre, un signe de sa présence, une preuve qu'elle n'a pas rêvé. Mais un peu de défi, aussi, parce qu'elle se sentait soudain invincible.

Elle tourne la clef, pousse la porte et sort sur le palier, en tee-shirt et en culotte noire. « Tu vois, il n'y a personne ! » lance-t-elle d'un ton guilleret à Grichka. Elle passe son index dans le cou de son chat. « Sinon, couic ! »

Elle tend la main sur sa droite pour allumer dans la cage d'escalier lorsque soudain, avant qu'elle ait trouvé l'interrupteur, la lumière jaillit.

Le superbe chat persan est aussi surpris qu'elle. Il échappe aux bras de sa maîtresse, se faufile entre ses jambes et disparaît dans l'escalier. Charlotte l'appelle, furieuse. Ce chat a le chic pour toujours disparaître quand il ne faut pas.

Il est pourtant costaud, ce pépère de quatre ans, un pur race – certificat à l'appui –, doté d'une épaisse fourrure grise très soyeuse, d'une grosse figure bonhomme au nez tout écrasé, de toutes petites oreilles. Un chat qui gagnerait tous les concours de beauté, s'était vantée Charlotte quand, très fière, elle l'avait présenté à Jérôme. Lui n'avait pas été impressionné par cette boule de poils et n'en était pas revenu qu'elle l'ait payé pas loin de mille euros. Elle ne les regrette pas, Grichka est tellement mignon, joueur, malin, en un mot : craquant... « C'est le chat le plus affectueux du monde. » Jérôme avait gardé ses distances sans le toucher et elle s'était étonnée : « Tu es allergique ? »

Tout le monde adore Grichka. Il n'y a que Jérôme qui ne l'ait pas encore adopté. Et elle a l'impression que la méfiance est réciproque.

Cela chagrine Charlotte, qui sermonne Grichka quand son amoureux est absent. Elle tente aussi de convaincre Jérôme : « Tu verras, mon chéri, un jour, tu ne pourras plus te passer de lui. » Un soir, d'autorité, elle avait posé Grichka sur les genoux de Jérôme, histoire de forcer un peu les choses. Catastrophe ! Jérôme avait bondi, les yeux exorbités et furieux, comme si c'était une bassine d'eau bouillante ou un crotale, envoyant le malheureux animal valdinguer à l'autre bout du salon.

« Ne me refais jamais ça ! » avait-il fulminé, hors de lui.

Sa fureur était telle que Charlotte lui avait promis de ne jamais recommencer et que ce soir-là elle avait enfermé Grichka dans la cuisine, où il avait passé la nuit.

Surprise par la lumière, Charlotte n'a pas vu où a filé son chat. Elle l'entend miauler, plus haut dans l'escalier. Elle se précipite. Il s'est arrêté à mi-hauteur, entre le troisième et le quatrième étage, pointe son museau vers elle et miaule à nouveau, comme s'il demandait à sa maîtresse de le suivre.

Des bruits montent du rez-de-chaussée. Charlotte doit se réfugier de toute urgence dans l'appartement. Mais pas question qu'elle abandonne son chat. Elle monte vers lui, veut l'attraper. Il grimpe encore de quelques marches. Il attend. « Monte », semblent dire ses petits yeux.

« Ne bouge plus, ordonne-t-elle à voix basse. Arrête de faire l'imbécile, il faut rentrer ! » Grichka incline la tête, la frotte contre le bois lisse, mais garde les yeux grands ouverts, ses petites oreilles pointées. Il est à l'affût, se dit Charlotte. Qu'est-ce qu'il fabrique ?

Elle menace : « Je vais rentrer et te laisser tout seul ! »

Grichka reste imperturbable.

L'attention de la jeune femme se porte sur les bruits qui lui parviennent du bas de l'immeuble.

Elle se penche, scrute l'espace étroit entre l'escalier et la cage d'ascenseur. Elle ne voit rien. Cette fois, aucun doute possible, il y a bien quelqu'un, mais qui ne veut pas être vu.

Il a appelé l'ascenseur. Au-dessus de sa tête, elle l'entend entamer sa descente depuis le cinquième et dernier étage. C'est un vieux modèle grillagé qui arrive maintenant à sa hauteur. Il est vide.

Il ne lui reste guère de temps. Et ce fichu Grichka, qui s'obstine à ne pas vouloir se laisser attraper.

Au rez-de-chaussée quelqu'un se racle la gorge, toussote. Elle se penche à nouveau, aperçoit la manche d'un blouson d'homme, du cuir noir, dirait-on, une main qui appuie nerveusement sur le bouton d'appel, comme si l'ascenseur ne descendait pas assez vite.

Elle se penche un peu plus, dans l'espoir d'apercevoir une tête connue, celle d'un voisin. Mais l'homme n'offre toujours que sa main impatiente.

Il faut qu'elle récupère Grichka au plus vite, regagne son appartement et s'y enferme à clef.

Un grand claquement se fait brusquement entendre : la porte de son appartement, emportée par le courant d'air, vient de se refermer. Charlotte sursaute, réalise aussitôt sa bévue : elle est sortie précipitamment, sans refermer la fenêtre de la cuisine, d'où elle avait scruté la rue. Le vent s'est levé dans la nuit et il souffle fort dehors, il s'est engouffré dans la cage d'escalier quand l'inconnu a pénétré dans l'immeuble.

Elle descend de quelques marches. Catastrophe, la porte s'est refermée avec ses clefs à l'intérieur. Elle ne peut pas rentrer chez elle, elle est prisonnière, coincée à l'extérieur.

L'ascenseur s'est immobilisé au rez-de-chaussée. Elle entend le crissement de la grille d'entrée, les pas de quelqu'un qui entre dans l'habitacle, la porte de fer que l'on referme.

Cette fois, il n'a pas pris l'escalier.

Pour arriver plus vite ?

Sur le palier du quatrième, Grishka miaule et l'appelle.

Hier, j'ai entendu à la radio que le rythme de mes « assassinats » s'est accéléré.
C'est totalement faux.
Quand je suis passé à l'acte en septembre, à mon retour de trois semaines de vacances, j'avais quatre sujets « sur le feu ». Quatre « doss », comme on dit dans ma profession, très bien ficelés. Je n'ai fait que les boucler après d'ultimes et nécessaires vérifications.
Si aujourd'hui 28 octobre, deux jours seulement après l'aimable Sybille, je suis « de sortie », c'est parce que je suis prêt.

Comme pour les trois précédentes jeunes femmes, je sais tout de celle à qui je consacre cette journée de dimanche.
Évidemment, elle est blonde, grande, mince, un visage ovale, le nez fin, le cou gracile. Elle est tout en élégance discrète. De petites taches claires parsèment ses pommettes bien dessinées, ce qui la rend particulièrement mignonne et un brin vulnérable. Elle possède un chat. Elle est seule ce week-end dans un immeuble quasiment vide, raison pour laquelle j'ai décidé d'agir aujourd'hui. Il fait encore nuit noire sur Paris, j'ai tout mon temps et j'en profite. Mais une chose est sûre, ce dimanche sera son dernier.
Après elle, je devrai m'accorder un peu de temps pour les nouvelles candidates sur lesquelles je travaille déjà. Leurs dossiers ne sont pas encore complets, à l'exception de celle que j'ai prévue pour la semaine prochaine. Pour celle-ci, il me reste encore deux ou trois détails à vérifier.

Incorrigible, je n'ai pas pu m'empêcher de faire demi-tour pour retourner à son immeuble, alors que j'arrivais non loin de mon studio.
Pire encore (ce n'est pas bien), sans respecter les règles que je m'impose, je prends l'ascenseur (ne le répétez pas !).
J'ai envie de gagner rapidement le cinquième étage. De là, j'aviserai à la suite des événements.

16

Elle se giflerait tellement elle est bête, conne, débile. Mais à quoi bon se traiter de tous les noms, se demander ce qui l'a poussée à sortir sur le palier au lieu de rester bien sagement à l'abri dans son appartement ?

Il y a urgence...

Affolée, elle cherche Grichka. Il n'est plus sur la marche où il se tenait quelques secondes plus tôt. Mais son miaulement l'alerte. Il a continué de grimper vers le cinquième.

Et s'il voulait l'avertir de quelque chose ? Ces animaux ont un instinct de survie infaillible, non ? Peut-être ferait-elle mieux de le suivre. De toute façon, quand elle arrive à sa hauteur, il continue de monter. Puis il s'arrête à nouveau, comme un encouragement à poursuivre son ascension.

Charlotte lui emboîte le pas sans plus se poser de question.

Elle avait lu un article passionnant dans une revue spécialisée (depuis qu'elle a ce chat, elle est accro à tout ce qui les concerne), sous le titre : « Pas si bêtes ». Les animaux, les chats en particuliers, développent une sorte de sixième sens, qui leur fait sentir le danger. Le magazine racontait l'histoire de ce matou californien qui, comme pris de folie, avait sauté sur son maître, plantant ses griffes dans son dos si profondément que l'homme s'était arrêté net sous l'effet de la douleur. La seconde d'après, un énorme lampadaire se détachait du plafond. Un pas de plus et l'homme était écrasé, son chat lui avait sauvé la vie. L'instinct incroyable de ce chat l'avait impressionnée, et cette anecdote n'était qu'un exemple parmi des dizaines.

L'ascenseur vient de passer le premier étage, il est encore loin, et elle décide de s'en remettre à Grichka. Elle a l'intuition qu'il sait où il l'entraîne. Il ne fuit pas, il la guide.

Ils sont au cinquième étage, maintenant. Charlotte halète, autant à cause de la course folle de son chat que de l'angoisse qui rétrécit douloureusement ses poumons. Son cœur bat si fort qu'elle doit s'agripper à la rambarde le temps de reprendre son souffle. Elle entend monter l'ascenseur, comme une menace qui se rapproche, inexorablement.

Le cinquième se résume à un long couloir avec quatre portes de chaque côté. Ce sont des chambres de bonne minuscules, tellement chaudes l'été et glaciales l'hiver que les habitants qui en possèdent une s'en servent comme débarras, hormis deux locataires.

Grichka s'engage dans le long couloir plongé dans le noir.

Charlotte est déjà montée jusque-là passer un moment avec Justine, une graphiste qu'elle avait croisée un matin devant les boîtes aux lettres. Elles ont le même âge et elles avaient sympathisé. Pour lui faire plaisir, Charlotte lui avait un jour rendu visite dans sa petite chambre, mais par la suite elle préférait la recevoir dans son beau trois-pièces, tellement plus cosy.

« C'est super chez toi ! On se croirait dans *Elle Déco* », s'était amusée Justine en découvrant les lieux.

Charlotte avait rosi de contentement.

« Ne fais pas attention au désordre, j'en profite : mon mec n'est pas là », avait-elle répondu. Elle adore dire « mon mec »...

Elle avait pris la remarque de sa nouvelle copine comme un compliment et l'avait bassinée de conseils de décoration. « Même dans dix mètres carrés, tu peux faire des miracles. »

Justine n'est pas souvent revenue, les conseils de déco sont restés lettre morte et leurs relations épisodiques...

Il est vrai que cela n'avait pas vraiment collé entre la locataire du cinquième et Jérôme. Il l'avait trouvée trop « cool » et un peu trop directe. Envahissante et agaçante. Il est vrai qu'il lui était arrivé de s'incruster jusqu'à 2 heures du matin. « Elle est tapée, ta copine », affirmait-il.

Elles ont pris leurs distances, mais Charlotte a préféré mettre leur éloignement sur le dos du nouveau copain de Justine, dont elle est (forcément) « follement amoureuse », ce qu'elle comprend tout à fait, puisqu'elle-même connaît ça avec son Jérôme. Quand on est « grave *in love* », on n'a plus besoin de personne !

La chambre de Justine, c'est la troisième porte sur la gauche. Est-ce là que Grichka l'emmène ? Son chat a beau être le plus intelligent du monde, il ne peut savoir que Justine est partie en week-end en Normandie avec son chéri – et ce n'est pas le temps pourri qui s'annonçait qui aurait pu la faire changer d'avis ! Elle a peut-être oublié de fermer à clef ? Charlotte tourne la poignée sans trop y croire. Fermé. Elle ne trouvera pas refuge ici.

À voix basse, elle interpelle son chat : « Qu'est-ce qu'on est venus faire là, mon chaton ? » Grichka la regarde et continue d'avancer résolument dans le couloir.

Au bruit, Charlotte estime que l'ascenseur vient de dépasser le troisième étage.

Pourquoi ne s'arrête-t-il pas à son étage ?

17

Charlotte se remémore avec une horrible précision une conversation qu'elle avait eue avec Justine.

« Ce couloir est vraiment sinistre. Tu n'as jamais peur, ici, toute seule ? »

Justine avait éclaté de rire.

« Moi, peur ? De quoi ? Bon, si, parfois un peu, quand l'autre est là.

– L'autre ? »

« L'autre », c'était l'occupant de la première chambre, à droite au début du couloir. Un type un peu étrange, avait raconté Justine, qui ne disait pas un mot, même pas bonjour, avec des horaires bizarres. « Il n'a pas l'air d'être souvent là, j'ai dû le croiser trois ou quatre fois, pas plus, mais il me fait flipper. Il a une façon de te regarder, et une drôle de gueule qui me donne la chair de poule. Quand j'entends qu'il est là, je me boucle à double tour ! »

Charlotte ne se souvenait pas l'avoir jamais croisé. « Tu t'en souviendrais, je t'assure, avec sa tronche de serial killer, avait renchéri sa copine. On est les voisines d'un tueur en série ! Quelle angoisse ! »

Elles avaient bien rigolé. Justine avait promis d'aller chercher Charlotte quand il serait là. Elles iraient frapper chez lui pour qu'elle voie sa tête. « Ça vaut le déplacement ! »

L'histoire ne fait plus du tout rire Charlotte.

De plus en plus fébrile, Charlotte tente d'ouvrir les portes des autres chambres. L'homme ignore qu'elle est au cinquième, et s'il a entendu claquer la porte, il doit penser qu'elle s'est réfugiée dans son appartement.

Si une de ces putains de portes pouvait s'ouvrir, elle se cacherait là. Mais toutes sont fermées à clef.

Elle espère que Grichka ne l'a pas attirée malgré lui dans un piège. S'il ne la trouve pas chez elle et décide de monter jusqu'ici, elle n'aura pas d'issue, ni le moindre recoin pour se cacher. Une seule solution s'offrira à elle : profiter de l'effet de surprise pour forcer le passage et dévaler l'escalier le plus vite possible pour sortir dans la rue. Et Grichka ? Tant pis. Elle doit sauver sa peau. D'ailleurs, il est suffisamment malin pour s'en sortir.

Où est passé ce foutu chat ? Elle est vraiment furieuse contre lui.

Elle le distingue dans la pénombre. Il miaule. Grichka la regarde, planté devant une petite porte peinte en vert.

Il y a la même à tous les étages. Ce sont d'anciennes toilettes, désormais condamnées et fermées à triple tour de peur qu'un habitant ne se les approprie pour y ranger son bordel.

Elle saisit aussitôt. Par quel miracle serait-ce ouvert et comment Grichka le saurait-il ? Peu importe. Il a l'habitude d'explorer le bâtiment.

L'ascenseur a dépassé le troisième sans s'arrêter. Il sait qu'elle est ici, il a dû l'entendre monter. Dans quelques secondes, il sera là. Ça doit être ce locataire bizarre dont lui a parlé Justine. Ce type à la tête de tueur, aux horaires étranges, qui fait si peur à sa copine qu'elle s'enferme à double tour quand elle l'entend arriver.

Oui, c'est forcément lui, cet homme qui rôde depuis le milieu de la nuit. À tout espionner, il sait qu'elle est seule, que l'immeuble est désert ce week-end. Elle l'a vu partir tout à l'heure mais à présent il est de retour dans son antre, d'où il surveille tout et où il attend son heure.

« Ce type n'est pas clair, avait affirmé Justine, j'en suis sûre. »

Charlotte s'en convainc : c'est lui, le tueur. Qui d'autre traînerait là à une heure pareille ?

Appeler à l'aide, hurler ? Qui l'entendra ?

Et même si on l'entendait ? On croirait que des jeunes font les imbéciles, qu'un couple se dispute. Les gens ne vont pas chercher plus loin, par paresse, par trouille, par indifférence. Tout le monde est tellement égoïste, de nos jours. Il n'y a qu'à voir ceux qui préfèrent filmer avec leur smartphone, plutôt qu'intervenir.

Elle peut bien crever, dans son immeuble vide...

Charlotte déteste les gens !

Elle a toujours son grand couteau à la main. En tee-shirt et petite culotte, les cheveux en pétard, avec cette arme risible en main, elle se sent une petite chose vulnérable. Elle regarde le couteau. Saura-t-elle s'en servir, aura-t-elle le cran nécessaire ? Il doit en falloir pour planter une lame dans le ventre d'un homme... Si elle n'y parvient pas, cela suffira-t-il à l'impressionner, à le faire hésiter ?

Elle court rejoindre Grichka. Pourvu que ce cagibi soit ouvert. C'est sa dernière chance, l'ascenseur arrive dans un couinement strident. Elle se jette sur la poignée. Elle soupire de soulagement : ce n'est pas fermé.

Grichka s'engouffre le premier dans le réduit obscur. Avant de refermer, elle a le temps de distinguer un WC à la turque, un tas de cartons, des sacs, des étagères où s'entassent des bouteilles, des pots de peinture. Elle trouve un peu de place sur le marchepied des toilettes. Une sale odeur en sort, mais ce n'est pas le moment de faire la difficile. Elle prend la poignée, l'agrippe de toutes ses forces pour la bloquer. Elle résistera. Grichka se colle contre sa jambe comme s'il cherchait à la rassurer. Sentir son petit compagnon si proche, sa chaleur, la douceur de son pelage, lui fait du bien.

Il l'émerveille. Autant qu'elle, Grichka tient à sa peau, et il leur a trouvé cette cachette. « Bravo, mon chat. »

Tous les sens en alerte, elle écoute la grille métallique qui couine quand on la tire, la porte qui claque. Des pas lourds approchent, tandis que Charlotte resserre sa prise sur la poignée de la main gauche, sur son couteau de la droite.

Le cagibi est plongé dans le noir.

Il va être 7 heures du matin. Après une nuit sans fermer l'œil, Charlotte est en plein cauchemar. Va-t-elle réussir à se tirer de cette situation absurde ?

Dans l'étroit réduit, elle peine à respirer, sur le point de fondre en larmes. Jamais elle ne tiendra jusqu'à minuit. Mais il ne faut pas qu'elle pleure, qu'elle lâche prise maintenant. Il vient. Elle serre si fort le manche du couteau que ses doigts lui font mal.

Le bruit de pas s'est arrêté. Plus rien ne bouge. Que fait-il, au lieu de rentrer chez lui ? Charlotte se mord les lèvres, se retient de hurler pour expulser la panique qui la submerge.

Le silence est à présent total.

Charlotte a froid, elle a peur. Soudain elle l'entend, il se racle la gorge, il n'est qu'à quelques mètres. Elle est prise de nausée, s'interdit le moindre mouvement, prie pour que Grichka ne bouge pas et l'alerte.

C'est alors qu'elle s'aperçoit qu'elle n'a pas son portable avec elle. Quelle idiote ! Il est resté dans l'appartement.

18

Il a appuyé sur l'interrupteur. Il y a un jour sous la porte, la lumière crue du couloir s'insinue dans le cagibi.

Elle doit tenir, immobile et silencieuse, tant qu'il sera là, tout proche. Le monstre.

Depuis toute petite, elle a toujours redouté les monstres. Les « histoires qui font peur », que lui racontait son père en croyant l'amuser, la poursuivaient des jours durant. Elle voyait des créatures surgir, les entendait approcher quand elle cherchait le sommeil, en serrant très fort Fernand, son chat en peluche, le confident de ses nuits angoissées. Pourtant la petite fille gardait ses peurs pour elle, s'appliquait à n'en rien montrer, craignant que cela ne chagrine son papa. Elle serrait les dents, priait pour que le supplice s'achève vite, quand son père, aux anges, détaillait les ongles crochus et les langues de vipère des monstres dévoreurs d'enfants.

Elle n'osait jamais refuser quand son papa demandait : « Tu veux une histoire pour t'endormir ? » Peut-être ne l'aimerait-il plus, s'il découvrait qu'elle était si trouillarde ?

Coincée dans son placard, Charlotte revit ces instants de supplice enfantin. Les monstres gagnent toujours. Et maintenant le monstre, le vrai, est là, tout proche.

Non, elle n'aura pas le courage de le défier.

Elle doit se faire violence tant la tentation de se laisser aller est forte. Elle voudrait se recroqueviller sur elle-même, serrer son chat dans ses bras, fermer les yeux et ne plus penser à rien.

Attendre. Elle est à bout de forces. Elle s'est piégée toute seule, par inconscience, par bêtise. Elle grelotte.

La voilà maintenant prête à abdiquer.

Soudain, elle sent Grichka qui se frotte contre sa jambe droite. A-t-il perçu la détresse de sa maîtresse ? Charlotte se reprend. Elle ferme les yeux, s'oblige à inspirer.

« Merci, mon bébé... »

Elle va lutter, pour elle et pour lui.

Elle raffermit sa prise sur la poignée. Même si elle sait qu'elle ne résistera pas longtemps à la force d'un homme. Justine lui a décrit un grand type, costaud. Elle s'efforce de repérer où il se trouve précisément. Il n'a pas dû bouger depuis tout à l'heure, elle n'a rien entendu.

Un raclement de gorge, à nouveau. Non, il n'a pas bougé, il est bien là. Si près. Pourquoi reste-t-il immobile, pourquoi ne fait-il rien, pourquoi ne vient-il pas ? Pourquoi ne rentre-t-il pas chez lui ?

Il doit réfléchir à ce qu'il va faire.

À quelle distance se trouve-t-il ? Cinq, six mètres à peine, à en juger au son, entre l'entrée du couloir où il attend et le réduit où elle se terre, tout au fond. Elle a l'impression qu'il est juste derrière la porte.

A-t-il compris où elle s'est cachée, attend-il qu'elle finisse par s'effondrer de fatigue ? Et si, par pur vice, il jouait avec ses nerfs ?

Ce doit être un sadique, comme tous les tueurs en série. Il sait qu'elle est là, blottie et tremblante. À sa merci. Alors il savoure, prend son temps. Il s'amuse.

Ou bien il la croit toujours chez elle, et profite de l'endroit déserté pour se préparer avant de redescendre et de se déchaîner. Par pitié, rentre chez toi, que cette torture cesse, supplie-t-elle silencieusement.

Si la seconde hypothèse est la bonne, Charlotte est en sécurité dans ce débarras. Sinon, elle va devoir se battre.

Je suis prête, se répète-t-elle pour s'en persuader. Sa main est moite, elle glisse un peu. Il faudrait qu'elle l'essuie, mais pour cela, elle devrait lâcher la porte. Elle renonce.

L'endroit est glacial. Pourtant elle a l'impression d'étouffer, et la sueur qui coule de son front lui pique les yeux. Elle voudrait hurler, libérer la rage et le désespoir qui l'étreignent.

Elle se calme, réfléchit. L'homme ne peut pas savoir qu'elle a quitté son appartement, qu'elle s'est retrouvée bloquée sur le palier en culotte et que, comme un automate, elle a suivi son chat.

C'est sûr, il ignore qu'elle est cachée là, à quelques pas de lui. Sinon il se serait précipité et aurait déjà forcé le passage.

Il suffit simplement qu'elle ne fasse pas le moindre bruit. Elle restera planquée là le temps qu'il faudra et il finira bien par partir. Elle avisera ensuite.

S'il se rend chez elle, il ne trouvera personne. Finalement, elle est plutôt en sécurité, ici. Elle respire mieux.

Elle craint un peu que Grichka ne se mette à miauler ou pire, qu'il ne lui prenne l'envie de grimper sur les étagères encombrées de bric-à-brac. Il a beau être agile comme un chat, dans l'obscurité, il risquerait de faire tomber quelque chose. Elle sent son poil doux contre sa jambe. Il reste sagement à ses pieds et ne semble pas vouloir bouger. Un instant, elle coince le couteau sous son aisselle pour une rapide caresse sur le haut de sa frimousse. Elle le distingue à peine mais imagine sa grosse tête rassurée par ce geste d'affection.

Elle demeure immobile, jambes écartées au-dessus des toilettes à la turque. Il ne faut pas qu'elle glisse.

Silence… faire silence. Elle contrôle même le bruit de sa respiration. L'homme n'a toujours pas bougé. Que fait-il, bon Dieu ?

19

Charlotte est fatiguée.

Bientôt sept heures qu'elle se torture à ressasser, à revivre cette soirée maudite, à penser aux erreurs qu'elle a commises. À intervalles réguliers lui revient cette soirée de malheur à Marrakech. Tout s'embrouille... Elle tâche de se rappeler les mots exacts du voyant. Elle ne sait plus.

Elle en veut à tout le monde. À Sylvia, de les avoir conduites dans ce piège, « tout ça pour faire la belle devant son Mohamed de merde ». À elle-même, qui avait eu l'idée de faire cet enterrement de vie de jeune fille à Marrakech. Quand on voit ce que ce mariage a donné...

À elle encore, pour être sortie en petite tenue sur le palier au lieu de rester calfeutrée chez elle. Et sans son portable en plus ! Ah, si seulement elle l'avait, elle serait sauvée !

À son Jérôme, qui n'est jamais là quand elle en a vraiment besoin et qui ne répond pas quand elle l'appelle.

À ses copines qui se foutent bien d'elles, aux flics qui ne répondent pas, aux voisins qui se sont barrés, au seul qui reste, le sourdingue. À la terre entière...

Les minutes passent, éprouvantes. Elle sent une odeur de cigarette. Il fume. Il n'est pas pressé. C'est un homme patient. Il prend tout son temps avant de passer à l'attaque. À moins qu'il ne reste fumer là que pour ne pas empester sa petite chambre, tout simplement. L'idée la rassure un court instant.

Malgré tout, ses nerfs commencent à lâcher.

Une image ne lui quitte plus l'esprit : elle, ligotée sur son lit, le visage enfermé dans un sac plastique, la bouche ouverte, les yeux exorbités, avec ce malheureux Grichka, gorge tranchée, gisant sur son bas-ventre, baignant dans son sang... Est-ce ainsi que Jérôme la trouvera à son retour de Dubai ? Elle l'entend hurler d'horreur face au corps martyrisé de la femme qu'il aime.

Non, se dit-elle, les choses se passeront autrement. Un peu plus tard dans la journée, il s'inquiétera qu'elle ne réponde pas à ses appels. Lorsqu'il s'absente, il faut qu'ils se parlent au moins une fois par jour, pour le seul plaisir de s'entendre (la plupart du temps, c'est vrai, sur son initiative à elle, mais elle l'excuse, l'homme de sa vie n'est pas un grand expansif et il a un tel emploi du temps, avec son boulot). C'est « trop mignon », disent ses copines. Il pensera qu'elle est sortie en oubliant son portable, bien que cela ne lui arrive jamais.

Alors, forcément, il téléphonera à ses amies, aux copains du brunch. Ils lui diront qu'elle n'est pas venue. Il essaiera de la joindre à son travail, où il lui arrive parfois de passer le dimanche, enfin, en désespoir de cause il appellera ses parents. Eux aussi répondront qu'ils ne l'ont pas vue. Son père dira : « C'est étrange, d'habitude elle nous appelle tous les dimanches avant l'heure du déjeuner. » Jérôme, prévenant comme il est, les rassurera, mais, en réalité, son inquiétude grandira. Il demandera à son copain Pierre d'aller sonner chez elle. Pierre le rappellera pour l'informer que personne ne répond. Que fera-t-il alors ? Alertera-t-il la police ?

Ou alors Jérôme sera tellement mort d'inquiétude qu'il demandera à Pierre d'enfoncer la porte et c'est lui qui la trouvera. Elle entend les hurlements de douleur de l'amour de sa vie, quand Pierre, sous le choc, l'appellera pour lui dire ce qui s'est passé.

À moins que l'homme ne la viole et ne l'assassine ici, dans ce cinquième étage déserté, puis abandonne son corps dans ce cagibi, la tête dans un sac plastique. Il faudra peut-être plusieurs jours avant qu'on ne retrouve son cadavre et celui de son chat.

Son petit trésor, qui ne sera pas épargné. Pauvre Justine, c'est elle qui les découvrira en rentrant de son week-end…

Ensuite, son portrait, en une des journaux : « Charlotte, la quatrième victime de l'Égorgeur de chats. »

Elle vacille. Ne flanche pas…

Puis un bruit de l'autre côté de la porte. L'homme s'est remis en marche, d'un pas lent et lourd. Il porte des grosses chaussures. Il s'approche. Il est tout près. L'odeur âcre de la cigarette s'insinue par les montants de la porte. Pourvu qu'elle ne tousse pas…

Elle croit l'entendre respirer.

Soudain, un téléphone sonne. C'est celui de l'homme. À la seconde sonnerie, il l'interrompt. Charlotte imagine qu'il a dû regarder qui appelait, et choisir de ne pas répondre.

Dans l'obscurité, Charlotte tâtonne sur le mur en quête d'un appui stable. Elle effleure un pot de peinture qui bascule contre une bouteille vide. Elle la retient de justesse avant qu'elle n'aille se fracasser au sol.

Le bruit a été bref, un tintement sec. Il lui a paru assourdissant. Dans le couloir l'homme ne bouge plus. Le temps s'est arrêté, le silence dure une éternité. Elle se maudit, elle se giflerait. Putain, c'est pas possible d'être aussi conne, tu n'en loupes pas une, vraiment !

Il a forcément entendu. Elle n'a plus le choix. Elle se redresse, se prépare à faire face, le couteau levé au-dessus de sa tête.

Quand il ouvrira, elle ne perdra pas un instant à réfléchir, elle bondira et le poignardera. Ne flanche pas, se répète-t-elle. Pour la première fois depuis qu'elle a pris ce couteau dans le tiroir, Charlotte se sent résolue à l'utiliser. Elle lui réglera son compte sans la moindre hésitation.

Mais putain, qu'est-ce qu'il fout ?

Je suis arrivé sans encombre au cinquième étage en… ascenseur. Ouf, pas de panne ! C'est ma hantise… Il aurait l'air malin, l'Égorgeur de chats, coincé dans un ascenseur, obligé d'appeler les dépanneurs !
J'ai allumé une cigarette (mon péché mignon) que j'ai savourée debout dans ce couloir où s'alignent les chambres de bonne (ces logements me rappellent le mien). Puis je me suis assis sur la dernière marche. Sous mon poids, le bois a craqué.
Voilà le vrai luxe : profiter de ces moments où coule le temps, sans rien faire.

Je n'insisterai jamais assez sur l'importance de la patience, obligatoire quand on se lance dans un projet aussi audacieux que le mien. Se précipiter est le plus sûr moyen de commettre des erreurs et le chemin le plus court pour aller à l'échec.
Et l'échec, dans une telle entreprise, c'est, dans l'ordre : identification, arrestation, inculpation ; et prison, où le séjour s'annonce, vous l'imaginez bien, long et difficile. On n'y épargne pas les hommes comme moi.
Premier conseil d'ami : si vous êtes d'un tempérament impatient, nerveux, aimant que tout aille vite (genre le type qui klaxonne quand le mec devant ne démarre pas), ne vous lancez pas dans une pareille entreprise. Ou alors travaillez le contrôle de soi (le yoga est, paraît-il, très bénéfique).
Deuxième conseil : si vous êtes sujet au trac, émotif, renoncez purement et simplement.

Pour ma part, et n'y voyez aucune vantardise, je sais patienter le temps qu'il faut, je ne m'énerve ni ne m'affole jamais.
Pour que vous compreniez bien, je voudrais vous parler du cas de Sybille. J'étais en «chasse à la blonde» il y a huit semaines. Elle m'a plu d'emblée, dès l'instant où j'ai remarqué sa blondeur envoûtante, au City Pet Shop de la rue Sedaine. Elle était superbe, à peine bronzée. Ce soir-là, elle avait lâché ses magnifiques cheveux alors que (je m'en apercevrais plus tard), elle les portait au quotidien en queue-de-cheval. Avant d'enfiler le sac plastique sur son visage parfait, j'ai coupé l'élastique d'un geste précis de mon poignard. Je me suis permis de lui dire qu'elle était beaucoup plus jolie, la chevelure défaite.
Sybille a (plutôt avait) vingt-cinq ans. Elle vivait dans un immeuble haussmannien rue de la Roquette, et possédait un minou du nom de Cloclo.
En réalité, j'avais prévu d'opérer mercredi dernier à 21 heures, à son retour de son cours hebdomadaire de boxe. Elle n'avait l'air de rien, avec son petit mètre soixante, mais je m'attendais à une coriace. C'était une fille tonique. Même si je savais que j'aurais le dessus, je n'avais pas envie de récolter un mauvais coup ! Celle-là, il fallait que je la prenne par surprise, à l'instant précis où elle entrait chez elle. Pour être efficace, il suffit d'être rapide.
Eh bien, croyez-moi si vous voulez, mais le premier soir, j'ai raté mon coup. Sur le coup de 20 heures (l'heure à laquelle elle rentre du travail), j'avais précédé son arrivée à son étage de quelques secondes, avec l'intention d'écraser ma main sur son visage et de la pousser chez elle au moment où elle ouvrait la porte. Un jeu d'enfant, c'est ainsi que j'avais procédé avec Madeleine. Avec Victoire, j'avais simplement sonné à sa porte et je m'étais présenté comme un voisin. Les gens sont si naïfs.
Mais revenons à cette chère Sybille : alors que je m'approchais, dans un élan parfaitement coordonné avec elle au moment où elle ouvrirait sa porte, elle s'est soudain penchée pour ramasser les clefs qui lui avaient échappé des mains. J'ai senti que le timing

n'était pas parfait. L'effet de surprise passé avant que sa porte soit ouverte, je prenais le risque en me jetant sur elle qu'elle se défende et alerte les voisins. En une fraction de seconde, j'ai donc décidé de changer mes plans. Elle s'est redressée rapidement tandis que je continuais vers l'escalier, s'est excusée de gêner le passage, nous avons échangé un bonsoir poli et j'ai filé comme si de rien n'était. Sans frustration, et sans ressentir le poids de l'échec.

Pour preuve : le lendemain tout s'est passé comme sur des roulettes. Ma délicieuse Sybille est revenue sur le coup de 1 heure du matin d'une soirée chez une amie à deux rues de chez elle. Une chance, elle était un peu pompette. Je l'ai également précédée dans l'immeuble, je l'ai cueillie au moment où elle ouvrait la porte et nous sommes entrés sans un bruit dans son appartement éteint. Finalement, pratiquer la boxe anglaise ne lui a pas été d'une grande utilité ! Elle s'est laissé saucissonner comme un bébé...

Quant à son Cloclo, un gros chat tigré, il était aux premières loges pour assister à tout cela, à tel point qu'il a fallu que je lui donne un coup de pied pour qu'il s'écarte.

Mais il revenait sans cesse tourner autour de nous, on aurait juré que le spectacle lui plaisait.

Comment peut-on aimer des bêtes aussi perverses ? Ah, il a été bien puni ensuite pour sa curiosité.

« La curiosité est un vilain défaut », lui ai-je susurré en l'égorgeant, tandis que sa maîtresse suffoquait, la tête prise dans un sac plastique.

Elle est sublime, la panique de cette bouche en quête d'un ultime filet d'air, tandis que le regard supplie encore qu'on la sauve.

20

Charlotte est aux aguets. Elle a bien l'impression que l'homme n'a pas entendu s'entrechoquer les pots.

Il est toujours là, tout près. Il fume, l'odeur, âcre, envahit le débarras. Elle ne bouge pas, priant que Grichka ne heurte rien.

Prisonnière dans son réduit, avec pour seul éclairage la lumière du couloir qui filtre sous la porte, Charlotte ignore que le jour s'est levé sur la capitale. Dehors, il fait frais, presque froid, la ville baigne dans une grisaille poisseuse. Il pleut, un fin crachin qui rend les manteaux lourds, puant l'humidité, les cheveux filasses, les mines tristes, blafardes. À cette heure, dans Paris, on ne marche pas, on se hâte. Les parapluies résistent mal au vent qui s'engouffre dans les rues.

La petite rue Ogier est déserte. Qu'irait-on s'aventurer dehors par ce temps un dimanche ?

Charlotte a l'impression qu'elle est là depuis des heures. Les secondes comptent triple quand on n'a autre chose à faire qu'attendre, en tremblant pour sa vie.

Elle a froid, ses jambes sont douloureuses, mais elle reste debout. Ses yeux sont irrités par la sueur qui s'y insinue, mais elle résiste à l'envie de les frotter.

Elle n'est plus sûre que d'une chose : elle ne doit surtout pas quitter son refuge. Il lui semble que le monstre s'éloigne vers le palier. Elle en profite pour plier très doucement les jambes, pour en chasser les fourmillements. Elle cherche son chat. Il est tapi à ses pieds. Il sait lui aussi qu'il ne faut pas bouger.

Les souvenirs de Marrakech la torturent.

Elle se rappelle sa colère contre le voyant après sa prédiction à Carole. Furieuse, elle les agonissait d'injures, lui et Mohamed, sans écouter les exhortations de ses amies à se calmer. « On s'en va », avait dit Sylvia à Mohamed.

Le garçon se confondait en excuses, tout en défendant le voyant : « C'est un maître très respecté. Ne l'offensez pas, s'il vous plaît, mademoiselle. »

Mais Charlotte ne s'arrêtait pas, exigeait qu'ils rendent l'argent, hors d'elle.

L'homme la dévisageait calmement, sans montrer le moindre signe d'agacement ou de colère.

Finalement il s'était levé, l'avait prise par la main et entraînée à l'écart.

« Viens un instant avec moi. Tu ne paieras rien, mais j'ai quelque chose d'important à te dire. »

Plus par défi que pour lui obéir, Charlotte l'avait suivi dans la pièce voisine.

« Qu'est-ce que vous allez m'annoncer ? l'avait-elle nargué. Allez, dites-moi une grosse connerie, que je rigole. Vous me faites moitié prix ? »

L'homme avait lâché sa main. Il la fixait de son regard noir, si proche d'elle qu'il aurait pu la toucher.

« Toi, tu ne paieras pas. »

Elle a toujours gardé en mémoire la puissance de ce regard. Comme s'il la transperçait.

Alors il avait parlé, d'un ton si neutre, si impassible qu'elle en frémit, ce matin, dans la froideur humide de ce réduit insalubre.

« Comment t'appelles-tu ? »

Elle l'avait pris de haut : « Charlotte. Tu ne devines pas, monsieur le grand sorcier ?

– Je ne suis pas un sorcier.

– Et pourquoi tu veux savoir mon prénom ?

– Parce que tu vas mourir, Charlotte. »

La stupeur passée, elle s'était moquée : « La belle affaire ! Toi aussi, mon gars. Bravo, quel devin ! »

Sans répondre, il avait baissé les paupières, la tête prise de légers tremblements. Quand il avait rouvert les yeux, ils étaient rouges, humides. Il avait posé sur elle un regard interrogateur, comme s'il ne la reconnaissait pas.

« Quel cinéma ! avait-elle soupiré en levant les yeux au ciel. Alors, que va nous annoncer le grand mage ? »

Sans prêter attention aux sarcasmes de Charlotte, il avait saisi son visage dans ses deux mains, avait planté son regard dans ses yeux.

« Je te préviens, jeune femme, tu ne vas pas aimer ce que tu vas entendre... Es-tu sûre de vouloir que je continue ?

– Tu m'en as trop dit ou pas assez, il faut aller jusqu'au bout, maintenant !

– Comme tu voudras... Cela arrivera le 28 octobre, la troisième année à partir d'aujourd'hui. »

Charlotte s'était esclaffée : « Quelle précision ! Peut-être que tu peux aussi me donner l'heure, que je me pomponne ! »

Imperturbable, il avait poursuivi : « Je te le dis : tu mourras de mort violente, Charlotte. Je le vois, ce sera horrible. »

Elle avait eu un mouvement de recul, interloquée, puis la colère l'avait reprise.

« C'est gai, votre histoire ! s'était-elle exclamée. Sympa, comme soirée, décidément ! Je peux avoir quelques détails supplémentaires, monsieur le voyant, ou plutôt monsieur le charlatan ? Pistolet, mitraillette, poignard, étranglement... Quelle option ? »

Charlotte était au bord de la crise d'hystérie.

« J'ai dit la vérité de ce que j'ai vu, avait-il répondu sans la quitter des yeux ni enlever ses mains. Si tu ne t'étais pas montrée arrogante, je me serais tu. Mais tant pis pour toi, tu l'as bien cherché. Fais bon usage des trois ans qu'il te reste à vivre et pars, maintenant. Va-t'en ! »

Elle s'était reculée, l'air haineux : « Tes cent balles, tu sais où tu peux te les mettre ?

– Disparais, maintenant. Je n'ai rien d'autre à te dire... »

– Nan, mais quel connard ! Si tu crois me faire peur, pauvre type ! »

Elle s'était réfugiée auprès de ses amies, les avait entraînées vers la porte de sortie, se retournant juste pour adresser à l'homme un doigt d'honneur.

Énervée ou stressée, Charlotte devient vite vulgaire.

« Qu'est-ce qu'il t'a raconté pour te mettre dans cet état ? avait demandé Constance.

– Rien, des conneries... Ce connard nous a bien gâché la soirée. »

Charlotte avait fait sa maligne le dimanche suivant leur retour. « Moi, je n'ai rien payé ! s'était-elle vantée. J'étais un cas beaucoup trop intéressant ! » Ils avaient tous rigolé. Mais malgré leur insistance, elle avait refusé de leur révéler la prophétie du voyant la concernant. Cette histoire était tellement stupide, elle avait un peu honte. À présent, elle regrette de ne pas s'être confiée à ses amies. L'une d'elles aurait pris cette prédiction au sérieux et serait là, à ses côtés, aujourd'hui... Mais, non, tu rêves, ma pauvre fille ! Elles n'en ont rien à foutre !

Elle entend d'ici Carole : « Voilà ce que c'est, d'énerver les devins, c'est comme dans *Astérix*. La prochaine fois, tais-toi ! » Et les autres auraient sorti des blagues à la con... Elle connaît ses copines, elles auraient passé l'après-midi à délirer sur les mille façons de lui faire la peau.

Les années passant, elle avait oublié. Elle en avait parlé avec Jérôme, mais il était le seul dans la confidence : « Je serai là, t'inquiète, le premier qui s'approche, je lui coupe les couilles », plaisantait-il.

Un soir, ils étaient revenus sur le sujet : « Bientôt veuf ! Ouf, je compte les jours ! » Elle se souvient qu'il avait dit en rigolant : « Je note la date de la libération sur mon agenda. »

Dans son souvenir, il avait effectivement sorti son petit carnet et y avait noté quelque chose. Mais peut-être avait-il fait seulement semblant, pour jouer... Ce petit carnet qu'elle avait interdiction formelle d'ouvrir. « Chacun a ses petits secrets, tu n'aimerais pas que je fouille dans les tiens, alors pas touche ! lui avait-il expliqué avec le plus grand sérieux, avant de l'embrasser, tout sourire. Toi, je t'aime trop », lui avait-il susurré ce jour-là.

Cette nuit, seule chez elle, il a fallu que cette vieille histoire la rattrape.

Le 28 octobre, trois ans après cette annonce effrayante, c'est aujourd'hui.

Et ce dimanche rôde dans la ville un monstre, qui massacre les jeunes femmes blondes et leur chat.

Et le monstre, il est là, à quelques mètres d'elle...

21

Charlotte reste attentive au moindre son. Il y a une dizaine de minutes, elle a entendu redescendre l'ascenseur. C'était probablement le vieux monsieur du deuxième qui sortait acheter son pain, comme tous les matins.

Inutile de compter sur lui, ce gentil vieux qui marche avec une canne ne pourrait pas lui être d'un grand secours.

Elle a eu tout le temps de faire et refaire le tour des étages de la petite copropriété en pensée. Pour en arriver toujours à la même conclusion : ce week-end, en pleines vacances de la Toussaint, l'immeuble est vide.

Au quatrième, il n'y a personne. L'appartement de cent vingt-trois mètres carrés vient d'être vendu et les nouveaux propriétaires, un jeune couple d'à peine trente ans avec un seul enfant, n'emménagent que dans trois semaines. Petit à petit, dans le quartier, les jeunes remplacent les vieux. « Le prochain sur la liste, c'est le vioc du deuxième, avait commenté Jérôme.

– Arrête, il est gentil, ce petit vieux.

– Ouais, mais il y aurait peut-être un bon coup à faire. Je vais y réfléchir !

– Tu es immonde ! avait grondé Charlotte.

– C'est ce qui fait mon charme ! »

Hier matin, elle a vu partir les Pelletier, ses voisins de palier. L'immeuble est vieillot et mal insonorisé, mais de toute façon ceux-là font un tel raffut qu'on ne peut pas les rater ! Tous les week-ends, ils filent dans leur maison de la Sarthe. « Nos enfants adorent la nature. Ils sont tellement heureux dans notre maison.

Ici, on s'entasse dans un trois-pièces, alors que là-bas ils ont toute la place qu'ils veulent. On a fait le choix du grand air ! » lui avait un jour expliqué fièrement Sandrine, la mère de ces trois gamins insupportables, qui les réveillent tous les matins en partant à l'école, quand ils déboulent en criant sur le palier. Ces matins-là, il vient à Jérôme des envies de meurtre. « À vous dégoûter de faire des gosses, peste-t-il.

– Allons, ce sont des enfants », plaide-t-elle, en espérant qu'un jour leur tour viendra...

Enfin, au premier, le logement de gauche est loué en Airbnb. Au vacarme qu'ils font généralement en prenant possession des lieux, on sait quand il y a des visiteurs. Ce week-end, l'appartement n'est pas loué, ou alors ils sont arrivés en chaussons !

Elle ignore si l'autre locataire du premier est là. Virginie, trente-huit ans, sans enfant, et qui s'est fait larguer par son dernier copain il y a trois mois, quasiment au moment où elle rencontrait Jérôme. Elle sort tout le temps et généralement, le week-end, elle part chez des « potes », qui ont toujours des maisons « à tomber ». Charlotte fuit Virginie, qui la fait mourir d'ennui avec ses éternels problèmes de cœur et ses deux mots de vocabulaire. Avec elle, tout est « à tomber » ou « une tuerie » : les hommes, la bouffe, les spectacles. Moins Charlotte la voit, mieux elle se porte. Virginie l'effraie : elle représente tout ce qu'elle ne veut pas devenir à l'approche de la quarantaine. Mais à présent, elle regrette de ne pas être passée lui dire bonjour hier, comme cela lui arrive encore parfois. Elle saurait s'il y a âme qui vive dans ce putain d'immeuble, en dehors de ce pauvre vieux et de l'horrible gardienne qui occupe une sorte de bicoque au fond de la cour, à côté des poubelles. Elle n'est même pas sûre qu'elle soit là, celle-là.

Charlotte frissonne quand elle réalise que l'Égorgeur de chats recherché comme l'ennemi public numéro un vit deux étages au-dessus de sa tête, et que tous l'ignorent...

Il lui a été si facile de la surveiller. Il sait tout de sa vie. Et, forcément, qu'elle est seule ce week-end.

Elle a abandonné toute velléité de prendre la fuite en forçant le passage, son chat dans les bras (pas question de l'abandonner au monstre). Le risque est trop grand, le couloir trop étroit, il est toujours là, à fumer clope sur clope, il lui suffirait de tendre le bras pour lui barrer le passage.

Et cette question lancinante : qu'est-ce qu'il attend ?

Je n'ai pas consulté ma montre, mais je dois être là depuis une petite heure. Je m'en moque. À cette heure matinale, dans un immeuble désert, je ne risque pas grand-chose. Je me sens bien ici, tellement tranquille. Mon téléphone a sonné, je l'ai vite éteint, sans même regarder qui me dérangeait si tôt. J'attends, profitant de la quiétude des lieux, le moment où je vais passer à l'action. Cela ne saurait tarder, maintenant.
Selon moi, rien n'est une perte de temps, même si je n'ai rien de particulier à faire là, sauf laisser s'égrainer les minutes. Tout est si calme, c'est si rare. Parfois un bruit difficile à identifier trouble le silence. Ça craque de partout. Même vides, ces vieux bâtiments sont bruyants, ils ont leur vie à eux…
Je pense avec tendresse à ma mamie décédée : « Tant qu'il y a de la vie, il y a de l'espoir ! » répétait-elle gaiement.

Ma tête est remplie de pensées, c'est un plaisir profond de les passer en revue en fumant une cigarette. Laisser vagabonder son esprit sur les sujets qui vous habitent permet de faire le vide, d'évacuer les mauvaises ondes, de retrouver une sorte de sérénité (et Dieu sait que dans ce monde qui va à mille à l'heure, nous en avons besoin).
Fumer est mon péché mignon, ou mon plus grand défaut, comme vous voudrez. Un paquet minimum par jour. Je sais, ce n'est pas bien, ni bon pour la santé, surtout quand comme moi on a commencé jeune. J'ai fumé ma première Marlboro à dix ans, eh oui. Ma maman me flanquait une rouste (des baffes et des coups de

ceinturon) chaque fois qu'elle me surprenait. Ça ne m'a nullement guéri. Au contraire, je crois que fumer était la façon la plus simple de la défier qu'avait trouvé l'enfant rebelle que j'étais.
Je n'ai jamais été un fils facile et les punitions que je recevais étaient méritées. L'éducation des enfants doit être sévère mais juste.
Sévère, mais juste. Maman l'était.

De fil en aiguille, j'ai fumé cinq cigarettes assis sur le palier du cinquième étage, puis une sixième debout dans le couloir, en prenant bien soin de récupérer les mégots. Une précaution élémentaire.
J'ai découvert le summum, le plaisir ultime, grâce à Sybille : en griller une à côté d'une jeune femme qui est en train de s'asphyxier dans un sac plastique. L'idée m'est brusquement passée par la tête, j'ai ouvert le sac une seconde pour y souffler de la fumée. La détresse de son beau visage, haletant, suppliant, si doux dans les volutes de ma cigarette qui l'enveloppaient comme une brume, je n'avais jamais vu jusqu'alors un spectacle d'une telle beauté. Je renouvellerai l'expérience tout à l'heure avec la blonde du troisième, il me tarde de revoir ce spectacle.
Allez, une dernière clope et j'y vais. Je n'ai que trop traîné.

22

Une allumette craque, il allume une nouvelle cigarette. Il fume là, appuyé à la porte du débarras. Si près que Charlotte peut entendre chaque bouffée qu'il exhale, le souffle rauque de sa respiration. Elle s'est figée, le moindre de ses mouvements la trahirait.

Le fait-il exprès pour attiser sa terreur ou ignore-t-il sa présence ? Elle est à bout de forces, les muscles tétanisés autant par l'effort de rester immobile, le couteau levé, prête à frapper, que par la peur. Des bruits de pas. Il s'éloigne enfin. Elle retient un gémissement de soulagement. Ce n'est qu'un répit. Il revient vers le cagibi, allume une autre cigarette. Son téléphone a encore sonné, il l'a à nouveau coupé.

Les pas s'éloignent vers le palier. Elle baisse un peu son bras endolori. Va-t'en, disparais ! prie-t-elle.

La lumière vient de s'éteindre dans le couloir.

Grichka n'est plus à ses pieds, elle ne sent plus son doux pelage. Elle déplace sa jambe, fouille l'obscurité du pied, très lentement. L'endroit est minuscule, il ne peut être loin.

Elle souffle son nom, le plus doucement possible. C'est maintenant qu'il faudrait qu'il miaule. Mais il demeure silencieux, introuvable. Elle a tant besoin de son affection, elle en pleurerait... Même lui l'abandonne.

Mais elle ne doit pas se disperser, elle ne doit penser qu'au monstre qui la menace.

Où est-il passé, celui-là ? Du palier ne lui parvient plus aucun bruit, mais au lieu de la rassurer, ce silence l'angoisse. A-t-il quitté l'immeuble, ou s'est-il finalement décidé à entrer chez lui, sans qu'elle l'entende ? Ce n'est pas possible, elle aurait entendu la clef tourner dans la serrure, la porte s'ouvrir. Quoique... Elle n'est plus sûre de rien.

Mais, s'il est dans sa chambre, peut-être la guette-t-il par l'œilleton, prêt à bondir dès qu'elle quittera son refuge. C'est un malade, un sadique, elle a lu un jour qu'il ne fallait jamais sous-estimer les pervers.

Mais là, maintenant, si elle agit très vite, elle peut lui échapper.

Partir d'ici, Charlotte n'a que cela en tête. Tant pis pour ce qui peut arriver. Elle n'en peut plus d'être enfermée là, à demi morte de froid et de terreur. C'est le moment ou jamais de fuir. Épuisée comme elle est, elle ne tiendra plus longtemps.

Et Grichka ? Non, elle ne fuira pas sans lui dans les bras. Il n'est pas question qu'elle l'abandonne.

C'est infernal. Grichka se cache au moment où elle a enfin une chance de quitter ce réduit puant et glacial.

Soudain elle se fige, en entendant des bruits. Une porte s'ouvre, un raclement de gorge, puis des bruits de pas. Le monstre était bien entré chez lui, et maintenant il ressort.

Insatiable.

23

Tétanisée, respirant à peine, Charlotte se prépare au pire. Elle suit le bruit des pas. Ils ne s'arrêtent pas et s'éloignent. L'homme se dirige vers le palier. Elle souffle. Il ignore donc qu'elle se cache là.

Il n'appelle pas l'ascenseur, s'engage dans l'escalier. Va-t-il au troisième, à son étage ? Probablement, sinon pourquoi descendrait-il à pied ? Elle tient sa revanche, misérable, mais une revanche quand même : Il n'y a personne chez moi, connard ! Tu vas faire chou blanc ! Je suis planquée là !

Le soulagement déferle en elle. L'homme descend rapidement, déjà ses pas sont à peine audibles. Elle se sent en totale sécurité dans ce cagibi, et lâche enfin la poignée de la porte. Elle l'a tenue si fort et si longtemps qu'elle a du mal à rouvrir ses doigts. Très lentement, elle les déplie un à un pour les dégourdir.

C'est le moment que choisit Grichka pour reparaître. Il se frotte contre ses jambes nues et glacées. Charlotte se rend compte à cet instant qu'en se dissimulant dans le fatras du débarras, son chat les a sauvés une seconde fois. Son instinct lui a fait sentir que le monstre allait quitter son antre. Comme s'il avait su que sa maîtresse ne l'abandonnerait pas, il s'est caché, le temps que le danger s'éloigne.

Que se serait-il passé si elle était sortie ? Elle ne le sait que trop.

De fait, l'homme ne remonte pas. Ici, elle est trop loin pour entendre la porte du hall, impossible de savoir s'il a vraiment quitté l'immeuble.

Le silence est redevenu total.

Grichka se love à ses pieds. Il attend ses caresses. « Merci, mon amour. » Elle l'attrape, l'embrasse dans le cou, Grichka ronronne de plaisir. « Tu m'as sauvé la vie, tu es génial, tu es le chat le plus intelligent du monde. » Des larmes d'émotion roulent sur ses joues.

Que faire maintenant ?

Descendre, il n'en est plus question. Ici, elle est en sécurité. Tant pis si elle doit rester jusqu'à minuit. Personne ne la trouvera dans ce local abandonné.

Elle s'autorise seulement à prendre un sac pour s'y asseoir, le dos appuyé contre la porte. Elle doit replier ses jambes pour tenir dans le peu d'espace. Grichka se glisse entre son ventre et ses cuisses. Il la réchauffe. Charlotte l'embrasse sur le haut du crâne : « Tu es mon ange gardien », murmure-t-elle.

Une heure plus tard, bien que de plus en plus frigorifiée, elle n'a pas changé de position, à se poser les mêmes questions, à se torturer le cerveau.

Où est-il ?

Chez elle, où il l'attend ? Dans l'escalier, où il la guette ? Dehors ? Elle s'est appliquée à repérer le moindre bruit, prenant même le risque d'entrouvrir un instant la porte de sa cachette.

Mais se retrouver face au tueur l'effraie tant qu'elle ne peut se résoudre à quitter son refuge.

Il le faudrait pourtant. Elle est gelée, ses muscles la font souffrir à force de rester immobiles. Elle a sûrement attrapé froid, des maladies, qui sait quelles saletés traînent dans ce réduit immonde. Elle n'en peut plus de cet endroit. Il faut qu'elle parte...

Elle hésite, hésite encore, se décide, dans un sens, dans l'autre, change d'avis à chaque seconde. Il a forcément filé, argumente-t-elle, il est loin maintenant, sans doute s'est-il mis en quête d'une autre proie. Qu'est-ce qu'il foutrait dans l'escalier, depuis une heure ? Il s'est barré. C'est obligé. Il faut qu'elle profite de son absence.

Elle décide de se lever, puis la peur l'étreint et elle se rassoit, fâchée contre elle-même. Honteuse d'être aussi trouillarde.

Tu ne vas quand même pas passer toute la journée ici ! se reproche-t-elle.

Et pourquoi pas ? lui répond la petite voix de la sagesse.

Et brusquement, sans réfléchir davantage, dans un élan désespéré, elle attrape Grichka, se redresse, pousse la porte en grand. Couteau pointé devant elle, elle se glisse sans un bruit dans le couloir sombre.

Il y a des jours comme ça où on ferait mieux de rester couché, où rien ne se passe comme on l'a programmé.
Je vous raconte.
J'étais assis sur les marches entre le quatrième et le cinquième étage. Je sentais monter en moi cette excitation si agréable que je ressens toujours, avant. La merveilleuse image de Sybille en train de perdre son souffle dans un nuage de fumée avait éveillé mon envie de passer à l'action. Elle m'ouvrirait, et à moi de jouer ! C'était très simple.
Parfaitement détendu, je m'apprêtais donc à redescendre au troisième lorsque j'ai entendu tourner une clef derrière moi. J'ai immédiatement compris de quoi il s'agissait : le locataire de la chambre de bonne, la première à droite, sortait de chez lui. Je n'ai pas hésité une seule seconde, et me suis faufilé dans l'escalier le plus discrètement possible.
Ce n'est qu'arrivé à l'angle de la rue que j'ai repris mon souffle et une allure normale. Je suis certain qu'il ne m'a pas repéré, cependant je me suis traité de tous les noms pour cette négligence qui aurait pu être fatale. J'ai fait une erreur dans mon enquête (comme quoi même les meilleurs en font !). Je ne m'étais pas trompé pour la fille de la chambre numéro 3, une certaine Justine, mais pour lui, si. J'étais persuadé que ce voisin n'était jamais là le week-end. J'ai négligé l'idée qu'il puisse changer ses habitudes. Une faute de débutant qui me fait honte.
Résultat : il y a aujourd'hui dans l'immeuble un habitant de plus dont il faudra que je me méfie (il n'est pas sourd, lui !) et je vais devoir attendre un peu avant de revenir.

Grâce à son voisin du cinquième, ma belle blonde bénéficie d'un petit sursis.
Qu'elle ne se réjouisse pas trop vite. Comme dit le proverbe, « la chance ne dure jamais ». Tout a une fin.

24

Il n'y a personne dans le couloir.

Personne non plus dans l'escalier, entre le cinquième et le quatrième étage. Au troisième, c'est à peine si elle jette un regard à sa porte. S'il s'est tapi chez elle, mieux vaut filer au plus vite.

Charlotte continue de descendre les marches deux par deux. Pieds nus, elle ne fait presque aucun bruit.

Dès que je serai en sécurité, j'appellerai la police.

Parvenue au rez-de-chaussée, elle jette un œil prudent dans le hall. Vide, lui aussi.

Elle réalise alors qu'elle ne peut pas sortir dans la rue dans cette tenue, en culotte et tee-shirt, avec un gros chat dans les bras, un couteau à la main. On la prendrait pour une folle. Et puis, jusqu'où devra-t-elle courir avant de croiser quelqu'un ?

Il y a mieux à faire dans l'immédiat : elle doit aller chercher de l'aide auprès de la gardienne. Elle est là, elle entend le son de sa télé.

Cette bonne femme n'est pas commode et interdit qu'on la dérange le dimanche, mais les circonstances sont exceptionnelles. Elle aura pitié quand elle verra l'état dans lequel elle se trouve et quand elle lui racontera ce qui lui arrive.

Elles ne s'apprécient pas. Elles ont eu des mots, souvent pour des broutilles, mais tant pis, Charlotte doit parler à quelqu'un, ne plus être seule. N'importe qui fera l'affaire, la gardienne l'aidera, c'est obligé. Et surtout, elle a un double des clefs. Charlotte la suppliera de remonter avec elle pour ouvrir, fouiller l'appartement.

Elle se dirige d'un pas plus ferme vers le petit logement qu'occupent les Carvalho, dans la cour, à côté du local à poubelles.

Elle s'est toujours demandé comment on pouvait vivre là, dans cette bâtisse humide aux murs couverts de salpêtre, à côté des poubelles qui débordent certains jours et puent tout l'été. À la vue de tous, entassés à trois, elle, son mari et leur grand dadais de fils, dans moins de trente mètres carrés. Charlotte est entrée une seule fois. Leur logement se résume à une pièce qui fait à la fois office de cuisine, de salle à manger et de salon, avec un canapé Clic-Clac où le couple doit dormir et au fond une unique chambre, sans doute celle du fils. Elle n'en revenait pas quand Jérôme lui a expliqué que les Portugais économisent pour se faire construire de somptueuses maisons au pays, où ils retournent dès qu'ils sont à la retraite. « Mais ils ont tellement trimé toute leur vie qu'ils n'en profitent pas longtemps, en général, avait conclu son amoureux d'un ton moqueur. Tu devrais lui demander qu'elle te montre des photos de son palais avant de passer l'arme à gauche. » Elle lui avait donné une tape en lui disant qu'il était méchant et s'était renfrognée quand, riant de plus belle, il avait poursuivi : « Demande-lui, je suis sûr que son mari est maçon, on parie ? »

Elle n'avait pas trouvé ça drôle. En effet, M. Carvalho est maçon…

Elle avait demandé à Jérôme s'il n'était pas un petit peu raciste. « Un poil ! » avait-il chuchoté. Mais il avait ce sourire de petit garçon charmeur qui fait qu'on lui pardonne tout. Parfois, elle a du mal à savoir s'il lui arrive d'être sérieux.

Tu me manques tellement, mon chéri, se lamente-t-elle, tout en frappant à la loge.

Pas de réponse. Mme Carvalho, gardienne de l'immeuble depuis vingt-deux ans, en a fait une règle d'or : elle est disponible de 8 heures à 11 heures et de 18 heures à 19 heures, du lundi au vendredi. C'est écrit en toutes lettres sur sa porte. Quand elle ne travaille pas dans les deux autres immeubles dont elle s'occupe dans la rue, elle reste cloîtrée chez elle, porte close, rideaux tirés. « Sinon, ils se croient tout permis et ils débarqueraient en pleine nuit ! » avait-elle expliqué des années plus tôt au syndic.

Elle ne se laisse pas faire, Mme Carvalho, et faut pas la prendre pour sa boniche... De mémoire d'habitants, personne, dans cet immeuble, n'a jamais pu l'obliger à répondre en dehors de ses heures de boulot. Charlotte fait la grimace, elle avait oublié à quel point la gardienne peut être entêtée.

Pourtant, ils sont bien là. Tout est allumé derrière les rideaux blancs en dentelle et elle entend des bruits de conversation. Mais dimanche, c'est le jour sacré du repos ! On se ferait trucider devant sa porte que cette salope ne lèverait pas le petit doigt.

Dans l'état de nervosité extrême où elle se trouve, Charlotte n'en a rien à faire. Elle tambourine à la porte, à faire éclater les vitres. Mme Carvalho va bien être contrainte de réagir, devant ce vacarme.

De fait, le son de la télé baisse, le rideau s'entrouvre. La gardienne, l'air furibond, crie à travers la porte vitrée, sans l'ouvrir, le rideau à peine écarté du bout du doigt.

« Ça ne va pas, de frapper comme une folle ? Qu'est-ce qui vous arrive, mademoiselle Charron ? On est dimanche et je suis en famille. Je ne suis là pour personne. »

Elle s'attendait si peu à cette réaction que Charlotte reste sans voix, désarçonnée. La gardienne ne voit-elle pas qu'elle est à moitié nue, trempée, le visage décomposé, les cheveux ébouriffés, pieds nus sur le ciment mouillé de la cour, son chat dans les bras ? Elle fait mine de ne pas voir, plutôt !

Derrière elle, Charlotte entend la voix du fils : « C'est qui, maman ?

– La fille du troisième, grommelle la gardienne. Vous avez vu l'heure ? crie-t-elle à Charlotte.

– Écoutez, je suis sincèrement désolée de vous déranger un dimanche, madame Carvalho, tente-t-elle d'expliquer à travers la porte close. J'ai un gros problème. Je me suis enfermée en dehors de chez moi avec les clefs à l'intérieur. Je suis sortie sur le palier pour rattraper mon chat, invente-t-elle, et la porte a claqué, je viens chercher le double.

– Je n'ai aucun double, mademoiselle Charron.

– Comment ça ? Vous êtes sûre ?

– Absolument. Je ne garde que les clefs des occupants qui souhaitent me les confier, assène la gardienne d'un ton lourd de sous-entendus. Vous allez devoir appeler un serrurier, poursuit-elle d'un air faussement désolé. Un dimanche, pendant les vacances, ça ne va pas être facile… Et évitez les SOS dépannages, c'est arnaque et compagnie ! »

Certes, c'était il y a deux ou trois ans, mais Charlotte est certaine de lui avoir donné des clefs. Elle insiste :

« Je ne comprends pas, je suis certaine… Vous pourriez vérifier, s'il vous plaît ?

– Je ne les ai pas ! »

À cet instant, le visage de Mme Carvalho s'éclaire d'un grand sourire. Elle entrouvre sa porte vitrée et lance :

« Bonjour, monsieur ! »

Charlotte n'entend pas de réponse, mais en se retournant, elle a juste le temps d'apercevoir le dos massif d'un homme vêtu d'une veste de cuir. Elle retient un cri d'effroi : le monstre du cinquième étage est de retour !

« C'est le monsieur du cinquième, déclare Mme Carvalho avec ravissement. Un excellent locataire ! Un homme très poli. »

C'est tout juste si elle n'ajoute pas : « Et qui donne de bonnes étrennes, pas comme vous et votre bonhomme… »

Mme Carvalho fixe Charlotte : « Vous le connaissez, mademoiselle Charron ? »

La jeune femme suffoque : la Carvalho sait tout sur tout le monde dans son immeuble. Pourquoi a-t-elle ce ton plein d'insinuations, ce regard inquisiteur ?

Et si cette horrible sorcière était sa complice ?

Une fois rentré chez moi, je dois faire mon autocritique. Par excès de confiance, je suis passé à deux doigts de la catastrophe, je l'admets. Si le type du cinquième m'avait surpris, j'aurais dû renoncer à mon «dossier du jour» et mettre à la poubelle des semaines de travail. J'ai eu de la chance de pouvoir le précéder : comme moi, il est descendu à pied, et il ne m'a pas vu. Ni entendu, j'ai bien veillé à marcher sur le tapis et à me faire le plus léger possible (un exploit pour mes quatre-vingt-dix kilos et deux cent cinquante-deux grammes !) Rester discret en toute occasion est la clef du succès, et je l'ai un peu oublié, cette fois.

À propos de discrétion… La discrétion fait partie de mes qualités les plus notables, et j'en suis particulièrement fier.
La discrétion n'exclut pas l'ambition, loin de là. Pour moi, ce qui compte est de faire mon chemin et de parvenir aux buts que je me fixe, sans tapage, sans triomphe. Je n'ai nul besoin de démontrer au monde entier que je suis le meilleur, je ne suis pas de ceux qui se mettent en avant pour un oui ou un non. Enfant déjà, je m'appliquais à passer inaperçu, à me fondre dans la masse. Parfois, à cause de mes problèmes de surpoids, ce n'était pas facile. Pourtant j'ai toujours su me faire oublier, même si parfois ma tranquillité passait par de petits sacrifices. J'ai très souvent donné mes sachets de bonbons à ceux qui me chahutaient.
Ne pas me mettre en avant ne m'a pas empêché de très bien réussir dans la vie. Vous en avez la preuve, non? Et je n'en suis qu'au commencement!

Attention, il ne faut pas confondre discrétion et anonymat. Ni discrétion et timidité.

L'anonymat, c'est une vie terne, sans relief et sans intérêt. On ne retiendra rien de votre passage sur cette terre, vous serez rapidement oublié et personne ne s'arrêtera devant votre tombe… anonyme !

La timidité est encore pire : une maladie qui inhibe, ralentit vos rêves. Je n'aime pas les timides : ils n'osent pas. En revanche, j'aime les discrets : ils taillent leur route ! Les discrets s'intègrent dans le paysage. Ils sont là et agissent, personne n'y prend garde, là réside leur force.

Je n'aime pas tellement raconter ma vie, mais faisons-le pour les besoins de cette démonstration.

J'ai fait de bonnes études, j'ai fait la fête après avoir quitté le lycée (un peu trop parfois, et maman a bien fait de me remettre dans le droit chemin), j'ai une bonne situation, gagne plutôt bien ma vie pour un garçon de moins de trente ans. Je fais du sport quotidiennement, m'impose une alimentation saine (au moindre écart, je reprends du poids). J'ai quelques amis – peu, il est vrai, et le terme de « connaissances » serait plus exact –, que je fréquente de loin en loin. Je ne suis pas un Casanova mais je me flatte d'avoir plusieurs conquêtes à mon actif. Je fréquente d'ailleurs actuellement une jeune femme… Je n'aime pas tellement parler de mes amies, il faut garder un peu d'intimité, que diable, et puis il y a plus intéressant… De toute façon, je pense que je m'en séparerai bientôt. Elle devient trop exigeante, et il ne faut pas laisser les habitudes s'installer.

Je suis contre la routine – c'est d'ailleurs une des raisons pour laquelle je ne me marierai jamais ! Pouah. « Le mariage est une loterie. J'ai joué et j'ai perdu ! » disait toujours ma défunte maman. Je ne m'imagine pas devoir passer les fêtes de fin d'année avec mon amie. Les bons sentiments, les promesses, les cadeaux, les repas, la belle-famille ! C'est au-dessus de mes forces.

Mon cadeau sera de disparaître ! Elle n'en mesurera jamais le prix…

Tout cela pour attester que je suis un homme sociable, parfaitement intégré, sans ostentation ni volonté de me faire remarquer à tout prix. Qui parmi les gens qui me côtoient pourrait imaginer que je suis celui que la presse surnomme si stupidement l'Égorgeur de chats, voire le Monstre aux chats ?

À ce propos, je déteste ces appellations. Je trouve ces termes très réducteurs pour qualifier mon œuvre. Mais bon, vous connaissez les journalistes, ils ne se foulent pas…

Ma discrétion souffre de cette soudaine notoriété. D'accord, je l'admets, je savais à quoi j'allais m'exposer en me lançant dans cette aventure. « On ne fait pas d'omelette sans casser d'œufs », comme on dit. Mais croyez-moi, devenir une vedette des médias n'a jamais été ma motivation.

Ceux qui me connaissent seraient prêts à jurer que je suis toujours le même, le type réservé, qui présente bien mais sans en rajouter, dont on apprécie le travail et la présence cordiale.

Posez donc la question à celle qui se voit déjà faire toute sa vie avec moi !

25

Charlotte entend la porte de l'ascenseur se refermer bruyamment. Le type du cinquième remonte.

Que faire ? Il l'a forcément vue, il a filé comme si de rien n'était.

Cependant, tant qu'elle est ici, il ne pourra rien tenter.

Calme-toi, s'ordonne-t-elle. Doit-elle prévenir la gardienne ? Elle s'entend déjà : « Madame Carvalho, le monstre qui tue les femmes et les chats vient de passer, il faut d'urgence appeler la police ! »

Elle lui rira au nez. « Ce monsieur, si poli et sympathique ? Vous avez de drôles de plaisanteries. Vous avez perdu la tête, mademoiselle Charron ! »

Non, elle n'a rien à attendre de cette femme. Et s'ils sont de mèche, ce sera pire encore. Elle veut ses clefs, point final.

Sitôt l'homme passé, la gardienne a refermé sa porte. Le regard noir qu'elle lui lance dans l'entrebâillement du rideau est plein de défi et de mépris.

Bien sûr qu'elle voit la détresse de Charlotte. Elle se tient là, dans ses sous-vêtements trempés, transie par le petit vent glacial qui s'insinue dans la cour, l'air complètement aux abois... N'importe quelle personne normale l'inviterait à venir se mettre à l'abri, lui demanderait ce qui lui arrive, la réconforterait, lui proposerait un thé, lui donnerait de quoi se couvrir...

Charlotte se sent tellement perdue, elle a tant besoin de réconfort.

Elle est certaine de l'avoir vue sourire. Un sourire carnassier, hautain, revanchard.

Il est vrai que depuis quelque temps rien ne va plus entre Charlotte et la gardienne.

Trois semaines plus tôt, celle-ci avait refusé de prendre un colis, sous prétexte que c'était en dehors de ses horaires. Elles s'étaient accrochées par le passé, mais cette histoire avait fait déborder le vase. Charlotte, encouragée par Jérôme (d'elle-même elle ne l'aurait pas fait), s'était plainte de la gardienne auprès du syndic. Et parmi ses divers reproches, elle l'avait accusée du pire (l'injure suprême, selon Jérôme) : le ménage était mal fait.

L'intéressée l'avait su et, un soir, avait pris à partie le fiancé de Charlotte. D'abord, Jérôme s'était moqué d'elle : « Vous oubliez que vous ne travaillez pas à cette heure-là, madame Carvalho, il faut rentrer chez vous ! » Puis le ton était monté : « N'espérez pas d'étrennes à Noël », avait-il prévenu. Depuis, Charlotte paye par des petites vengeances : ne pas passer l'aspirateur devant sa porte, retarder la distribution de son courrier, refuser à nouveau de prendre un colis d'Amazon... Cela avait mis Jérôme au comble de l'exaspération, et il avait menacé d'aller lui dire ses quatre vérités. Charlotte avait dû le calmer pour ne pas envenimer les choses.

Parfois, elle reste sans voix devant ses accès de colère. Lui d'ordinaire si calme semble alors un autre, incapable de se contrôler.

En tout cas, aujourd'hui, Charlotte paye le prix fort et Mme Carvalho triomphe : la greluche du troisième est à la porte de chez elle en petite culotte. Ça vaut le spectacle... Et mon copain du cinquième va s'occuper d'elle !

Charlotte se contient. Ce n'est pas du tout le moment de régler ses comptes.

« Vous avez le numéro d'un serrurier, madame Carvalho ? demande-t-elle du ton le plus normal dont elle soit capable.

– Qui travaillerait un dimanche ? Ttt... »

Charlotte bouillonne : « Oui ! Il se trouve qu'on est dimanche ! Je ne vais pas rester plantée dehors en culotte jusqu'à lundi !

– Non, je n'en connais pas, tranche la gardienne.

– Tout le monde n'est pas comme vous, vous savez, il y a des gens qui bossent, le dimanche !

– Restez polie, mademoiselle ! »

Son doigt lâche le bout de rideau, l'audience est terminée. La jeune femme perd son sang-froid.

« Connasse !

– Je me plaindrai au syndic, mademoiselle Charron », entend Charlotte à travers la porte. « Comme vous avez su si bien le faire ! » ajoute la gardienne d'un ton ironique.

Charlotte se retient d'exploser, elle a assez de problèmes comme ça.

Elle est prête à fondre en larmes, mais ne lui fera pas ce plaisir. Elle va trouver refuge, à l'écart, sous le porche. Là elle pourra pleurer tout son soûl, assise sur une marche.

Derrière son dos, elle entend ricaner le fils, cet imbécile boutonneux de Ricardo : « Regarde, maman, elle se balade en petite culotte dans la cour ! Elle est givrée, cette gonzesse.

– Avec cette pluie, elle va prendre froid, maigrichonne comme elle est, renchérit la mère d'un ton coupant.

– Et qu'est-ce qu'elle branle avec son chat dans les bras ? Regarde, elle a même un couteau !

– Oui, elle a vraiment un grain. J'ai bien fait de ne pas lui ouvrir. Dommage que ton père soit absent, ça l'aurait fait bien rigoler. Et rappelez-vous que le dimanche, Mme Carvalho ne travaille pas, mademoiselle Charron ! » conclut-elle à pleins poumons.

Charlotte voit rouge. Elle va les massacrer, ces « putains de Portugais ».

Sans lâcher Grichka, elle se rue sur la loge : « Ouvrez ou j'explose la vitre ! » ordonne-t-elle en donnant de grands coups sur la porte avec le manche de son couteau.

Elle entend chuchoter à l'intérieur, puis tourner le verrou. Ils s'enferment. Les volets roulants descendent l'un après l'autre. Ah ah, elle leur a foutu la frousse, bande de dégonflés.

« Ben alors ? Vous avez la trouille, madame Carvalho, avec votre boutonneux ? Allez, bon dimanche ! Et dites à votre copain du cinquième qu'il ne m'aura pas ! »

Elle s'éloigne, ragaillardie. Même le taré du cinquième ne l'effraie plus. Il est parti se planquer dans sa chambre pourrie… Qu'il descende, elle le recevra !

Elle monte à pied en martelant chaque marche, caressant le crâne humide de Grichka, son sauveur, en hurlant : « Bande de connards ! », et en espérant que la concierge, son imbécile de fils, leurs invités et même le monstre l'entendent. Elle les emmerde tous !

26

D'un pas décidé, Charlotte se lance dans l'escalier. Elle sait ce qu'elle va faire. Avec son couteau, elle va faire sauter cette foutue serrure. En définitive, c'est une chance que Jérôme n'ait pas fait installer ce fameux verrou trois points, elle glissera la lame, le pêne devrait céder facilement. Sinon, place aux grands moyens : elle explosera la porte à coups d'épaule, de pied ou de tout ce qu'on voudra ! Sa colère lui donne une telle énergie que la serrure ne résistera pas longtemps...

Elle va la mater, cette putain de porte, comme elle a maté cette imbécile de concierge. Ah, elle lui a bien cloué le bec. Je peux parfaitement me débrouiller toute seule. Qu'elle crève !

Charlotte réfléchit à toute vitesse : si elle casse la serrure, elle se barricadera en poussant le maximum de meubles devant la porte. Tous, s'il le faut !

Après quoi (cette seule idée la fait monter quatre à quatre), elle prendra une longue douche très chaude, avalera un café brûlant, puis s'allongera et dormira le plus longtemps possible. Elle est tellement fatiguée qu'il suffira qu'elle ferme les yeux pour que le sommeil vienne la cueillir.

Elle ne pense même pas à aller sonner chez le gentil vieux monsieur du deuxième. Ses pensées retournent à Jérôme. Avec lui, elle n'aurait pas fait tant de bêtises. Elle n'en serait pas là, à cavaler à moitié à poil...

Mais, bon, nécessité fait loi, comme il dirait. Elle se débrouillera sans lui.

Avant toute chose, dès qu'elle aura retrouvé son portable, il faut qu'elle l'appelle. Ensuite elle téléphonera aux flics, à ses amis, sa famille, tout le monde !

Jérôme a forcément essayé de la joindre à plusieurs reprises, depuis le temps. Elle le connaît, il doit être fou d'inquiétude...

Il va bien rire quand elle lui racontera comment la gardienne et son fils se sont barricadés chez eux. Qu'ils aillent pleurnicher chez le syndic, elle s'en fout. Grâce à ces deux imbéciles, elle a enfin évacué la tension qui la tenaillait depuis des heures.

Dès demain, elle demandera leur renvoi à la copropriété. Elle liguera les habitants de l'immeuble contre eux et ils seront obligés de décamper. Mieux encore : elle dénoncera la vieille chouette à la police. Si elle est bien la complice du monstre du cinquième, elle l'enverra croupir en taule.

Dans l'immédiat, elle doit se méfier d'elle comme de la peste et ne plus l'approcher.

C'est comme si chaque marche gravie l'éloignait un peu plus des obsessions qui ont gâché sa nuit. Qu'est-ce qui lui a pris de s'affoler au point d'en arriver là ? Enfermée dehors, en petite culotte, glacée jusqu'aux os !

Les prédictions du voyant de Marrakech sont de la foutaise et elle s'est monté la tête. La faute des infos catastrophe de BFM, aussi, avec leurs histoires de tueur de blondes et de chats...

« Des blondes et des chats, il y en a des milliers à Paris, ma pauvre Charlotte, se fustige-t-elle à mi-voix. Tu débloques complètement... »

Elle n'en revient pas de s'être mise dans un état pareil. Elle ne sait même plus si elle doit en parler à Jérôme, elle commence à avoir un peu honte. Il aura du mal à comprendre et il aura raison. C'est n'importe quoi, ces histoires.

Mais non, il est si gentil, son Jérôme, il sera indulgent. OK, elle a disjoncté, ce n'est pas si grave, ça arrive à tout le monde.

Il plaisantera, mardi, à son retour : « Regarde, nous sommes le 30 octobre, et tu en en pleine forme. Je te touche et tu es toute chaude et toute vivante. » Il n'a pas fini de se moquer d'elle, et elle adorera cela.

Elle arrive à peine essoufflée devant sa porte, et pose Grichka. « Tu es trop lourd, maman est fatiguée ! » déclare-t-elle d'un ton guilleret. Elle passe la main dans sa fourrure épaisse : « Tu es tout mouillé, mon pépère ! » Il détourne la tête. « Tu boudes, mon chaton adoré ? » Elle veut le caresser sous le cou comme il aime, mais il s'échappe. « Oh, le vilain chat ! Méfie-toi, le méchant monsieur va te découper en rondelles... »

Il est temps de s'attaquer à la porte. Elle va faire sauter le pêne avec la lame du couteau, et le tour est joué. Elle s'en veut : si elle avait fait ça tout de suite, au lieu de paniquer et de monter dans les combles derrière Grichka, elle se serait épargné cette matinée cauchemardesque.

Elle s'approche, pose la main sur le battant. Elle frémit. À peine a-t-elle touché la porte du bout du doigt que celle-ci s'ouvre toute seule. Elle l'a pourtant bien entendue claquer, tout à l'heure, quand elle était entre deux étages, en train de chercher son chat, et qu'elle avait entendu l'ascenseur. C'est vrai que dans son affolement elle n'est même pas descendue vérifier si la porte s'était vraiment refermée. Paniquée, elle a fui et suivi Grickha.

Peut-être avait-elle seulement rebondi sur la serrure ?

Le pêne semble bloqué. D'une pression du doigt, elle le libère. Voilà l'explication, le pêne est resté dans le boîtier de serrure, et la porte a claqué sans se fermer.

Elle tâche de se souvenir. Non, c'est impossible. J'ai vu la porte, elle était fermée, j'ai entendu le bruit, se persuade-t-elle en se remémorant la scène. Elle n'est quand même pas folle.

Cela dit, la porte paraissait toujours fermée quand elle est arrivée, un instant plus tôt. Charlotte ne sait plus. Tout est si dingue depuis qu'elle s'est réveillée. Mais si, elle était bien fermée.

Qui l'a ouverte ? C'est forcément lui, l'homme du cinquième, qui est revenu quelques minutes plus tôt, et que cette salope de concierge a accueilli avec un grand sourire. Qui d'autre ?

Tandis qu'elle s'énervait contre la gardienne, il a eu tout le temps de s'introduire dans son appartement. Pour des types comme lui, c'est l'enfance de l'art.

Surtout si la concierge, sa complice, lui a donné la clef...

Du bout de l'index, elle entrebâille légèrement la porte juste pour pouvoir jeter un regard. À la moindre alerte, elle prendra la fuite. Mais il fait trop sombre pour qu'elle voie quelque chose. Grichka en profite pour cavaler à l'intérieur. Elle le regarde disparaître en direction de la cuisine et de ses croquettes.

L'appartement est plongé dans le silence. Elle entend Grichka laper son bol d'eau. Elle aussi a soif, tellement soif... Elle glisse la main à l'intérieur, cherche la serrure. La clef est dedans.

Elle poursuit son exploration.

Il faut qu'elle entre, au moins pour récupérer son portable. Elle pourra appeler le monde entier et elle sera sauvée. Où l'a-t-elle laissé ? Tout se mélange. Elle pense l'avoir posé sur le comptoir de la cuisine.

Elle n'ose pas franchir le pas de la porte. Sans quitter le palier, elle la pousse doucement jusqu'au mur. Il n'y a personne caché derrière.

La cuisine est devant elle, toute proche, face à l'entrée.

Il lui faut absolument son portable.

Courage !

Si le monstre est là, caché quelque part et qu'il surgit, elle le tuera. L'idée de planter son couteau dans le corps d'un homme ne lui fait plus horreur. Qu'il vienne, ce sera lui ou elle.

Nous sommes le dimanche 28 octobre. Il doit être un peu plus de 10 heures, il me semble avoir entendu sonner dix coups au clocher d'une église voisine. C'est une journée pourrie sur Paris, froide, humide et grise, avec une petite pluie vicieuse qui s'infiltre partout. Le ciel est plombé et ça ne promet pas de s'arranger dans l'après-midi.

Vous vous imaginez peut-être que les types comme moi adorent le crachin, la brume, les ambiances lugubres, façon Jack l'Éventreur et le *fog* londonien ? Eh bien, vous avez tout faux ! J'aime le soleil, la chaleur et les ciels bleus.

Nous ne sommes pas dans un polar de troisième zone !

Mais bon, il faut faire avec ce qu'on a. « Faute de grives, on mange des merles », comme disait ma mamie.

Après mes déconvenues matinales, je revois mes plans. Je vais attendre le milieu d'après-midi pour revenir « auprès de ma blonde ». J'adorais cet air que fredonnait ma bien-aimée maman, si souvent qu'il est devenu une sorte d'hymne personnel. Je le chantonne à l'oreille de mes proies tandis qu'elles s'étouffent.

J'ignore si elles aiment ma chanson.

Il me tarde d'y être. Ça n'a que trop duré !

L'immeuble est facile d'accès, seulement un code à composer (depuis le temps que je viens, je le connais par cœur). Le porche donne directement sur l'escalier à gauche, le logement de la gardienne se situe au fond, dans la cour. Il faudra faire vite, cette femme est un modèle du genre, une vraie fouine. Je monterai

à pied. Cela me permettra de m'assurer de la tranquillité de l'immeuble.
Il y a un œilleton à sa porte mais quand elle me verra, souriant et sympathique, elle m'ouvrira sans l'ombre d'une hésitation.
Je compte sur ma princesse pour me satisfaire en tous points, j'espère seulement qu'elle sera en forme, après son insomnie de la nuit passée. De ce que je sais d'elle, c'est une jeune femme gaie et peu farouche. Je les préfère ainsi, fraîches et enjouées, pures dans leur naïveté. Leur conversation est toujours agréable, leurs réactions surprenantes.

Celle-ci a eu vraiment de la CHANCE de me croiser : je l'ai repérée totalement par hasard, tard en fin d'après-midi, elle sortait d'une clinique vétérinaire de la rue de Vaugirard.
C'était au début de l'été, j'étais en plein travail d'investigation sur la merveilleuse Victoire, dont on connaît la fin « victorieuse » ! Je m'étais accordé une journée de repos (il faut savoir faire relâche de temps en temps).
Pour tout dire, je l'ai légèrement bousculée, totalement par mégarde, je regardais ailleurs. La première chose que j'ai vue, tout en m'excusant poliment, c'était son gros matou, dans un grand sac. Puis j'ai levé les yeux et me suis retrouvé devant cette chevelure de madone. Un halo d'or, presque éblouissant ! Elle n'a pas répondu, n'a même pas paru me voir, mais pour ma part, j'ai eu, disons-le, un coup de foudre. Je l'ai suivie jusqu'à son immeuble, j'ai noté l'étage où la lumière s'est allumée quelques minutes après son entrée et je suis revenu chez moi ravi, au comble de l'excitation.
Ensuite, le rituel : entrer dans sa vie pour tout découvrir de ses secrets. Je me suis beaucoup investi dans... ce dossier.
Je me demande parfois si ce n'est pas l'étape que je préfère : quand toutes les pièces du puzzle s'assemblent pour aller vers ce dénouement extraordinaire.
Bien sûr, il y a d'autres moments délicieux, ne serait-ce que l'instant où, après avoir espéré, mes beautés comprennent qu'elles

sont perdues, cet instant sublime où je vois monter la panique dans leurs yeux, comme des biches terrifiées par le chasseur !

La matinée est déjà bien avancée. Malgré la pluie battante je fais un tour dans le quartier, parcours à vive allure deux ou trois kilomètres. Je veille à garder la forme et à ne pas prendre de poids. Il est important d'être bien dans son corps comme dans sa tête.
Tout à l'heure je prendrai une douche (je tiens à être impeccable quand je me présente devant mes gracieuses blondes – c'est une question de respect), un déjeuner équilibré, viande rouge et salade (une alimentation saine est indispensable, en toutes circonstances), un moment de repos en lisant la presse du jour, puis il sera temps de se préparer. Une nouvelle fois, je vérifierai que tout est bien en place dans la banane. Mon couteau sera glissé ouvert (c'est important) dans la poche du pantalon, manche vers le haut (attention à ne pas se blesser – ce serait handicapant pour la suite de la procédure, n'est-ce pas ?).
Après quoi je me rendrai tranquillement à son appartement, tout proche de chez moi. Je m'accorde une heure et demie sur place. C'est en principe amplement suffisant.

27

Charlotte avance d'un pas sur le seuil de son appartement, puis s'arrête pour écouter. Un petit bruit familier lui parvient de la cuisine. C'est Grichka qui mange ses croquettes.

Elle reste souvent à le regarder, tant sa façon de faire l'amuse. Il choisit une croquette, la prend délicatement, la pose sur le carrelage et enfin la déguste. Puis il retourne à sa gamelle.

C'est ainsi qu'il procède, une croquette après l'autre. D'où elle se tient, Charlotte le voit faire comme à son habitude, appliqué. Il ne semble vraiment pas inquiet et cela la rassure un peu plus.

Sa main glisse contre le mur. Elle trouve l'interrupteur. La lumière inonde le long couloir. Elle crie : « Y a quelqu'un ? », recule sur le palier, par réflexe.

Silence.

Elle revient sur le seuil, incline la tête à gauche. Au fond du couloir elle aperçoit sa chambre, la porte entrebâillée.

Quelle heure peut-il être ? 11 h 30 ? Midi ? Non, plus tôt, puisque la gardienne prenait son petit déjeuner. Elle se lamente : ce n'est pas possible que le temps passe aussi lentement.

Si elle avait le courage d'aller jusqu'à la cuisine, elle verrait que l'horloge fixée sur le mur de gauche affiche exactement 10 h 11.

Elle est à l'écoute du moindre son alarmant. Mais les bruits de la ville qui montent par la fenêtre ouverte de la cuisine la gênent, le vent qui s'engouffre dans la rue, la pluie qui frappe contre les carreaux…

Elle surveille aussi derrière elle ; si le monstre est au cinquième, il pourrait la surprendre par l'escalier.

Le danger peut surgir de partout. Son cœur s'emballe.

Elle avance d'un pas dans le couloir, a maintenant vue sur la cuisine en désordre. Elle fouille le comptoir du regard, sans oser s'approcher davantage. Elle n'aperçoit pas son téléphone. Où l'a-t-elle posé ? Elle est sûre pourtant de s'en être débarrassée là quand elle s'est précipitée à la porte d'entrée. Pourvu qu'elle ne l'ait pas laissé dans la chambre. Déjà que la cuisine lui paraît trop éloignée, alors que deux pas suffiraient...

Elle avait passé la fin d'après-midi de samedi à faire un crumble aux pommes. Elle était très satisfaite du résultat, au point d'en avaler une belle portion, à peine sorti du four. Jérôme l'aurait grondée : « Tu vas grossir. » Ce garçon surveille son poids encore plus qu'elle !

Elle n'avait pas eu le temps de ranger, ni même de jeter l'emballage de la pizza surgelée. Elle avait tout laissé en plan dès qu'elle avait entendu le générique de *The Voice*, avait emporté son dîner et une bouteille de bordeaux dans sa chambre, en reportant le rangement à demain. Jérôme absent, ça ne pressait pas !

Elle regrette à présent. Le portable est forcément là mais elle a beau fouiller des yeux le désordre, elle ne le voit nulle part.

Elle va perdre du temps à le chercher.

Elle se penche maintenant en direction de la chambre. Elle tend l'oreille, se concentre.

Elle s'oblige à respirer posément pour faire le point sur la situation. Si l'homme est entré chez elle, soit il est reparti, laissant volontairement la porte ouverte pour l'effrayer, soit, ce qui est plus probable, il l'attend, caché quelque part, immobile et silencieux. La croit-il assez naïve pour aller se jeter dans la gueule du loup ?

Charlotte ne peut s'empêcher d'imaginer comment les choses se dérouleraient.

Il l'attrape par-derrière, plaque une main sur sa bouche pour qu'elle ne puisse pas crier. Du pied, il referme la porte, Grichka court se cacher sous le lit. D'un geste brutal, il l'oblige à lâcher le couteau. « Une force de la nature », lui a dit Justine. Elle se débat, tente de le frapper, en pure perte. Elle s'épuise, il est plus fort qu'elle. Il la tient par la gorge et l'entraîne. Elle résiste, sa main agrippe la petite table du couloir. Elle trébuche, manque de tomber, mais il la tient fermement, la traîne jusqu'à la chambre. Et ensuite, la souffrance qu'il va lui infliger, son corps de prédateur sur le sien, la terreur qui va l'accompagner dans les derniers moments de sa vie jusqu'à son dernier souffle. Combien de temps résiste-t-on à l'étouffement ? Est-ce que la douleur est horrible ?

L'image la crucifie, son courage s'effrite.

Et d'un coup toutes les vannes lâchent. Les larmes dévalent sur ses joues ; prise de tremblements, elle hoquette.

Elle aperçoit son reflet dans le miroir vénitien suspendu entre la porte de la cuisine et celle du salon. Il avait fallu qu'elle insiste avant que Jérôme accepte de le poser. Il disait qu'il ne savait pas bricoler. Pourtant, il avait mis moins de dix minutes à l'installer. Elle était fière de son homme. Le souvenir de ce moment lui arrache d'autres larmes, elle sanglote parce que son amoureux n'est pas là pour la sauver, parce que…

Ses pleurs redoublent à la vue de son visage dans le miroir. Cheveux pendouillant, mèches plaquées par la pluie, le Rimmel qu'elle a oublié de retirer hier soir laisse de longues traînées sur ses joues, les yeux rouges, les cernes noirs, le regard perdu, elle fait peur, elle se reconnaît à peine. La belle et mince jeune femme blonde est réduite à une épave pitoyable.

Comme un électrochoc, cette vision l'aide à reprendre ses esprits. Elle ne peut rester ainsi, défaite et à demi nue. Elle se peigne avec les doigts, essuie du revers de la main les traces de Rimmel, ne parvenant qu'à l'étaler un peu plus, comme un clown pathétique qui aurait raté son maquillage.

Puis elle décroche au hasard un vêtement du portemanteau qui trône dans l'entrée. C'est la veste de tweed de Jérôme. Le portemanteau tangue. S'il tombe, le vacarme trahira sa présence. Elle n'a pas le choix, se précipite pour le retenir et le remettre sur pied. Elle recule à nouveau, haletante. Sur le palier, elle enfile la veste et peu importe qu'elle soit beaucoup trop ample pour elle. Elle la réchauffe, et porte le parfum de son homme.

Peut-être devrait-elle aller quérir de l'aide chez le vieux monsieur du dessous. Il est là, elle le sait car hier soir, en plein *The Voice*, le son de sa télévision poussée à fond traversait le plancher.

Il s'en était excusé un jour : « Je suis un peu dur de la feuille. » Le vieux monsieur, un veuf de plus de quatre-vingts ans, est trop gentil pour qu'elle lui reproche quoi que ce soit. Il est bien le seul qu'elle supporte dans cet immeuble de petits-bourgeois bien rangés, où, avec sa jeunesse, son amoureux qu'elle embrasse dans l'escalier, ses dîners avec les copines jusqu'à pas d'heure, sans enfant ni poussette, elle détonne. Elle les déteste, ces gens avec leur petite vie, leurs week-ends à la con, où ils l'abandonnent !

Elle va aller chercher le vieux monsieur. Ensemble, ils feront le tour de l'appartement, et même s'il est vieux et tient à peine debout sans sa canne, sa seule présence empêchera l'assassin d'agir. Il faut vraiment qu'elle soit déboussolée pour ne pas y avoir pensé avant.

Elle va faire encore mieux : lui demander de l'accueillir chez lui. À l'abri du monstre, jusqu'à minuit. Quelle magnifique idée, se réjouit-elle.

Soudain, le bruit de l'ascenseur se fait entendre. Monte-t-il, descend-il ? Elle ne sait pas, il arrive, la boule d'angoisse se reforme dans son ventre, elle recule derrière la porte, dans l'appartement, en alerte, prête à fermer la porte.

Il vient jusqu'ici, au troisième ? Est-ce que c'est lui ? Oui, c'est lui !

Elle gémit, et dans un réflexe incontrôlé, referme la porte, tourne la clef, une, deux fois, puis colle son œil à l'œilleton. Rien, l'ascenseur poursuit son ascension.

C'est alors qu'un bruit lui parvient de la chambre plongée dans l'obscurité, au fond du couloir.

Charlotte réalise aussitôt son erreur. Dans son affolement, elle vient de se livrer à son bourreau.

Je suis rentré chez moi et j'ai pris une douche brûlante et revigorante. Puis pour tuer (!) le temps, je suis allé faire un tour au marché de Convention, car il ne me restait plus de tomates – j'adore les tomates, bien rouges évidemment ! Vous avez dû remarquer à présent que j'aime faire de l'humour.
Au marché, c'est plus fort que moi, mon instinct de chasseur prend le dessus et je ne peux m'empêcher de regarder un peu partout autour de moi, en quête de candidates potentielles. Ce matin, avec ce mauvais temps, il n'y a pas grand-monde... Mes petits anges redoutent de se mouiller les cheveux ! Comme je les comprends.

J'en profite pour vous parler d'un autre point important.
Je ne revendique pas l'exclusivité de mes actes. S'ils font naître des vocations, tant mieux.
Aussi, si mon expérience vous inspire, je vous demande d'agir avec le souci permanent de la perfection. Vous verrez que le plaisir va de pair avec la perfection. On retire d'intenses satisfactions d'un travail bien réalisé.
J'ai fait mien à 100 % l'adage que ma mère me répétait souvent quand elle me punissait : « Ce qui mérite d'être fait doit être bien fait. » Il est vrai que souvent je faisais les choses à moitié. Je me suis bien corrigé depuis.
Cette maxime, je la lui ai soufflée à travers la porte quand je l'ai enfermée dans la cave de notre maison de Talence. Les lieux étaient parfaitement insonorisés, les rares issues soigneusement condamnées. Je pense qu'elle a tenu un mois. En dépit de ses

régimes à répétition, elle était de forte corpulence et a pu puiser dans des réserves au-dessus de la moyenne.
J'ai lu qu'on peut retarder une mort par déshydratation en buvant son urine. A-t-elle fini par se résoudre à une telle extrémité ? En tout cas, j'imagine aisément sa panique quand elle a réalisé que rien ne la sauverait.
Pauvre maman, j'ai retrouvé ses ongles arrachés, plantés dans le bois de la porte.

Si vous suivez mon chemin, je serai extrêmement satisfait et j'ai bon espoir que vous obteniez d'aussi bons résultats que moi. Il ne faut jamais se montrer envieux du succès des autres, ma grand-mère me l'a toujours dit.
Mais arrivé à ce tournant crucial, quand vous réaliserez que vous êtes au centre des préoccupations, SURTOUT ne vous emballez pas. Comme moi, vous ferez la une des quotidiens, l'ouverture des journaux télévisés dans lesquels, soit dit en passant, on racontera beaucoup de bêtises à votre sujet. Vous ferez l'objet de débats, d'émissions spéciales. Dans le meilleur des cas, des grands auteurs écriront des livres sur votre histoire, qui se vendront par millions, seront traduits dans toutes les langues.
La notoriété soudaine est extrêmement déstabilisante pour des individus sans caractère.
Vous deviendrez peut-être, malgré vous, une vedette. On vous affublera d'un surnom (les journalistes adorent ça). Certains sont bien connus : le Tueur de l'ombre, le Routard du crime, le Chat, le Tueur de la pleine lune, le Monstre au visage d'ange... Moi, c'est l'Égorgeur de chats.
Ne vous laissez pas griser par cette gloire passagère. Elle ne dure jamais, car toujours un nouveau héros chasse le précédent. Restez concentré sur l'essentiel, à savoir accomplir un travail de qualité en donnant le meilleur de vous-même. Pour ma part, je demeure modestement à ma place, alors que les journaux, les télés et les radios ne parlent que de votre serviteur.

Quoi qu'il advienne, ne vous laissez jamais prendre au miroir aux alouettes ! J'en ai trop vu céder aux sirènes trompeuses de la célébrité. Croyez-moi : on s'y brûle vite les ailes et, comme pour Icare, le retour sur terre est très douloureux...

Si vous êtes de ceux-là, je n'ai plus rien à vous dire, mieux vaut passer votre chemin. Vous ne méritez pas mes conseils amicaux et n'aurez droit qu'à mon dédain.

Pour les autres, et je sens que vous êtes nombreux, je suis ravi de poursuivre cet échange avec vous. Je vous sens extrêmement réceptifs et attentifs, et cela me remplit de joie.

28

Charlotte ne lâche pas des yeux la porte de la chambre. Le bruit léger a retenti dans son cerveau comme un coup de tonnerre. Soudain, l'imminence du danger prend corps. Il y a vraiment quelqu'un. Ce bruit, elle ne l'a pas inventé, il ne venait pas de la rue. Un bruit feutré, à peine perceptible si elle n'avait été aux aguets, comme un frottement…

Adossée à la porte d'entrée, Charlotte brandit le couteau devant elle, d'une main ferme. Elle s'étonne elle-même. Elle se sent calme. Elle est prête.

Au moment où, résolue, elle s'avance d'un pas, Grichka se faufile hors de la chambre dans un bruissement. C'est encore ce sacré chat !

Grichka ne semble en rien apeuré en sortant de la chambre. Il rejoint sa maîtresse, se frotte à ses jambes et ronronne, visiblement heureux d'avoir retrouvé le confort de son foyer.

« Tu veux te faire pardonner de m'avoir fait peur, hein, gros malin ? » murmure-t-elle. Elle se penche pour le caresser. « Je te pardonne, mon sauveur ! »

À nouveau, en quelques secondes, elle est passée de l'espoir au désespoir, puis de l'angoisse torturante au soulagement euphorique.

Il faut qu'elle se sorte de ce cauchemar, tout ça n'a que trop duré.

29

Elle consulte la pendule. Bientôt midi. Onze heures passées dans un état second, depuis qu'elle s'est réveillée en nage et que ce mauvais souvenir a resurgi : peur paralysante, agitation, panique, abattement, résignation, euphorie… Il n'est pas encore midi, et elle est en lambeaux d'avoir autant puisé dans ses réserves.

Malgré tout, Charlotte est contente d'elle : elle a tenu.

À présent elle doit en avoir le cœur net, s'assurer qu'il n'y a vraiment personne chez elle, même si le comportement tranquille de son chat, retourné à sa gamelle de croquettes, semble le prouver. D'ailleurs, si quelqu'un se cachait là, il se serait déjà montré, non ?

« Courage, ma fille ! » lance-t-elle à haute voix. Elle chuchote à Grichka : « Viens avec moi », mais le gros chat lève son petit museau pour la regarder d'un air placide, et ne bouge pas.

Avant d'entrer dans le double living, couteau brandi devant elle, elle lance d'une voix forte : « Je vous préviens, j'ai une arme ! » Elle en rajoute : « Un revolver ! » Elle s'immobilise. Pas un bruit. Grichka est collé à ses talons. « Merci, mon bébé », murmure-t-elle. Quel animal extraordinaire ! Il l'a suivie pour l'encourager.

Un rapide coup d'œil dans la pièce lui confirme qu'il n'y a personne. Dans la salle de bains non plus. Reste la chambre.

Grichka l'a précédée. Par la porte entrebâillée, elle le voit sur la moquette grise. Assis sur son postérieur, il la regarde, miaule. Il l'invite à le rejoindre.

Elle pousse violemment la porte, allume le plafonnier. La lumière jaillit. La pièce est vide, tout comme les placards de la penderie. Personne sous le lit, pas plus que derrière les rideaux.

Le monstre n'est pas dans l'appartement.

Charlotte retourne dans la cuisine, où elle avale un grand verre d'eau. Enfin, elle peut se mettre en quête de son portable.

Mais elle a beau tout remuer, ouvrir les tiroirs, les placards, jusqu'au réfrigérateur, elle ne le trouve pas. Elle inspecte tout, même la poubelle, qu'elle vide à moitié dans l'évier. « Où est passé ce putain de téléphone ? » s'énerve-t-elle.

Il faut absolument qu'elle le retrouve. Elle a beau se creuser la cervelle, elle est sûre de l'avoir laissé dans la cuisine, avant de sortir sur le palier. Elle se revoit en train de le poser sur le comptoir.

Charlotte, consternée, n'ose affronter l'évidence : s'il a disparu, c'est que quelqu'un l'a pris. Quelqu'un est entré et s'en est emparé. C'est impossible ! Et pourtant si, puisque la porte était ouverte...

Elle lève les yeux sur l'horloge. Le temps semble s'être figé, à peine cinq petites minutes se sont écoulées depuis tout à l'heure. Encore un long quart d'heure avant d'atteindre midi. Alors, quand les deux aiguilles seront parfaitement alignées, la petite sur la grande, Charlotte aura déjà survécu douze heures. La moitié du chemin... Plus question de flancher, décide-t-elle.

Elle se débarrasse de la veste de Jérôme et, soulagée, un peu honteuse, elle s'affale sur le lit, les bras en croix, gagnée par un rire nerveux. Elle laisse tomber son couteau. Il rebondit sur la moquette et disparaît sous le lit. Charlotte est trop fatiguée, trop contente aussi, pour y prendre garde. Grichka la rejoint, elle caresse son ventre doux et chaud.

Elle se sent si bien qu'il lui suffirait de fermer les yeux pour s'endormir.

Mais l'urgence la rattrape. Elle doit sécuriser l'appartement.

Elle court vérifier qu'elle a bien fermé la porte d'entrée à double tour.

Pour la centième fois, elle regarde par l'œilleton. Rien de suspect, le palier est vide. Ne triomphe pas trop vite, se dit-elle, rien ne dit qu'il a abandonné, et il te reste encore douze heures à tenir.

La porte est bien fermée à clef, mais la protection lui semble dérisoire. D'un puissant coup d'épaule, un homme décidé enfoncera la porte.

La semaine prochaine, promis, elle se passera de l'avis de Jérôme et fera installer une porte blindée avec une serrure à trois points.

Mais, dans l'immédiat, elle doit trouver autre chose.

30

Elle est affreusement lourde, la commode de sa chambre. Elle constituera un obstacle sérieux, encore faut-il qu'elle parvienne à la sortir de cette foutue pièce. Bloquée par son poids et l'épaisseur de la moquette, Charlotte ne parvient pas à la faire avancer. Elle la soulève par un coin, la tire sur le côté. La commode bouge à peine. Charlotte va baisser les bras quand la solution lui apparaît. Il suffit de retirer les quatre tiroirs pleins à craquer, bien sûr ! Elle s'exécute aussitôt, mais à vrai dire, même délestée ainsi, la grosse commode reste presque aussi difficile à déplacer. C'est à cause de cette moquette. Ce sera plus facile une fois arrivée sur le parquet du couloir. Charlotte pousse de tout son poids, arc-boutée sur ses pieds bloqués contre le mur, dix centimètres, vingt, un mètre... La commode gagne du terrain, jusqu'à se retrouver dans le couloir. Gagné ! triomphe Charlotte. Il lui faut une bonne dizaine de minutes pour l'amener jusqu'à la porte. Puis elle rapporte les tiroirs, un par un, les bourre avec tout ce qu'elle déniche de lourd, assiettes, bouteilles de vin, sa paire de haltères... À présent la commode pèse un âne mort.

Charlotte transpire, exténuée, les muscles douloureux, mais elle exulte.

Une autre idée lui vient : elle va chercher dans le salon son vase en cristal et l'installe sur la commode, en équilibre précaire. À la moindre poussée, il ira s'écraser sur le parquet et l'alertera du danger, même à distance. Et surtout si elle s'endort. Elle se sent tellement fatiguée qu'elle craint de se laisser surprendre par le sommeil.

Charlotte est vraiment fière d'elle-même. Où a-t-elle puisé une telle énergie ? Elle se prend presque à espérer que le meurtrier soit derrière la porte. Il aura entendu tout ce remue-ménage, aura compris qu'elle est sur le pied de guerre et qu'il va devoir se battre pour l'avoir. S'il croyait qu'elle se laisserait faire ! Voilà qui le fera réfléchir, ce connard. Ces types sont des lâches, se persuade-t-elle, il ira voir ailleurs.

À présent, un bon café, puis elle s'offrira une douche brûlante.

Tout s'arrange.

En peignoir, assise sur un tabouret de la cuisine, une tasse à la main, Charlotte a retrouvé sa superbe. Elle savoure son café, éternue. Zut, il ne faudrait pas qu'elle ait pris froid…

Enfin elle se sent calme et détendue, pour la première fois depuis son réveil. Elle est en sécurité. Elle ne fera plus la bêtise de quitter son appartement. Elle se laisse aller à une douce torpeur.

Ses rêveries la ramènent à Marrakech.

Elle revoit ses vieilles copines. Elle regrette d'avoir été injuste envers elles, des amies avec qui elle a passé tant de bons moments. Sylvia est heureuse, à ce qu'elle sait. C'est vrai qu'elle est loin, mais avec les moyens de communication modernes, les États-Unis, c'est à côté ! Oui, elle va reprendre contact très vite.

Constance, elle la voit régulièrement. Elle reste naïve, mais pas aussi sotte que Sylvia aimait à le dire. Elle vient moins souvent aux brunchs du dimanche depuis qu'elle a une petite fille. Elle l'a appelée Justine et a choisi Charlotte comme marraine. Charlotte s'est fait une joie de la couvrir de cadeaux pour son deuxième anniversaire, le mois dernier. Elle aussi a les cheveux blonds, songe Charlotte en souriant, comme sa maman, si soyeux que c'est un plaisir de les caresser. Et les yeux verts de son père, Antoine, rencontré au mariage de Carole.

Ce mariage, quelle histoire.

La fête fut grandiose, inoubliable ! Ils avaient loué le château de Blancafort, dans le Cher. Un DJ fit danser les deux cents convives jusqu'à l'aube. Un buffet gargantuesque. Et un feu d'artifice à minuit pétant. Charlotte, Sylvia et Constance étaient, bien sûr, ses demoiselles d'honneur. Elle se souvient du bonheur de leur amie, de la promesse de fidélité que se firent les jeunes et beaux mariés.

Pour ce qui est de la fidélité, Pierre n'avait pas tenu longtemps. Carole était à ramasser à la petite cuillère quand elle avait appris les écarts de Pierre, trop nombreux pour être pardonnés. Ils avaient divorcé deux ans après leur mariage.

« Le voyant de Marrakech m'avait prévenue, se lamentait Carole entre deux sanglots.

– Arrête, c'est une sale coïncidence, et puis tout le monde divorce, de nos jours », assurait Charlotte.

Carole n'avait pas tardé à se consoler : elle avait refait sa vie avec Gauthier, un mec « moche comme un cul mais plein aux as », *dixit* Constance, pour avoir investi dans plusieurs restaurants branchés. Elle attend un petit garçon, se félicite chaque jour de s'être débarrassée de « ce salaud de Pierre. Il galère, c'est bien fait pour sa gueule. »

Bref, tout va bien, pour elle aussi...

Pour la première fois depuis leur séjour au Maroc, Charlotte prend conscience que les prédictions du voyant se sont accomplies pour ses trois amies exactement comme il l'avait annoncé. Le départ de Sylvia pour l'étranger, la maternité de Constance, son mari, dont le nom commence par un A, le divorce de Carole...

Le constat la foudroie. Comment a-t-elle pu ne pas se faire la réflexion plus tôt ?

Pas de doute, il a vu juste pour elles. Mais alors...

Elle a un haut-le-cœur.

« Cela arrivera le 28 octobre, la troisième année à partir d'aujourd'hui... »

« Je te le dis : tu mourras de mort violente. Charlotte. Je le vois, ce sera horrible... »

« Fais bon usage des trois ans qu'il te reste à vivre et pars, maintenant... Va-t'en ! »

Il l'avait chassée comme on se débarrasse d'un chien.

Elle réalise qu'elle se rappelle précisément chaque mot qu'il avait prononcé, après toutes ces années.

Mais non, ce n'est pas possible. Elle s'était fichue de lui, l'avait insulté, traité de charlatan, alors ce fumier s'était vengé en proférant la pire des prophéties, voilà tout !

« *Cela arrivera le 28 octobre. Tu mourras de mort violente, je le vois, ce sera horrible.* » Ces mots tournent furieusement dans sa tête.

Et si ce type n'avait rien d'un charlatan ? Si ce qu'il lui a annoncé se réalisait, comme pour ses amies ? Alors… ce dimanche est le dernier jour de sa vie.

31

Il faut qu'elle parle à Jérôme. Elle a besoin d'entendre sa voix, qui lui dira qu'il l'aime, qu'elle lui manque, qu'il rentre bientôt. « Mardi, ce n'est pas si loin... » Il doit s'inquiéter, le pauvre chéri, qu'elle ne donne pas de nouvelles.

Elle se promet de ne pas pleurer. Pour ne pas l'alarmer (le connaissant, il serait capable de prendre le premier avion), elle ne lui dira rien de ses angoisses et ces heures terribles qu'elle vient de vivre.

Machinalement, sa main cherche à tâtons son téléphone sous l'oreiller.

D'un coup cela lui revient... Maudit portable, elle doit le trouver.

Elle passe à nouveau la cuisine au crible, trie cette fois la totalité de la poubelle dans l'évier. Elle fonce dans la chambre. Rien sur la table de nuit ni sous les draps. Rien dans le désordre au pied du lit. Le fond de la bouteille de vin s'écoule sur la moquette, elle s'en moque. Elle veut son téléphone.

Dans le salon ? Elle y court.

Il serait tombé par terre, aurait glissé sous un meuble. Elle fouille toute la pièce, de plus en plus fébrile. Toujours rien. Dans la salle de bains non plus. Elle perd son calme, se lamente à haute voix. Elle vide tous les tiroirs dans la baignoire. « Putain, s'énerve-t-elle, où est-ce que j'ai bien pu le foutre ? »

Vingt minutes plus tard, elle doit s'y résoudre : aucun recoin de l'appartement ne peut lui avoir échappé, même les plus saugrenus. Elle a même revérifié dans le réfrigérateur...

L'avait-elle quand elle s'est réfugiée dans le débarras ? Mais non, je l'avais posé sur le comptoir ! Pourtant, s'il n'est nulle part ici, c'est la seule explication possible.

Dans son affolement, elle a dû le laisser tomber sans s'en apercevoir. Quand elle montait l'escalier à la poursuite de Grichka, ou plus certainement dans les anciennes toilettes. Elle avait perdu tous ses repères…

Remonter pour vérifier ? Elle n'en a ni la force ni le courage. Se jeter à nouveau dans la gueule du loup… Pas question. Ici, au moins, elle est en sécurité.

Vraiment ? se demande-elle soudain. Pour combien de temps encore, si le monstre a les clefs de chez elle, grâce à la concierge, sa copine, sa complice… Charlotte perd pied. Tout tourne dans sa tête.

Elle est prisonnière de son appartement, sans communication possible avec l'extérieur. Si l'homme attaque, elle ne pourra compter que sur elle-même. Elle ne peut prévenir personne, le vieux du dessous n'entendra rien, et elle pourra gueuler autant qu'elle peut, la gardienne ne bougera pas le petit doigt. Aller à la fenêtre et appeler à l'aide ? La rue est vide et l'immeuble en face, en travaux.

Elle va quand même à la fenêtre. C'est bien ce qu'elle pensait : la rue est un désert. Déjà en temps ordinaire elle est peu fréquentée, alors avec cette pluie qui redouble…

Grichka vient de sauter sur le comptoir de la cuisine et la dévisage d'un air attentif, comme s'il voulait lui signifier qu'elle n'est pas seule. « Merci, mon amour ! »

Dehors, les cloches de l'église sonnent un coup. Il est midi et demi. Charlotte fond en larmes. Elle est au désespoir. Les douze prochaines heures vont être un enfer.

Elle rectifie : plus qu'onze heures et demie…

« Non, gémit-elle, je ne suis ni folle ni parano ! Je suis en grand danger… et toute seule. Je ne vais jamais pouvoir tenir. »

J'ai fait chou blanc ce matin. À trois reprises. Chaque fois que je me suis présenté, un grain de sable m'a obligé à remettre à plus tard mon intervention.
Je contemple le canevas au point de croix de maman, comme chaque fois que j'ai besoin de me recentrer. J'y puise toujours les raisons de continuer.
J'avoue cependant que je me sens gagné par la frustration et que ces contretemps me rendent un peu nerveux. Ça m'agace !
J'ai déjeuné de bonne heure, pas de café, cela énerve et ce n'est jamais bon, croyez-en mon expérience. À l'heure où je vous parle, je regarde le journal sur la Deux. Ils parlent de moi, encore une fois, et encore une fois je n'aime pas la façon dont ils le font. J'accepte, à la limite, le surnom d'Égorgeur de chats, même s'il est ridicule et très réducteur. Je mérite mieux que cette caricature. En revanche, les entendre me traiter (je cite) de « psychopathe », de « tueur cynique et effrayant », à la « cruauté bestiale », il y a de quoi être très mécontent.
Demandez donc à Victoire, Madeleine et Sybille si je me suis comporté comme un animal !
À la rigueur, je veux bien accepter que la Une parle de « peur sur la ville ». Depuis tout petit, j'aime faire peur ! Si ma chère maman était encore de ce monde, elle le confirmerait…
Je repasse sur la Deux, même topo. Sur BFM, Cnews, *idem*. Là, c'est une avalanche de commentaires idiots assénés par des types qui se prennent pour des spécialistes. S'ils me connaissaient, ils ne s'embarqueraient pas dans de telles foutaises.

Ils se demandent quand je vais passer à nouveau à l'action.
« Les tueurs de ce type, dit un ancien du GIGN, sont incapables de réfréner leurs pulsions. Ils accélèrent généralement le rythme de leurs crimes, et c'est à ce moment qu'ils deviennent vulnérables, car ils commettent des erreurs. »
CONNERIES ! Je ne fais jamais d'erreurs.
Sachez, messieurs, que ne suis pas là pour faire du chiffre, comme on dit dans la grande distribution, où j'ai travaillé en sortant de mon école de commerce.
Moi, tel un bon artisan, dans le choix de mes candidates comme dans ma manière de procéder, je m'attache à la qualité du produit, jamais à la quantité. Veuillez pardonner cette lecture un peu commerciale des choses, mais la comparaison me semble parlante pour me faire comprendre.

Il est quand même rageant d'entendre dire autant de contrevérités à son sujet sans pouvoir rectifier.
Parfois, je suis tellement ulcéré par tout ça que je me retrouve sur le point de décrocher mon téléphone et de les appeler, pour leur expliquer calmement mes motivations, ma façon de travailler.
Mais bien sûr c'est impossible, et comprendraient-ils ? Alors le mieux est d'en rigoler et d'attendre tranquillement de faire la démonstration du travail bien fait, auprès de ma blonde (je chante !).
Non, messieurs, je ne suis ni psychopathe, ni cruel, ni cynique.
Je suis quelqu'un de tout à fait normal. Mais les journalistes sont prêts à dire n'importe quoi pour se mettre en avant.
Je m'impose une petite sieste d'une vingtaine de minutes pour calmer mon impatience.
Cette fille n'a pas intérêt à me faire faux bond. Ça me rendrait méchant, ce que je ne suis pas du tout. J'ai bon fond. « C'est un brave garçon », a toujours plaidé ma mamie face à ma maman. Elle, elle voyait le diable en moi.

32

Charlotte s'est forcée à se traîner jusqu'à la salle de bains. Elle prend enfin une douche très chaude, presque brûlante, comme elle en rêvait. Debout dans la baignoire, légèrement courbée, yeux clos, tête renversée en arrière, elle savoure la chaleur de l'eau sur son visage, avec la sensation qu'elle entraîne avec elle toute la tension accumulée ces dernières heures. Mais son plaisir ne dure pas. Sans qu'elle sache comment ni pourquoi, surgissent dans son esprit les images de *Psychose*, ce moment affreux où la vieille femme surgit dans la salle de bains et poignarde la belle et blonde actrice.

Les films d'horreur, ce n'est pas son truc et encore moins en noir et blanc, elle ne savait même pas que ça existait ! Mais Jérôme avait insisté pour qu'ils le regardent ensemble sur Arte. Elle n'avait pas osé dire qu'elle n'avait pas aimé, devant son enthousiasme pour ce film d'un autre temps. « Un chef-d'œuvre », qu'il avait déjà vu « une dizaine de fois », affirmait-il fièrement.

Jérôme l'étonne souvent. Il a des goûts tellement vieux jeu, aux antipodes des siens. « C'est le secret de votre amour, lui a assuré Constance, les extrêmes s'attirent ! »

Le lendemain matin, alors qu'elle était sous la douche, Jérôme avait voulu faire son malin. Il avait tiré le rideau et, en chantant à tue-tête la musique effrayante du film, il avait imité la vieille dame et brandi le grand couteau de cuisine. Celui-là même qu'elle a traîné partout avec elle ce matin ! Elle avait hurlé autant de surprise que de terreur devant l'expression de son regard. Elle avait eu la conviction qu'il prenait plaisir à lui faire peur.

Il avait éclaté de rire et l'avait gentiment traitée de « chochotte d'amour ». Mais ses paroles et son air amusé n'avaient pas suffi à la calmer. Elle l'avait traité de tous les noms, alors il l'avait prise dans ses bras et, encore toute mouillée, l'avait portée jusqu'à la chambre...

Comme toujours il s'était excusé (« c'était pour rigoler ! ») et comme toujours elle lui avait pardonné. Mais depuis, quand il est là, elle prend sa douche sans tirer le rideau et tant pis si elle inonde la salle de bains et s'il se fâche du « foutoir » qu'elle met.

Le souvenir est désagréable. Elle entend la musique stridente, le bruit des coups de couteau, déjà elle se voit poignardée, s'effondrant sur le carrelage...

Les cheveux couverts de shampoing, elle sort comme une furie de la baignoire. Assise sur le rebord, il lui faut plusieurs minutes avant que ne se calment les battements de son cœur. Tu es dans un état de nerfs, ma pauvre fille... Mais qu'est-ce qui m'arrive ? se demande-t-elle, suffocante, les yeux rougis par le savon. Elle se penche pour les rincer, et ses cheveux aussi.

Après quoi elle se prépare un deuxième café, en se sommant intérieurement d'arrêter de paniquer pour n'importe quoi.

Jérôme, il faut qu'elle apprenne à l'aimer tel qu'il est, un garçon aux réactions imprévisibles, grand adolescent aux blagues de potache, un peu maniaque, un peu tatillon... « Je vais te dresser ! » plaisante-t-il.

C'est vrai que, parfois, il a de drôles d'idées. Comme ce jour où il avait voulu aller à la Foire du Trône. Il n'avait pas eu à insister beaucoup. C'était amusant et inattendu, elle aurait des choses à raconter à ses copines au brunch du lendemain. Ils étaient montés dans les manèges les plus extravagants, avaient mangé des gaufres et de la barbe à papa, et ils avaient terminé la journée dans le palais des glaces, une sorte de labyrinthe vitré.

Elle en était sortie en larmes.

À peine étaient-ils entrés qu'il l'avait semée, disparaissant à droite tandis qu'elle tâtonnait pour le suivre. Elle avait voulu le rejoindre, mais sans y parvenir. Ils se voyaient, se rapprochaient jusqu'à se retrouver nez à nez, mais il y avait toujours une vitre qui les séparait. Elle avait commencé à s'énerver. Elle lui disait que la plaisanterie avait assez duré, que ce n'était pas drôle, qu'elle voulait sortir de là. Mais il faisait signe qu'il n'entendait pas, en souriant, d'un sourire presque méchant qui lui avait rappelé l'épisode de la douche. Elle avait paniqué. Il fallait qu'elle sorte de ce piège, elle le suppliait de l'aider, de venir la chercher. Il était impossible qu'il n'ait pas perçu sa panique. Et d'un coup, il avait disparu, l'abandonnant à son sort. Il avait fallu que le patron de l'attraction intervienne pour la sortir de là, hurlante, hystérique. Jérôme l'avait réconfortée en la prenant dans ses bras, s'était excusé en promettant de ne jamais recommencer. Pour se faire pardonner, il lui avait offert un énorme chat en peluche qu'il avait gagné pour elle à un stand de tir. Il avait même fait son *mea culpa* au brunch du dimanche, disant qu'il n'avait pas pensé affoler ainsi sa pauvre petite Charlotte si sensible… « Tu as de la chance, Charlotte, lui avait dit Constance en aparté, c'est vraiment l'homme idéal. Tu fais des envieuses, ma chérie. »

Il est vrai qu'en société, Jérôme est tellement drôle, cultivé, sympathique et souriant qu'il fait l'unanimité. Sophie, la copine de Jérémie, qui n'a pas froid aux yeux, avait même eu le toupet un jour de lui demander comment elle avait fait pour se dégoter un mec pareil. « Je veux le même ! » s'était-elle exclamée devant son fiancé.

Toutes ces salopes ne pensent qu'à lui piquer son mec.

Charlotte se sert une grande tasse de café brûlant. Ça l'aidera à ne pas dormir. C'est étrange, tous ces souvenirs qui lui reviennent en mémoire… Des comportements bizarres, inattendus, de son bel amoureux. Il s'énerve vraiment pour des riens, parfois. Ainsi, le moindre dérangement le contrarie de manière disproportionnée. Il peut passer des heures à remettre de l'ordre dans la salle de bains, alignant impeccablement les cosmétiques qui l'encombrent. Ces jours-là, elle a intérêt à veiller à bien les remettre en place, faute de quoi les mots blessants fusent.

D'autres réactions la troublent. La semaine précédente, il avait refusé de lui dire dans quel hôtel il descendait à Dubai. Sa réponse avait été cinglante : « Tu m'espionnes maintenant ? » Mortifiée et blessée, Charlotte n'avait pas insisté.

Ce jour-là, il avait vu qu'elle était meurtrie. Il l'avait attirée à lui, enlacée. Il avait murmuré : « Je te fais peur, mon amour ?

– Bien sûr que non, je t'aime.

– Encore heureux ! Tu sais, il n'existe pas sur terre d'homme plus gentil que moi ; je ne ferais pas de mal à une mouche », avait-il susurré en imitant la voix d'une vieille dame, comme le tueur de *Psychose*. Mais il lui avait adressé un clin d'œil pour faire bonne mesure, et ils s'étaient mis à rire.

Quand on aime comme ils s'aiment, ces bêtises n'ont guère d'importance. Quel couple ne se chamaille pas ?

Jamais, elle n'a osé lui dire la vérité : parfois, c'est vrai, il lui fait peur.

Son mug en main, elle retourne se mettre au lit. Elle résiste à la tentation de s'endormir, ce serait si bon de sombrer, d'oublier tout... Quand elle se réveillerait, les heures auraient filé. On serait le lendemain, elle ne risquerait plus rien. Seul resterait, comme un cauchemar, le souvenir des heures d'angoisse, et elle se trouverait tellement bête qu'elle en aurait honte. Comment a-t-elle pu perdre la tête pour une prédiction débile ? Passer des heures dans un débarras glacial sous les toits, se présenter à la concierge à moitié nue ? Elle doit vraiment être un peu cinglée. Elle se promet de n'en parler à personne, même pas à Jérôme...

33

Au fait, où est le couteau ? se demande-t-elle soudain. Elle l'avait bien, tout à l'heure, quand elle est allée dans sa chambre ? Elle le cherche dans le désordre au pied du lit sur la moquette... Rien.

« Bon sang ! Ça ne va pas faire comme avec le portable », jure-t-elle à voix haute.

Elle retourne dans la cuisine. Dans la salle de bains. Pas davantage. Elle était perturbée quand elle cherchait son téléphone, à courir fébrilement dans tout l'appartement, alors elle l'a posé quelque part, mais où ? Il n'est pas possible que lui aussi ait disparu.

Charlotte repasse de pièce en pièce, s'agace, se met à quatre pattes pour regarder sous le lit, ne voit rien. Je perds tout ! Je suis maudite, se lamente-t-elle.

Elle revient dans la cuisine et, à défaut du grand, sort du tiroir le petit couteau à la lame en céramique qui lui sert à découper les légumes.

Elle le regarde avec dépit, le garde quand même, en attendant de retrouver le grand. « Il est forcément quelque part ! »

Elle vérifie que le vase est toujours en équilibre sur la commode.

Tête en l'air à ce point, ce n'est pas possible !

Comment faire face sans ce grand couteau, parfaitement coupant, un vrai rasoir ?

Jérôme, avec sa pierre à aiguiser, avait passé une bonne demi-heure dessus le dimanche précédent. Il voulait une lame parfaite : « Ma chérie, ce qui mérite d'être fait doit être bien fait ! »

Ils sont ensemble depuis trois mois, elle s'est bien rendu compte qu'il est maniaque, mais à ce point ? Il avait vérifié dix fois que chaque millimètre était parfaitement coupant, et le fil plus fin qu'une aiguille.

Ce soir-là, elle avait fait un rôti de bœuf. Elle avait souri avec indulgence devant sa mine triomphante au moment où il avait commencé à couper la viande. La lame tranchait comme dans du beurre tendre.

« M. le maniaque prend son pied ! avait-elle plaisanté. Arrête, on dirait un sadique !

– Mais tu as vu comme il coupe bien ? »

C'en était presque fascinant, de le voir aussi concentré sur un rosbif, s'appliquant à couper des tranches fines et égales. Elle parlait, mais il semblait ne pas l'entendre, totalement pris par sa tâche. Enfin, il avait relevé la tête et souri, satisfait comme un gosse. « Elles sont magnifiques, mes tranches ! »

Il était si drôle et si craquant !

« Un vrai chirurgien, avait-elle approuvé. Tu es le champion du monde de la découpe de rosbif ! » Il l'avait regardée bizarrement, comme s'il se réveillait, et avait répondu, tout sourire : « Méfie-toi : si tu te moques, un jour, c'est toi que je découperai en rondelles. » Il s'était penché sur elle pour l'embrasser tendrement dans le cou, mais elle avait frissonné en sentant la lame posée contre son dos. Un geste maladroit est si vite arrivé...

Après quoi il avait lavé le couteau, l'avait essuyé avec soin, et rangé dans le tiroir. Elle se souvient de ce qu'il avait dit alors, s'adressant non à elle mais à Grichka, installé sur les genoux de Charlotte : « Pourvu que mon couteau ne tombe pas dans les mains du serial killer, il ferait des ravages, hein, Grichka ? »

Dans son souvenir, c'était la première fois où ils avaient parlé de « ce dingue », comme disait Jérôme, qui avait déjà martyrisé deux jeunes femmes.

« Je me demande s'il va continuer.

– C'est affreux, tu te rends compte, que des blondes, comme moi ? avait grimacé Charlotte.

– Et jolie comme un cœur, la cible parfaite, avait renchéri Jérôme. Et en plus tu as un chat… Couic, Grichka !

– Ce n'est pas drôle, tu es horrible !

– Je t'adore !

– Je te hais !

– Allez, on l'attaque, ce rosbif bien saignant ? Ce serait bête de le laisser refroidir, avait-il dit en trempant un bout de pain dans le plat et en goûtant avec délice le jus rouge.

– Beurk, tu me dégoûtes ! » Elle avait fait la moue en repoussant le morceau de mie imbibé de sauce qu'il lui tendait.

« Non, vraiment ? Tu as tort, c'est délicieux. »

Le reste de la soirée avec l'homme de sa vie avait été merveilleux, comme toujours, et grâce à une bonne bouteille de bordeaux qu'il avait achetée pour l'occasion, elle avait vite oublié dans ses bras le léger malaise qu'elle avait ressenti.

Pourquoi tout ceci lui revient-il en mémoire maintenant ? Elle a une curieuse impression, l'idée que son amoureux puisse être vraiment bizarre l'effleure un instant. Elle la chasse très vite. Je ne pense qu'à toi. Tu me manques tellement…

Elle couvre Grichka de baisers :

« Heureusement que tu es là, mon chaton… Qu'est-ce que je deviendrais sans toi ? » Le gros chat lui lèche la main droite.

Elle est tentée de rallumer la télé. Mais si c'est pour entendre parler de l'assassin qui rôde… Elle renonce, se lève pour aller se servir à la cuisine un grand verre de vin rouge. Ça sera meilleur que le café !

L'horloge indique 12 h 58.

Une heure de gagnée ! Elle esquisse un sourire et vide son verre cul sec.

34

Charlotte se ressert un verre et retourne dans son lit en emportant la bouteille.

La main glissée sous le ventre soyeux de son chat, vidant son bordeaux par gorgées nerveuses, elle se demande dans quel état elle finira la journée. Et si elle se bourrait la gueule ? Elle sourit à cette idée. Ça l'aiderait à supporter la situation, qui n'est vraiment pas fameuse.

Elle est crevée, lessivée, vannée, à bout. « J'en ai marre, marre, marre ! éructe-t-elle en se resservant. Il est bon, ce bordeaux ! Normal, c'est Jérôme qui l'a choisi… »

Elle se sent prisonnière, abandonnée de tous avec ses défenses dérisoires. La commode ne résistera pas longtemps à la force d'un homme. Qu'aura-t-elle ensuite à lui opposer : ses cris que personne n'entendra et la lame ridicule d'un petit couteau de cuisine dont elle sera bien incapable de se servir.

Ses pensées reviennent à son iPhone, ce compagnon de tous les instants qu'elle ne cesse de consulter. Dedans, il y a toute sa vie… C'est surtout son outil de travail avec son écran large, au point qu'elle a rendu au boulot son ordinateur portable, devenu inutile et encombrant.

Elle peut rester à le consulter des après-midi entiers, elle ne se couche jamais sans avoir consulté une dernière fois ses mails, les tweets de la soirée, Facebook, son compte Instagram. Elle l'a créé il y a cinq ans, et elle a aujourd'hui huit cent quatre-vingt-deux abonnés, mille cinquante-cinq abonnements, et a effectué quatre cent cinquante-six publications, comme une collection d'instantanés de sa si jolie vie. C'est un mélange hétéroclite de photos professionnelles (essentielles pour soigner son « réseau » dans la com) et d'autres, plus personnelles où Grichka occupe une place centrale. Des photos de vacances (celle de l'été dernier qui la montre, bronzée et magnifique, en maillot sur la plage de Mykonos a été likée cent vingt-huit fois – son record – avec quelques dizaines de commentaires, du genre : « Trop belle ! »), et beaucoup de *stories* de Grichka. Grichka jouant avec sa balle fluo, Grichka grignotant une à une ses croquettes, Grichka caché sous la couette… Grichka, Grichka, encore Grichka…

Un jour, elle avait posté une photo de Jérôme avec pour seul commentaire un petit cœur. Il s'était tellement fâché qu'elle l'avait aussitôt supprimée. À regret. Charlotte est si fière de son amoureux, elle voudrait le montrer au monde entier. Mais son Jérôme est secret. « Je déteste me voir en photo », avait-il grogné, pour toute explication. Il avait haussé les épaules quand elle avait répondu que c'était dommage, tout le monde le trouvait beau…

Une pensée la frappe subitement : et si c'était à cause de ces *stories* sur Grichka que l'Égorgeur de chats l'a repérée ? C'est forcément ça. C'est ainsi qu'il trouve ses victimes, toutes des femmes jeunes et jolies qui partagent leur vie sur les réseaux sociaux ! Ce monstre doit se régaler en fouillant dans leur vie privée…

Elle se promet de ne plus rien publier avec son chat. Instagram, c'est de l'espionnage ! Elle effacera les photos trop personnelles et fermera son compte Facebook, son compte Twitter. On ne l'espionnera plus jamais.

Plus elle y réfléchit, plus elle est sûre qu'elle n'avait pas son portable quand elle est allée se réfugier au cinquième. Si elle avait eu son téléphone dans les mains, jamais elle ne l'aurait lâché.

Non, elle l'avait bien posé sur le coin du comptoir. Elle se revoit faire le geste… Ou ailleurs, mais où ?

La conclusion s'impose : le monstre est entré chez elle, a fouillé, pris ses aises et volé son téléphone.

S'il fouine dedans, il saura tout d'elle.

Son code de déverrouillage est son année de naissance. Très original… Et facile à retrouver puisqu'elle a posté un tas de photos prises le soir de son anniversaire à l'hôtel Costes avec sa bande d'amis. « Vingt-huit berges… L'âge de déraison, il faut en profiter », avait-elle écrit avec plein de smileys.

1989. Elle aura vingt-neuf ans dans dix-sept jours. Elle espère que Jérôme lui prépare une surprise pour fêter ça.

Elle ne veut pas mourir…

Le désespoir lui vrille les entrailles. Peut-être devrait-elle sortir, se fondre dans la ville ?

Elle écarte l'idée d'aller récupérer sa voiture, au troisième sous-sol du parking qu'elle loue au coin de la rue. Si jamais il la suivait ? Il est tellement flippant, ce parking, descendre jusqu'au troisième, brrrr, elle frissonne rien que d'y penser. Et sans son téléphone, elle ne peut commander un Uber. Elle pourrait rejoindre ses amis au brunch du dimanche. Elle ira en métro, une fois n'est pas coutume. Quand elle sera avec eux, elle sera protégée. Elle ne leur racontera rien (elle aurait trop honte), mais au moins elle sera en sécurité. Oui, c'est évident, c'est la meilleure des solutions : dehors, dans les transports en commun, il ne pourra pas s'attaquer à elle.

Pour aller jusqu'à la rue, il faudra qu'elle dévale l'escalier à toutes jambes… en espérant qu'il ne l'attende pas sur le palier ! Car avant cela, il va falloir déplacer la lourde commode suffisamment pour se glisser par l'ouverture. Avec le risque que le bruit la trahisse.

Ses amis doivent s'étonner de son absence : elle ne rate que rarement ce rendez-vous sacré. Hier, elle avait assuré à Vanessa qu'elle viendrait, sans son Jérôme. « Dommage », avait susurré cette garce, qui n'est bonne qu'à réserver des tables.

Ont-ils tenté de la joindre ? Si son portable sonnait, elle remettrait enfin la main dessus. Mais aucun appel depuis des heures.

Ils n'en ont rien à foutre que je sois là ou pas. Elle enrage : Je n'y mettrai plus jamais les pieds, à leur brunch de merde ! Il faudra aussi faire le tri dans ses amis. Et il ne lui en restera pas beaucoup !

La nuit, elle met son portable sur silencieux, surtout pour Jérôme. Il ne supporte pas d'être dérangé dans son sommeil.

Une nuit, le portable avait sonné vers 2 heures et, réveillé en sursaut, il s'était mis dans une rage folle. C'était une vieille copine, Virginie, qui appelait du Canada sans se soucier du décalage horaire. Jérôme lui avait arraché l'appareil des mains, avait hurlé sur Virginie et lui avait raccroché au nez (pas étonnant qu'elle ne donne plus de nouvelles).

« Ne me refais jamais ce coup-là, avait-il dit à Charlotte, ou je ne resterai plus dormir ici.

– Pardonne-moi, mon amour, avait-elle bredouillé. Mais ce n'est pas si grave, quand même, Virginie est loin…

– Bien sûr, tu ne penses qu'à toi et tu n'as aucun respect pour les autres. Et puis arrête de m'appeler « mon amour » à tout bout de champ, c'est exaspérant.

– Je le mettrai sur silencieux, désormais, ne t'en fais pas.

– Tu as intérêt ! Ce serait mieux de l'éteindre carrément. »

Elle s'était retenue de répliquer qu'il arrivait aussi que son téléphone à lui sonne la nuit sans que cela le perturbe, et qu'elle ne disait rien. C'était, expliquait-il quand cela survenait, des relations de travail qui l'appelaient du bout du monde (« les aléas » de son boulot) et il pouvait alors passer un long moment à discuter en anglais, sans quitter le lit, indifférent à Charlotte allongée à ses côtés, qui attendait patiemment qu'il ait fini, incapable de lui demander d'aller téléphoner ailleurs.

Cette nuit-là, Jérôme avait exigé de vérifier que son portable était éteint puis il s'était rendormi presque aussitôt. Elle, en revanche, n'avait pas réussi à retrouver le sommeil, perturbée par la violence de sa réaction.

Elle avait ressassé jusqu'à l'aube. Et si elle se trompait, s'il n'était pas l'homme de sa vie ?

Au matin elle s'était laissé amadouer quand il l'avait attirée à lui. Puis il était allé chercher les croissants, tendre et prévenant comme à l'accoutumée. Tout était oublié.

Depuis, quand il reste dormir, Jérôme lui rappelle toujours de mettre son portable sur silencieux, bien qu'elle n'oublie jamais de le faire, de peur de devoir à nouveau affronter sa colère. Il serait bien capable de rentrer chez lui en pleine nuit, il n'a pas très loin à aller…

Hier soir, en revanche, elle en est sûre, elle a laissé son portable allumé et la sonnerie activée, puisqu'elle était seule. D'autant plus que lorsque Jérôme est en déplacement, et cela arrive de plus en plus souvent depuis quelque temps, il lui arrive de l'appeler en pleine nuit. Il lui demande de lui redire qu'elle l'aime, qu'il est l'homme de sa vie. Elle adore ça, et reste ensuite longtemps éveillée, à se répéter leurs mots doux, heureuse comme une adolescente.

Mais, par un mauvais réflexe, ne l'a-t-elle pas mis sur silencieux ? Maintenant, elle ne sait plus.

Les yeux brillants de larmes, elle songe à l'homme de sa vie tout en s'habillant. Elle enfile un jean et un pull angora, se maquille légèrement pour dissimuler les stigmates de ces heures sans sommeil, s'examine dans le miroir : tout va bien, elle est présentable.

Elle se promet de ne pas craquer devant ses amis.

Elle va remplir le bol d'eau et la gamelle de croquettes de Grichka. Elle le caresse. Il miaule, il a deviné le sort qui l'attend : un après-midi de solitude. Elle ment :

« Je vais te laisser un tout petit moment, mon chéri. »

En vérité, elle a résolu de ne rentrer qu'après minuit, lorsque l'échéance funeste sera dépassée. Elle ne lâchera pas ses amis d'une semelle, demandera à Constance à voir sa filleule, trouvera un prétexte pour s'inviter à dîner. Elle fera mine de ne pas remarquer leur étonnement, leur impatience à la voir repartir (Constance est toujours « crevée » depuis qu'elle est maman, c'est pénible). Enfin, « comme Cendrillon » (l'idée lui arrache un petit sourire), elle filera à minuit, s'excusant de ne pas avoir vu l'heure tardive. Sans doute se diront-ils qu'elle exagère, mais qu'importe. Elle sera vivante, sauvée.

Dans la rue retentissent des coups de klaxon. Elle se penche par la fenêtre autant par curiosité que pour vérifier que personne n'est posté en bas. Un conducteur impatient s'énerve contre un taxi qui, au bout de la rue, prend son temps pour charger les bagages d'un couple.

Une pluie fine s'obstine. C'est tellement bon, la fraîcheur des gouttes de pluie sur son visage. Elle ferme les yeux, respire à pleins poumons, profite de cet instant de bonheur simple.

En bas, le taxi prend son temps, les coups de klaxon redoublent, le conducteur de la voiture derrière a ouvert sa vitre. La scène la distrait. Elle adore quand les gens s'engueulent !

Elle pourrait courir jusqu'à eux, se dit-elle.

Soudain elle cesse de respirer, se fige. Recule d'un pas pour ne pas être vue. Cette silhouette, à peine entrevue, dans l'ombre du porche à l'extrémité de la rue, visage levé vers son étage ? Grand, costaud, les épaules carrées, une chevelure sombre… C'était Jérôme, son Jérôme ! Comment est-ce possible ?

Mais non, c'est absurde. Elle a rêvé, elle a cru le voir… Jérôme est à l'autre bout du monde. « Je deviens folle, murmure-t-elle. J'ai des visions, maintenant… Il est temps que tout ça finisse. »

Elle revoit l'image qui persiste dans son esprit, la forme du visage, la stature, son mouvement de recul, comme s'il se cachait.

Jérôme ? Mais qu'est-ce qu'il ferait là ?

Je m'accorde toujours quelques minutes pour observer la scène où je vais entrer en action. Pas trop longtemps : ce serait risquer de se faire remarquer par un passant, filmer par une caméra de surveillance. Il y en a partout désormais, soyez vigilants, c'est un piège redoutable. S'ensuivraient portrait-robot et tout le tralala. Aujourd'hui, aucun « espion » en vue (pas de caméras dans ce coin reculé du 15e et personne dans la rue). Aussi, je n'ai pas pris la peine de me grimer.

Ces instants qui précèdent l'action, comme suspendus dans le temps, sont divins.
J'aime rôder.
Je m'imprègne du décor, l'immeuble, la rue, les magasins, les fenêtres allumées dans les appartements voisins, les gens qui passent sans faire attention à moi.
Il m'arrive aussi de repérer celle qui m'attend mais l'ignore encore. Elle n'est alors qu'une apparition fugace à une fenêtre. Quand j'ai cette chance, mon plaisir et mon excitation deviennent extrêmes. L'histoire se met en place, les acteurs sont prêts. Il ne reste plus qu'à entendre « moteur » pour commencer.

C'est le début de l'après-midi, ce dimanche 28 octobre. La pluie, fine et fraîche, tombe sur cette rue étroite du 15e arrondissement. Je me tiens un peu en retrait, sous le porche d'un immeuble sans caractère. Une voiture passe, éclaboussant le trottoir sans atteindre mes rangers. Un peu plus loin, un conducteur

s'impatiente, j'entends des coups de klaxon. Je ne m'y intéresse pas car, soudain, comme un miracle, je la vois apparaître à la fenêtre. Elle se penche, jette un regard curieux dans la rue. Elle m'offre sa blondeur, ses longs cheveux flottant au vent, son cou gracile, sa douce beauté. Je refreine mon désir de me précipiter.
J'ai presque l'impression que nos regards se sont croisés l'espace d'une seconde. Bien sûr, je suis très loin, mais j'ai eu l'impression qu'elle esquissait un mouvement de recul, comme si ma présence l'alarmait. Je suis sûr qu'elle m'a aperçu.
Je préfère battre en retraite et disparaître. « Prudence est mère de sureté. » Je reviendrai plus tard.
C'est ma quatrième tentative avortée.
Pour calmer ma contrariété, je marche jusqu'à la porte de Versailles, et cherche un café ouvert. J'engloutis un Perrier rondelle.
Décidément, mon ange blond joue avec mes nerfs. D'une certaine manière, cette attente n'en est que plus excitante.
Il me tarde de m'occuper d'elle... Et de son affreux chat.
La prochaine fois, c'est sûr, je serai auprès de ma blonde !

35

Charlotte se remet du choc de cette vision fugace. C'est n'importe quoi, ma pauvre ! D'accord, l'homme ressemblait un peu à Jérôme, mais il était plus trapu, moins grand, ses cheveux trop clairs. Sa méprise est à mettre sur le compte de son extrême fatigue, de la pluie, de la distance, et surtout de la folle envie d'avoir Jérôme à ses côtés. Mon amour, je te vois partout ! Je prends mes désirs pour des réalités, sourit-elle.

Hélas, Jérôme est à Dubai, et elle ne le fera pas revenir d'un claquement de doigts...

C'est vrai, il ne l'a pas appelée mais, cela lui revient maintenant, ne l'a-t-il pas prévenue qu'il partait dans le désert avec un client richissime ? Il a même dit que cela ne l'amusait pas tant que ça. « Ces Dubaïotes sont tellement ennuyeux... » Il se trouve en ce moment dans une région où les communications ne passent pas, voilà tout. Le connaissant, il doit ronger son frein. Lorsqu'il retournera à la civilisation, la première chose qu'il fera sera de lui téléphoner.

Non, non, non, elle s'est trompée. Il est impossible que ce soit lui.

Cependant, Charlotte a besoin de dissiper ses doutes. Car il y avait un homme, c'est une certitude, et cet homme regardait dans sa direction. Un passant qui s'est mis à l'abri de la pluie ? Ou, plus inquiétant, quelqu'un qui ferait le guet, en attente ?...

Elle en vient à rêver : on frappe à la porte et c'est Jérôme, un bouquet de roses blanches (ses fleurs favorites) à la main, rentré plus tôt que prévu. Ce serait si beau...

Mais non, Jérôme est trop prévisible pour lui faire pareille surprise. Il déteste l'imprévu. Avec lui, tout est parfaitement ordonné. Rentrer à Paris sans prévenir, ce n'est vraiment pas son genre. Elle aimerait bien, parfois, qu'il se laisse aller…

L'homme est-il toujours là ?

Elle se penche à nouveau par la fenêtre de la cuisine, examine la rue. Elle est déserte, maintenant. Le taxi a disparu. Il n'y a personne sous le porche de l'immeuble voisin, où elle a cru le voir. Elle fouille les entrailles de l'échafaudage dressé contre la façade de l'immeuble en travaux. Il pourrait se cacher là, derrière les grosses bâches vertes qui battent au vent.

Elle ne voit rien.

Elle va refermer la fenêtre, lorsque dans l'ombre, sur la gauche de l'échafaudage, elle repère un homme. Il est assis sur une chaise de plastique blanc, à l'abri de la pluie, en train de mordre dans un sandwich.

Elle le reconnaît aussitôt. Ce n'est pas lui qu'elle a confondu avec Jérôme. Il est encore beaucoup plus grand, plus costaud. Il doit bien mesurer un mètre quatre-vingt-quinze et peser cent kilos.

Une force de la nature, doux comme un agneau.

Il s'appelle Anatol. « Anatol, sans *e* à la fin ! » avait-il précisé.

Un chic type.

Il surveille l'immeuble en réfection afin d'empêcher toute intrusion par l'échafaudage quand la journée des ouvriers est terminée. D'ordinaire, il travaille la nuit. Souvent le soir, avant de rentrer, elle s'arrête pour discuter, comme elle l'a fait encore mercredi dernier. C'est la première fois qu'elle le voit un dimanche dans la journée.

Dès leur deuxième rencontre, il lui avait raconté l'histoire de sa vie. Il a le même âge qu'elle, il est d'origine roumaine, vit chez des cousins au Blanc-Mesnil. Il est en France depuis six ans et il n'a toujours pas pu régulariser sa situation. Il est sans papiers et bosse ici au black pour douze euros l'heure. Son rêve : suivre des études à la Sorbonne... Charlotte ne l'a pas découragé, l'a exhorté à se battre et a promis de l'aider.

Un jour, il lui avait montré la matraque glissée dans sa ceinture. Elle avait ri quand il lui avait avoué qu'il doutait d'être capable de s'en servir.

Tout cela ne plaisait pas trop à Jérôme : « Tu as du temps à perdre, ma chérie, à parler avec ce type.

– Mais tu es jaloux, mon amour ? »

Ça ne l'avait pas fait rire : « Jaloux ? D'un gardien de nuit ? Tu plaisantes, j'espère ?

– En voilà des préjugés ! C'est un gars intelligent, et tu as vu comme il est taillé ? Une armoire à glace ! »

Il avait eu une moue méprisante. « Et il s'appelle comment, ton nouveau copain ?

– Anatol.

– Wouaaah, il y a encore sur terre des gens qui s'appellent Anatole ?

– Anatol, sans *e*, a-t-elle précisé en souriant. C'est vrai que son prénom est rigolo... » Ils s'étaient mis à rire, et s'étaient réconciliés.

Anatol passe ses nuits assis là, sur cette chaise en plastique. Douze heures sans fermer l'œil, par tous les temps. Elle le trouve très courageux.

Ils ont fait connaissance fin août, deux mois plus tôt. Un orage avait éclaté, il n'avait pas grand-chose sur le dos, il grelottait, trempé sous une couverture qui ne le protégeait guère. Charlotte lui avait apporté une Thermos de café. « Merci, mademoiselle, c'est très gentil.

– Appelez-moi Charlotte !

– Charlotte, enchanté... » Il lui avait offert son grand sourire.

Elle était belle, bronzée (quinze jours à Porto-Vecchio, en Corse) et il l'avait dévisagée comme s'il la connaissait depuis toujours.

Ils avaient sympathisé et elle l'avait même invité un jour à monter boire un verre avant qu'il ne prenne son service. Jérôme s'était montré tout juste poli lorsqu'il était arrivé sur le coup de 19h30, mais heureusement, il n'avait pas fait de remarque, au grand soulagement de Charlotte. Dès qu'elle avait refermé la porte sur lui, Jérôme avait déclaré qu'il aimerait être peinard quand il rentrait. Il avait des journées d'enfer, et il y avait des soirs où il n'avait pas envie de faire la conversation. « Si tu tiens à recevoir M. Muscle, tu me préviens, je rentre chez moi. »

Elle se l'est tenu pour dit, et Anatol n'est jamais revenu. Elle se contente désormais de lui porter du café et des gâteaux, en faisant semblant de ne rien voir quand, exaspéré, Jérôme lève les yeux au ciel.

Au final, elle n'est pas mécontente de le rendre un peu jaloux. Peut-être que cela finira par le convaincre de la demander en mariage !

Le soulagement que Charlotte ressent en voyant Anatol est immense.

C'est drôle, elle n'avait jamais remarqué jusqu'à présent qu'il venait aussi le dimanche. D'ailleurs, ce matin, quand elle avait jeté un coup d'œil, il n'y avait personne.

Peu importe, elle se réjouit d'avoir trouvé l'allié qui lui manque tant aujourd'hui. Même s'il ne sait pas se servir de sa matraque !

Lui, son ami, ne la repoussera pas comme cette horrible gardienne !

Elle se moque d'elle-même : Ben voilà, ma vieille, tu es sauvée !

Son calvaire va s'achever. Le temps de le rejoindre.

36

Charlotte a pris sa décision.

Inutile de se dépêcher pour aller retrouver ses amis. À cette heure, ils doivent commencer à rentrer chez eux. Elle n'est même pas sûre qu'ils comprendraient, ils sont tellement focalisés sur leurs petites personnes… Personne ne s'est inquiété d'elle, de toute façon, dans cette bande d'égocentriques. Finalement, se dit-elle avec amertume, elle ne pourra jamais compter sur eux.

Anatol, lui, s'occupera d'elle. Elle pourra sans honte lui confier ses angoisses, il l'écoutera. Gentil comme il est, il restera avec elle jusqu'à l'heure fatidique. Et il est si fort et costaud qu'il ferait fuir tous les monstres de la terre. Avec lui, elle ne risque plus rien. Il sera son bouclier.

Elle caresse Grichka, qui a sauté sur le comptoir de la cuisine. « Regarde, c'est Anatol ! » Grichka jette vers la rue un regard indifférent.

Un soir, elle était descendue pour le présenter à Anatol. D'ordinaire assez sauvage avec les inconnus, il s'était laissé prendre et avait ronronné dans ses bras. C'était pour elle la preuve infaillible que le jeune Roumain était un chic type, Grichka ne se trompe jamais sur les gens. À l'exception de Jérôme, bien sûr, qu'il évite consciencieusement.

Trois étages plus bas, Anatol est occupé à dévorer son sandwich. Charlotte met ses mains en porte-voix pour l'interpeller. Il réagit aussitôt, lève les yeux, agite le bras et sourit dans sa direction. Il est content de la voir. Elle fait signe qu'elle va descendre, brandit sa Thermos, montre les cinq doigts de la main, ce qui signifie « dans cinq minutes ». Il lève le pouce.

Elle s'active à la machine à café. Elle lui descendra aussi deux pommes, il adore ça. Voilà, tout est prêt, elle doit juste dégager la porte d'entrée de la commode, et foncer.

Elle hésite à nouveau. Si le monstre attend derrière, elle sera à sa merci. En l'entendant s'agiter derrière la porte, il aura tout le temps de se préparer à lui sauter dessus. Elle a une meilleure idée : demander à Anatol de monter.

« Anatol ! » crie-t-elle, penchée par la fenêtre.

Le jeune homme quitte son refuge.

« Monte ! »

Il traverse la rue, lève la tête et dit : « C'est impossible. Je n'ai pas le droit d'abandonner mon poste.

– Trois minutes, insiste-t-elle.

– Ce serait avec plaisir, Charlotte, mais c'est un coup à me faire virer.

– Je comprends, je descends, mais tu peux m'attendre là, en bas de l'immeuble ?

– OK... », dit-il en haussant les épaules, sans poser de question.

Elle doit se résoudre à y aller seule. Ah, si elle avait son grand couteau. Ça y est, je me souviens, se dit-elle. Dans les toilettes... Elle l'a posé sur le réservoir et il a dû glisser derrière la cuvette. Elle se dépêche, Anatol ne pourra pas rester longtemps planté devant sa porte cochère. Elle déchante : il n'est pas là non plus. Elle s'énerve : « Putain, où est-ce que j'ai bien pu le foutre ? » Elle perd du temps à refaire le tour de chaque pièce, entre dans la chambre, se met à quatre pattes pour regarder sous le lit, ne le voit toujours pas, invisible derrière le gros pied de bois sombre.

L'avoir en main la rassurerait, mais tant pis, elle s'en passera... Pas question de reculer maintenant que son sauveur l'attend. Elle retourne à la fenêtre prévenir Anatol qu'elle descend.

Il n'est plus dans la rue. La pluie a redoublé, il a dû se réfugier sous les échafaudages. Elle enfile son imperméable, range les deux pommes et la Thermos dans son sac qu'elle met en bandoulière. Pas de parapluie, il l'encombrerait.

Elle enlève le vase en équilibre, s'attaque à la commode, appuyée contre le mur. Le meuble bouge à peine de quelques centimètres, grinçant sur le plancher. Elle est vraiment lourde, cette commode, constate-t-elle avec satisfaction. Finalement, c'est un bon rempart. Mais Anatol sera une meilleure protection et, surtout, elle ne sera plus seule, à se ronger les sangs.

Elle doit se résoudre à refaire toute la manœuvre, enlever les quatre tiroirs, s'arc-bouter pour pousser de toutes ses forces. La commode glisse sur le parquet. Charlotte se crispe : le bruit lui paraît assourdissant.

Ça y est, elle a suffisamment de place pour se glisser entre la commode et le mur, avec précaution, pour ne pas faire plus de bruit. Avant de tourner la clef, elle regarde par l'œilleton. Elle ne voit personne sur le palier mais ça ne veut pas dire qu'il n'est pas dans l'angle mort. Elle repart à la cuisine, attrape le petit couteau de céramique, embrasse Grichka («Je reviens vite, mon cœur»). Puis elle inspire un grand coup et entrebâille la porte.

Le palier est désert. Elle fonce sans se retourner, après avoir claqué la porte.

Elle est déjà au deuxième quand elle réalise qu'elle a oublié de fermer à clef. Encore une imprudence, elle n'a vraiment pas de tête! Charlotte se mord les lèvres, hésite... Tant pis, il vaut mieux fuir au plus vite.

Soudain, elle entend un claquement, comme une porte qui se referme puis des bruits de pas, lointains. Ça vient de tout en haut, ce n'est pas le moment de traîner pour écouter... Quelqu'un a appelé l'ascenseur. Ce ne peut être que le monstre qui quitte son antre du cinquième. Elle a suffisamment d'avance sur lui mais la panique l'emporte. Elle descend à toutes jambes, en tournant la tête pour regarder derrière elle. Elle se prend le pied dans le tapis, trébuche, perd l'équilibre, tente en vain de se retenir à la rampe. Mais elle tombe sur le côté, dévale les marches sur le dos jusqu'au palier du premier étage. Le petit couteau lui échappe des mains et disparaît dans la cage de l'ascenseur.

Elle se relève avec peine, le poignet gauche et la cheville droite douloureux. L'ascenseur se rapproche, son tortionnaire arrive, c'est sûr ! Il est tout proche. Il jubile, il sait qu'elle est à sa merci.

Les pommes et la Thermos de café ont roulé au sol. Elle les abandonne.

Chaque pas est une torture, elle s'appuie au mur de la main gauche, la droite lui fait trop mal pour tenir la rampe. Elle est enfin dans le hall d'entrée. Elle se retourne : personne. Elle l'a semé ou il a renoncé... peu importe, plus que quelques secondes et elle ne risquera plus rien. Dehors, une pluie drue l'accueille. Elle n'en a que faire. Elle crie le nom d'Anatol, se précipite pour traverser. Une voiture l'évite de justesse. Si son conducteur, qui l'injurie maintenant, n'avait pas freiné comme un forcené, il l'aurait renversée. Elle l'ignore, hurle « Anatol ». Le jeune homme ne se montre toujours pas.

« Tarée », entend-elle derrière elle.

Par réflexe, elle répond par un doigt d'honneur. « Connard ! »

Le conducteur ralentit, mais les trombes d'eau le dissuadent d'en découdre. La voiture s'éloigne. Charlotte fulmine : « C'est ça, fiche le camp, c'est pas le moment de me faire chier, connard. »

Elle s'engouffre sous l'échafaudage en appelant Anatol. Sur la chaise de plastique blanc est posé le reste de son sandwich et au pied, une bouteille d'eau. Il faut qu'elle hurle pour tenter de couvrir le bruit des grosses gouttes qui tambourinent sur la structure métallique. « Anatol ! »

Mais Anatol a disparu.

Elle a si mal à la cheville qu'elle s'assoit sur la chaise, repoussant d'un geste le sandwich qui tombe dans une flaque d'eau.

« Il est passé où, merde ? »

Charlotte en pleure de rage et de frustration. Même Anatol l'a abandonnée... Alors qu'à tout instant peut surgir le monstre. Elle ne quitte pas des yeux la porte d'entrée de l'immeuble.

Il va apparaître d'un instant à l'autre.

37

Malgré sa douleur à la cheville, elle déplace la chaise de quelques mètres pour aller se dissimuler derrière la bâche verte ruisselante de pluie qui couvre une partie de l'échafaudage.

Elle pense à sa chute dans l'escalier, où elle aurait pu se rompre le cou, à cette voiture qui a manqué de la renverser. Par deux fois, réalise-t-elle, elle a frôlé la mort… Une mort violente.

Que faire, maintenant ? Partir ? Avec cette cheville qui la fait tant souffrir qu'elle se demande si elle pourra faire plus de quelques pas ? C'est un miracle qu'elle soit arrivée jusque-là. Elle scrute la rue à la recherche de passants. Personne, nulle part, avec cette pluie battante.

Où est Anatol ? Va-t-il revenir ? Comment a-t-il pu disparaître sans prévenir, alors qu'il avait promis de l'attendre ? C'est vrai, elle a perdu beaucoup de temps avant de descendre. Peut-être a-t-il pensé qu'avec cette pluie elle a préféré rester au chaud ?

Ou bien il lui est arrivé quelque chose ! Le tueur s'est débarrassé de lui ! Il lui vient des images horribles de son cadavre gisant quelque part dans le chantier. Elle n'ose plus tourner la tête pour le chercher ni même l'appeler. Tétanisée par la peur, elle fixe la porte de l'immeuble. Par bonheur, pour l'instant, elle n'a vu sortir personne.

Par malheur, plutôt, réalise-t-elle avec effroi. Car si celui qui descendait par l'ascenseur n'est pas sorti, où est-il allé ? Elle a la réponse : il l'attend, tapi quelque part dans l'immeuble, peut-être chez elle. Il sait qu'elle est aux abois et il joue avec elle, comme sans doute il l'a fait avec ses précédentes victimes.

Il n'est plus question qu'elle remonte.

Cette fois encore, à 15 heures passées de quelques minutes, Charlotte se retrouve aux abois, prise au piège. Elle est trempée, ses cheveux dégoulinent de pluie, elle grelotte à cause du vent glacial qui s'engouffre sous l'échafaudage.

Sa blessure à la cheville la lance affreusement. Une fracture ? Vu la malchance qui la poursuit depuis qu'elle s'est réveillée, cela ne l'étonnerait pas. Elle hésite à retirer sa Stan Smith, de peur de ne pas pouvoir la remettre après et se contente de défaire le lacet pour toucher précautionneusement son pied à travers la chaussette humide. Elle sent qu'il est enflé.

Elle entend une voiture approcher. Il faut qu'elle l'arrête ! Poser le pied au sol lui arrache un cri de douleur. Le temps qu'elle se lève, la voiture est passée, dans une bruyante gerbe d'eau.

Elle se laisse retomber sur la chaise bancale. Quelle imbécile, une fois de plus, d'avoir quitté la sécurité et la chaleur de son appartement. Alors qu'il aurait suffi qu'elle patiente quelques heures, se lamente-t-elle…

Elle se reproche d'avoir abandonné Grichka. L'homme a tout loisir d'entrer dans son appartement. En l'attendant, il va martyriser son pauvre chaton, si gentil et inoffensif. Elle repousse l'image insoutenable de son chat égorgé par ce psychopathe, lui infligeant la pire des punitions.

Tout ça est de sa faute.

Charlotte est si désespérée qu'elle se dit que quand le monstre surgira, elle se rendra.

Je me suis éclipsé lorsque je l'ai aperçue à sa fenêtre, par prudence, mais me voilà à nouveau, désireux d'en finir.
Au moment précis où j'arrive à l'angle de sa rue, d'un pas tranquille et assuré, je la vois sortir de son immeuble et traverser. Elle évite de justesse une voiture – ah non, pas un accident, quel gâchis ! J'en serais malade ! Où vas-tu, mon petit ange blond, par ce temps ? Au lieu de rester sagement chez toi, bien au chaud, à caresser ton chat... et à m'attendre.
Il a fallu qu'elle sorte, cette écervelée. Vraiment, elle ne tient pas en place ! Cela contrarie mes plans et me fâche.
Je dois réviser d'urgence mes options. Comme vous savez, je suis méthodique, je n'aime pas les changements de dernière minute. Mais soit, il faut savoir composer avec les imprévus.
Quand je l'ai vue surgir de son immeuble, j'ai fait demi-tour immédiatement, je me suis éloigné de peur qu'elle m'aperçoive. Résultat, je l'ai perdue. Quand je reviens à l'angle de sa rue, je ne la vois plus. J'ignore si elle est retournée dans l'immeuble ou si elle a filé.
Je renonce à attendre qu'elle revienne. Si je poireaute trop longtemps, je risque de me faire repérer. Et puis je vais être trempé par cette sale pluie. Je n'aime pas avoir froid.
Je dois me résoudre à revenir plus tard. Une fois de plus. C'est rageant !
Je suis un peu fâché contre elle. Ça fait beaucoup de déconvenues pour une seule journée et je n'y suis pas habitué. Ce serait un comble que cette fille m'empêche de tenir le programme que je

me suis assigné, patiemment élaboré depuis des jours : régler son cas aujourd'hui, dimanche 28 octobre.

Non, ça n'arrivera pas !

Je remonte ma capuche et file vers Convention.

38

Charlotte a l'impression d'être là depuis une éternité… En réalité, quelques minutes seulement se sont écoulées depuis qu'elle est sortie de l'immeuble.

La douleur à son poignet s'est atténuée, elle peut serrer le poing. En revanche, dès qu'elle pose le pied sur le sol, la douleur revient, aussi aiguë. C'est certain, elle s'est cassé quelque chose.

Elle grimace, respire un grand coup, retire sa tennis, sa chaussette fine. Elle regarde avec dépit sa cheville qui a doublé de volume. Elle tente de bouger son pied, et retient un cri. Elle situe la douleur juste en dessous de la malléole.

La rue est toujours déserte, c'est à désespérer. Elle devrait aller jusqu'au commissariat. Peu importe que les flics l'écoutent, elle s'en fout qu'ils ne la croient pas, qu'ils la prennent pour une dingue quand elle leur parlera du tueur qui la poursuit. Au moins, elle sera à l'abri et, que ça leur plaise ou non, elle exigera de rester là jusqu'à minuit. Compte tenu de l'actualité, ils pourront difficilement la mettre dehors…

Malheureusement, elle ignore où il se trouve. Elle ne se sent pas le courage de partir à sa recherche au hasard. Trouver refuge dans un café lui permettrait de gagner du temps jusqu'à la fermeture. Mais dans ce quartier à la con, il faut aller jusqu'à porte de Versailles ou Convention pour en trouver un ouvert le dimanche. Le bout du monde, avec sa cheville.

Combien de fois s'est-elle plainte à Jérôme : « C'est mort de chez mort ! Y a que des momies par ici. Il faut que je déménage ! »

Elle espérait toujours que cela l'amènerait à proposer de chercher un appartement ensemble. Elle rêve du 5e, vers Monge. Là-bas, ça bouge vingt-quatre heures sur vingt-quatre. Mais son amoureux apprécie le calme de ce coin et il lui a souvent dit qu'elle avait un « super appart ». Alors elle se console, en se disant qu'il viendra bientôt vivre avec elle.

Pas âme qui vive, se désespère-t-elle.

Tout à coup, la porte de l'immeuble s'ouvre. Charlotte se fait toute petite. Sous le parapluie, elle reconnaît la gardienne et son fils. Elle hésite à l'appeler, se ravise… Si elle est de mèche avec le monstre… Pourvu qu'ils ne la voient pas. Ils s'éloignent d'un pas pressé. Dans l'immeuble, il n'y a donc plus que le vieux monsieur et le tueur…

Une chose est sûre : elle ne pourra pas rester éternellement ici, par ce froid, avec ce vent.

Minuit lui semble dans un siècle… Il faut qu'elle parte, cet endroit peut vite devenir un piège. L'homme la cueillera comme une fleur et l'obligera à remonter chez elle sous la menace de son arme, ce couteau avec lequel il égorge les chats. Là, il pourra la trucider, ni vu ni connu.

Elle se redresse sur un pied, glisse un œil entre les tubulures et la bâche en direction de son appartement. La fenêtre de la cuisine est toujours ouverte, mais les rideaux ne bougent pas.

Elle tente de se convaincre qu'elle doit fuir cet endroit, elle croisera forcément quelqu'un qui acceptera de l'aider. Sinon, elle forcera une voiture à s'arrêter pour la conduire au commissariat. Oui, c'est ce qu'elle doit faire… Ce qu'elle va faire !

Elle fait un pas. Un éclair de douleur lui vrille la cheville. Elle se laisse retomber sur la chaise. Elle n'ira nulle part dans cet état.

Elle sanglote de désespoir et de rage mêlés.

Sa dernière chance est que quelqu'un finisse par passer. Elle tend le cou. La petite rue reste désespérément vide.

Alors, oubliant toute prudence, elle hurle : « Anatol ! », comme un ultime appel au secours, sans trop y croire.

Mais les miracles existent : « Je suis là », entend-elle.

39

Où est-il ? La voix lui semble venue de nulle part. « J'arrive. » Au-dessus d'elle, la structure métallique craque, l'échelle grince, la voix amicale se rapproche. Il chantonne. La silhouette solide du jeune homme apparaît enfin à l'autre extrémité de l'échafaudage. Depuis que son calvaire a commencé, Charlotte ne s'est jamais sentie aussi soulagée. Elle ne le lâchera plus d'une semelle, quitte à lui filer un gros billet.

« C'est moi, dit-elle, d'une petite voix.

– Je te vois ! »

Il s'approche, souriant à belles dents, en allumant une cigarette.

« J'avais peur que tu sois parti…

– Ah, non… J'ai entendu un bruit bizarre plus haut, et il a fallu que j'aille vérifier. C'est un volet qui s'était décroché à cause du vent, et qui tapait. Il a fallu que je monte jusqu'au sixième. C'est bon, je l'ai bloqué.

– Tu ne m'as pas entendue t'appeler ?

– Non… avec ce vent… » Il s'excuse presque : « C'est mon boulot de tout surveiller.

– Ce n'est pas dangereux de monter là-haut ? » Elle est prête à parler de n'importe quoi, tant elle est heureuse de voir enfin âme qui vive. Elle n'est plus seule, elle a le sentiment que plus rien ne peut lui arriver, désormais.

« Mais non, depuis tout petit, j'ai appris à grimper… Ça ne me fait pas peur ! Au contraire, j'adore ça ! Et puis, je ne risque rien, j'ai ma matraque ! » Elle le regarde, déconcertée, comprend qu'il plaisante. Il est toujours tellement joyeux. Il tend le paquet de Marlboro : « Tu en veux une ? Ça te fera du bien.

– Non, non, merci. Tu fumes ?

– Malheureusement ! »

Il s'aperçoit qu'elle tremble, affalée sur sa chaise, pâle, les yeux pleins de larmes. « Ça ne va pas ? demande-t-il d'un ton inquiet. Qu'est-ce qui t'arrive, Charlotte ? »

Charlotte bafouille, ne trouve pas les mots. Elle craint de l'effrayer, ou pire, qu'il la croie cinglée. Et puis il serait bien capable de vouloir monter pour vérifier par lui-même, et affronter le monstre. Non, dans l'immédiat, elle préfère profiter de sa présence réconfortante.

« J'ai trébuché et je suis tombée dans l'escalier. Ça fait un mal de chien.

– Montre-moi ça », dit-il.

Ses mains sont chaudes et douces. Charlotte se laisse faire, ferme les yeux, tandis qu'il fait tourner son pied avec une délicatesse inattendue pour un homme de son gabarit.

« Tu n'as rien de cassé, affirme-t-il. Tu t'es juste foulé la cheville. Rien de très grave.

– Tu es sûr ? fait-elle d'une voix plaintive.

– Certain.

– Ça fait tellement mal.

– … Ça va faire mal pendant plusieurs jours. Tu as de la pommade, chez toi ?

– Je ne sais pas…

– Comment ça, tu ne sais pas ? On doit toujours savoir ce qu'on a dans son armoire à pharmacie, ma belle.

– Belle… Je ne dois pas être très belle à voir…

– Allons, allons, tu es toujours la plus belle blonde du monde ! Je vais t'aider à remonter à ton appartement. On trouvera bien quelque chose pour te soulager, il faudrait au moins mettre des glaçons. »

Charlotte n'en attendait pas tant... Enfin, quelqu'un s'occupe d'elle. C'était le bon choix de décider de descendre.

Il ne doit pas être loin de 16 heures, estime-t-elle. Plus que huit à tenir. Avec Anatol, tous ses ennuis disparaissent. Costaud comme il est, le monstre ne pèsera pas lourd, il n'osera plus se montrer.

Elle lui racontera tout quand ils seront chez elle.

« Mais au fait, tu peux abandonner ton poste ? s'étonne-t-elle.

– Il le faut bien, c'est un cas d'assistance à personne en danger !

– Je croyais que tu n'avais pas le droit.

– Pour toi, j'ai tous les droits ! »

Elle rit, oubliant un instant sa douleur. C'est la première fois de cette sale journée et cela fait tellement de bien de se laisser aller avec un ami.

« Allez, debout, Charlotte. »

Anatol l'aide à se relever et la prend par la taille en l'encourageant gentiment : « Appuie-toi sur moi. »

Charlotte s'agrippe à un tube d'acier.

« Aïe ! »

Elle avait oublié sa main. La douleur s'est réveillée. Son pied sur le macadam la torture. Elle prend une grande inspiration. « Courage !, se dit-elle à haute voix.

– Je peux te porter », propose-t-il.

Il pourrait probablement, il est si grand et baraqué. Elle serre les dents, murmure : « C'est bon, je vais y arriver... »

Sans tenir compte de sa réponse, il la fait basculer et la prend dans ses bras. Elle s'abandonne : « Merci, Anatol. »

Ils ne peuvent éviter les trombes d'eau tandis qu'ils traversent la rue.

« Tu vas être trempé, s'excuse Charlotte.

– Ce n'est pas grave, répond le jeune homme. Dis donc, il va falloir te mettre au régime, Charlotte ! »

La joue contre son blouson de grosse toile noire, elle se sent bien dans ses bras puissants. Un peu piquée, elle est près de répliquer qu'elle a les mensurations idéales pour une jeune femme de vingt-huit ans : un mètre soixante-neuf pour cinquante-quatre kilos. Elle l'a lu dans un magazine ! Elle se reprend.

« Anatol, tu es un rigolo... Je suis légère comme une plume !

– Exact, je plaisantais. C'est quoi, le code ?

– 2018 A », souffle-t-elle.

Anatol est vraiment costaud : il parvient à le composer sans la lâcher.

« La concierge est là ? s'enquiert-il.

– Je viens de la voir sortir, pourquoi ?

– Il y a du monde dans l'immeuble ?

– Pas beaucoup... Avec les vacances, ils sont tous partis. Il y a un vieux au deuxième, mais il est complètement sourd, le pauvre.

– Je suppose que ton fiancé n'est pas là, sinon tu ne serais pas venu voir ton ami Anatol...

– Il est en mission à des milliers de kilomètres, dit-elle d'un ton qui se veut désinvolte.

– Ah, oui, c'est vrai... À Dubai jusqu'à mardi.

– Je ne me rappelais pas te l'avoir dit, tu as de la mémoire, dis donc.

– Et Grichka, il est où, ce joli petit chat ?

– À la maison. Il sera tout content de te voir !

– Moi aussi ! Ainsi, nous sommes presque seuls... Grichka, toi et moi ! »

Elle murmure : « Oui... Heureusement que tu es là.

– Heureusement », répond-il en écho.

Elle n'ose pas encore lui parler du monstre qui rôde.

Il s'applique à ne pas la heurter contre les parois en entrant dans la cabine étroite de l'ascenseur. Alors seulement il la repose au sol, appuie sur le bouton, l'appareil démarre dans un soubresaut avec un crissement inquiétant.

« Il manque d'huile, ce vieux machin ! »

Charlotte ferme les yeux, respire profondément, se laisse bercer par le lent mouvement. Qu'elle est longue, la montée.

L'ascenseur s'immobilise enfin dans un nouveau sursaut. Anatol ouvre la porte, sort sur le palier.

« Tu veux que je t'aide ?

– Non, ça va aller... », assure-t-elle en rouvrant les yeux.

Mais que font-ils là ? Ce n'est pas son étage. Elle a aussitôt reconnu les murs lépreux du cinquième.

« Sors, ordonne-t-il d'un ton ferme mais toujours amical. Je vais t'aider. »

Souriant, il tend la main.

Elle a l'impression que tout son sang s'est glacé d'un coup dans ses veines.

Pourquoi Anatol n'a-t-il pas arrêté l'ascenseur au troisième ? Pourquoi sont-ils ici, à l'étage où vit le monstre ?

Je décide de rentrer chez moi. Je suis trempé et il faut que je me change. C'est encore là, dans mon « sweet home », que je serai le mieux pour patienter avant d'y retourner.
Il faut que mon excitation se calme. Il s'y mêle trop de frustration et d'agacement, ce ne serait pas raisonnable de repartir dans cet état. Elle m'a mis les nerfs à vif, cette fille.
J'en arriverais presque à me poser des questions : ai-je bien choisi ? Peut-être que celle-ci n'est pas à la hauteur ?... C'est vrai qu'elle m'a séduit d'emblée, dès la seconde où je l'ai repérée, sortant de chez le vétérinaire. Cette douceur qui émanait d'elle, et s'accordait si bien avec sa blondeur éblouissante et fragile à la fois... Elle n'a bien sûr aucun défaut physique (ce serait éliminatoire !), mais elle a ce petit plus qui a fait que je l'ai aussitôt retenue. Oh, ce n'est qu'un détail, mais je n'oublierai jamais le sourire et les mots pleins d'affection (j'étais juste derrière elle) qu'elle a échangés avec la caissière du magasin quand elles ont parlé de leurs chats respectifs. J'ai aimé la sonorité de sa voix, tout en nuances. Il y avait tant de bonté, de gentillesse, d'empathie... d'amour, en parfaite harmonie avec sa beauté diaphane. (En revanche, la caissière était repoussante, avec ses cheveux rouges, et ses tatouages sur les avant-bras. Quelle horreur, comment peut-on se massacrer à ce point ?)
« Une femme, quel que soit son âge, se doit d'être parfaitement soignée », affirmait ma maman, qui passait des heures à se pomponner les soirs où elle sortait. Je savais en la voyant faire que je passerais la nuit seul dans la cave.

Maintenant, je me demande si je n'ai pas manqué de discernement. Je commence à trouver cette fille insupportable. Me suis-je emballé ? Je m'interroge...

Je prends le temps d'une douche bien froide, c'est vivifiant, excellent pour la circulation sanguine et ça dynamise les muscles. Puis je me prépare un chocolat très chaud. « À chaque jour suffit sa peine », disait ma maman chérie. Elle a eu tout le temps de méditer sur cette maxime, j'imagine, dans sa cave.
J'en ai un peu assez d'arpenter les trottoirs avec cette pluie tenace, ce vent froid, mes chaussures qui, malgré la qualité du cuir, commencent à prendre l'eau, les gouttes qui s'infiltrent sous mon col.
J'en ai surtout un peu assez de cette fille qui m'échappe depuis ce matin.

Je me sens grognon. Ce n'est pourtant pas le genre de la maison : je suis de ceux qui voient plutôt le verre à moitié plein que le verre à moitié vide.
Mamie m'encourageait souvent à « regarder le monde en couleurs », ce sont ses propres mots. Je l'ai écoutée au point d'en faire une philosophie de vie. Il n'y a rien de plus ennuyeux que les gens qui voient la vie en noir. La vie est trop belle pour faire le difficile. Tout ça pour dire que je n'aime pas les râleurs, encore moins les râleuses. POSITIVER, c'est mon credo.

Justement, à propos de râleuses, comme nous avons quelques minutes à perdre, laissez-moi vous raconter l'histoire suivante :
Ma première amie était comme ça : jamais contente. Un été trop chaud, une journée trop humide, un plat pas assez cuit, les fenêtres de son appartement au nord, des voisins bruyants, un plein d'essence hors de prix, les odeurs... Bref, avec elle, c'était jérémiade sur jérémiade, elle n'était jamais, jamais, jamais satisfaite. Elle s'appelait Stéphanie, avait vingt ans, un an et demi de moins que

moi. C'était bien avant que je m'intéresse autant aux blondes (à l'époque, disons qu'après une adolescence "tardive" je me cherchais encore...). Elle avait les cheveux d'une couleur indéfinissable, je dirais jaune paille, résultat d'une teinture toujours ratée (bizarrement elle ne râlait jamais contre son coiffeur !).

Nous étions partis passer un week-end en Charente, dans la maison de campagne de ses parents. Elle ne les avait pas prévenus de notre présence, c'était, paraît-il, encore trop tôt. Comme nous nous fréquentions depuis seulement deux semaines, j'étais là incognito ! Le bal des jérémiades a repris dès le premier jour, et brusquement, j'en ai eu assez. Elle se plaignait que l'eau de la petite rivière où nous étions allés nous baigner en amoureux – elle était folle de moi, cette innocente – n'était pas assez claire. La moutarde m'est montée au nez. J'ai ainsi mis fin à une courte idylle avec Melle Je-ne-suis-jamais-contente.

Je lui ai maintenu la tête sous l'eau. Je l'entendais s'étouffer en se débattant en vain. Je me souviens avoir sorti sa tête de la rivière et lui avoir demandé gentiment : « J'espère que tu es satisfaite du service que je te rends ? Dans quelques instants, tu ne râleras plus jamais pour rien. » Elle était rouge cramoisi, ses yeux exorbités me dévisageaient avec affolement, elle ne comprenait rien, la pauvre. Je crois qu'elle a essayé de dire quelque chose, mais je l'ai remise sous l'eau. Sûr qu'elle allait encore râler ! Je ne voulais plus l'entendre. Plus jamais.

Elle a bien dû se débattre une à deux minutes encore. C'est court, une à deux minutes. On aimerait que cela dure plus longtemps, surtout les ultimes secondes, ces minuscules instants magiques où on sent la proie se débattre dans un inutile sursaut, tandis que remontent à la surface les dernières bulles d'air, avant que le silence ne se fasse.

Ensuite j'ai relâché son corps. Il ne coulait pas, c'était étrange. Beau, aussi, avec ses cheveux flottant autour de son visage très pâle. Je l'ai ramenée vers moi et je lui ai fermé les yeux, c'était ma façon de la remercier du plaisir qu'elle m'avait donné.

Puis son corps a été emporté par le courant. En fait, Stéphanie avait raison sur un point : l'eau n'était pas très claire. Elle a vite disparu de ma vue.
Je n'ai jamais été inquiété pour cette histoire qui remonte à huit ans. L'enquête a conclu à une noyade accidentelle. Personne ne nous avait vus. Interrogé brièvement par la police, j'avais un alibi solide : j'avais passé l'après-midi avec maman ! Loin de la Charente.

Je ne peux que remercier Stéphanie de m'avoir permis de connaître cette extase. Elle fut ma première. Après cela, je n'ai eu qu'une envie : recommencer. Une vocation était née !
J'ai mis des années avant de pouvoir satisfaire ce désir. Ce n'est ni l'envie ni le courage qui m'ont manqué. J'ai seulement fait preuve de patience, de beaucoup de patience, avec la volonté que tout soit parfait. J'ai voulu être à même de tout maîtriser. Avouons qu'il y a eu dans l'histoire de Stéphanie un peu trop d'improvisation et que je dois à ma maman d'être passé entre les gouttes.
Quand j'ai estimé que j'étais prêt, je me suis lancé. Victoire, Madeleine, Sybille… La liste de mes proies ne fait que commencer.

Je ne sais pas pourquoi je repense à tout ça en ce moment. Je ferais mieux de me concentrer sur mon objectif.
J'espère que cette fois sera la bonne, car il ne faut pas trop abuser de ma patience.
J'ai un défaut que j'ai du mal à corriger : quand les choses ne tournent pas tout à fait comme je le veux, je me lasse facilement.

40

Tout tourne dans la tête de Charlotte.

Les paroles étranges d'Anatol lui reviennent : « Nous sommes presque seuls... Grichka, toi et moi ! » Et elle en est certaine, elle ne lui a jamais dit que son fiancé partait à Dubai jusqu'à mardi. Comment sait-il cela ?

« *De mort violente...* »

Se pourrait-il que ce soit lui, cet homme auquel sans hésiter elle a accordé sa confiance, qui sera son bourreau ?

Depuis le jour où elle a fait sa connaissance, ils sont devenus amis, jusqu'à le recevoir chez elle, elle s'est occupée de lui, lui a confié des petits secrets...

Il aura fallu qu'Anatol monte à cet étage maudit pour qu'elle comprenne enfin.

Elle ne peut même pas se reprocher sa naïveté. Il a été malin et patient. Comment imaginer une telle duplicité ? Elle s'est livrée en toute innocence. Il ne lui reste plus qu'à la cueillir. En allant quérir son aide, elle s'est jetée dans la gueule du loup.

Ce n'est pas une erreur qui lui a fait presser le bouton du cinquième. Il sait parfaitement qu'elle habite au troisième. Il est venu chez elle, il l'a vue lui faire signe par sa fenêtre aujourd'hui même.

Mais il sait qu'à cet étage désert, elle aura beau hurler tant qu'elle pourra, personne ne l'entendra.

Il va pouvoir me torturer pendant des heures, se dit Charlotte. C'est bien moi, la quatrième victime.

« Viens, répète Anatol. Nous sommes arrivés. » Il fronce les sourcils, regarde le couloir, semble se raviser : « Ah, mais ce n'est pas là, je me suis trompé d'étage ! Il faut redescendre. » Il rit : « En voiture, on repart ! »

Il en fait trop, Charlotte n'est pas dupe. S'il croit l'avoir avec ses sourires et ses mots rassurants... Il se rend compte qu'il a fait une erreur en venant jusqu'ici et qu'il a éveillé sa méfiance, alors il change d'avis, se dit qu'il aura le champ libre chez elle. Et puis, il y a le chat...

Son instinct de survie resurgit, Charlotte se rebiffe, avec les dernières forces qui lui restent.

Elle respire un grand coup, oublie sa cheville, son poignet, et se jette sur lui pour le repousser des deux mains. Anatol perd l'équilibre, bascule en arrière, se cogne contre l'extincteur accroché au mur du couloir.

Charlotte ramasse en toute hâte son sac, qui est tombé à terre.

Elle voit Anatol affalé sur le parquet, il se frotte l'arrière du crâne, l'air abasourdi.

« Putain, t'es malade ou quoi ? » s'exclame-t-il.

Elle ne perd pas de temps à répondre, tandis qu'il regarde ses mains, médusé. Il y a du sang sur ses doigts. Déjà, elle referme la porte de l'ascenseur, donne un coup de poing sur le bouton du troisième. L'ascenseur se met en mouvement, poussif. Elle entend Anatol crier :

« Charlotte, qu'est-ce qui t'arrive ? C'est dingue !

– C'est toi, le dingue ! » hurle-t-elle.

Il se penche vers la cage de l'ascenseur.

« Regarde ce que tu m'as fait ! » proteste-t-il. Elle ne lève pas les yeux, trépigne, cet ascenseur est d'une lenteur à rendre folle ! Anatol a dû reprendre ses esprits et il va se lancer à sa poursuite par l'escalier. Il faut qu'elle arrive avant lui au troisième étage.

Anatol est toujours au cinquième. Elle l'entend lancer d'une voix forte : « Je ne sais pas ce qui te prend, Charlotte, mais ce n'est pas grave… Je vois bien que tu as besoin d'aide. Laisse-moi t'aider, Charlotte, je suis ton ami.

– Non, jamais de la vie ! » murmure-t-elle pour elle-même.

Elle a un étage et demi d'avance sur lui.

Elle cherche les clefs dans son sac, elle n'aura que quelques secondes pour ouvrir sa porte et se mettre en sécurité. Elle peut, elle doit y arriver.

L'appareil s'immobilise dans un soubresaut. Elle ouvre la porte d'un coup d'épaule. Dès qu'elle pose le pied par terre, la douleur est insupportable, elle boitille en toute hâte jusqu'à sa porte, tout en fouillant fébrilement dans son sac.

« Charlotte, attends-moi ! »

Reste calme ! s'enjoint-elle. Toujours pas de clef. Il y a un tel désordre dans ce fichu sac ! Ne t'affole pas, elles sont là, forcément. Mais ses mains tremblent, elle a trop peur de le voir surgir.

En dernier recours, elle renverse le contenu de son sac sur le paillasson. Brosse à cheveux, crème pour les mains, un tube de fond de teint, un paquet de chewing-gums, son porte-monnaie d'où s'échappent ses cartes de crédit et d'abonnements divers, un agenda, un tube de mascara, son chéquier… Devant elle s'étale tout un bric-à-brac. Mais pas la clef. Elle sent qu'elle perd la tête, abandonne tout en vrac sur le paillasson, son sac et le reste. Elle regagne l'ascenseur, tape précipitamment sur le bouton du rez-de-chaussée. Tant pis pour sa cheville, elle va se précipiter dans la rue et, avec un peu de chance, elle trouvera un passant qu'elle suppliera de l'accompagner à la police. Anatol n'aura d'autre choix que de prendre la fuite. Elle se masse le pied, les larmes aux yeux, elle grimace. Oublie ta putain de cheville, s'ordonne-t-elle.

L'ascenseur démarre à l'instant où Anatol surgit. Il colle son visage contre la grille, il paraît déboussolé. Elle baisse la tête pour ne pas le voir.

« Je ne comprends pas ce que tu me fais ? Qu'est-ce qui se passe, Charlotte ? »

Sa voix est suppliante, Charlotte hésite. Anatol a toujours été si gentil et si serviable. Contrite, elle relève la tête au moment où l'ascenseur quitte le troisième étage et a juste le temps de croiser ses yeux noirs. Ils la fixent, ils sont injectés de sang, ce sont les yeux d'une bête prête à dévorer sa proie.

Elle frémit. C'est un homme en fureur, décidé à ce qu'elle ne lui échappe pas, qu'elle a face à elle. Quoi qu'il arrive à présent, il doit éliminer ce témoin gênant avant qu'elle ne lui échappe et n'aille tout dévoiler à la police.

Plus qu'un étage… Mais soudain l'ascenseur s'arrête. Elle est au premier. Frénétiquement, elle appuie sur le bouton du rez-de-chaussée, mais la porte s'ouvre dans un crissement effrayant. Anatol est là. Il lui tend son sac de toile Vanessa Bruno.

« Tiens… Nous allons remonter pour ramasser tes affaires », dit-il. Il plaisante même : « Quelle pagaille ! C'est bien un sac de fille ! »

Charlotte se met à hurler, un cri puissant qui traverse les étages. Même le vieux monsieur a dû l'entendre.

« Il faut que tu te calmes, Charlotte. » Anatol la rejoint dans la cabine, referme la porte et appuie sur le bouton du troisième, indifférent à ses hurlements qui ne font venir personne dans l'immeuble déserté.

Le sorcier avait raison, songe-t-elle en frémissant, tandis que l'ascenseur redémarre.

41

Elle a crié, tenté de le frapper, d'appuyer sur le bouton d'alarme de l'ascenseur. Mais il est resté impassible, se bornant à lui répéter de se calmer, solidement campé devant le panneau de commande de la cabine. Que faire, bloquée dans cet ascenseur, avec cette montagne de muscles ?

D'une main ferme, il l'oblige à sortir sur le palier du troisième.

« Viens, on va chez toi.

– J'ai perdu la clef, annonce-t-elle d'une petite voix pitoyable. Elle a dû tomber de mon sac, à moins qu'elle ne soit restée à l'intérieur. Je ne sais plus.

– Ce n'est pas grave, répond-il, toujours imperturbable, avec un drôle de sourire aux lèvres. Laisse-moi faire, je vais ouvrir. »

De la poche intérieure de son blouson, il sort un couteau à cran d'arrêt. La lame claque, Charlotte sursaute.

Il voudrait ne pas être ici mais il ne peut pas partir maintenant. Il s'est piégé tout seul à vouloir aider cette hystérique. Il aurait dû laisser tomber, se tirer, au lieu de la forcer à remonter chez elle. Il s'est fourré dans un sacré guêpier et doit trouver une issue.

Pourvu qu'elle ne se remette pas à brailler, elle va finir par alerter quelqu'un. Comment expliquerait-il la situation ? Qu'il tente d'aider une jeune femme qui a perdu ses clefs, et qui a tellement peur de lui qu'elle ne s'arrête plus de crier ? Qui le croira, lui, un ouvrier, un étranger ? Il connaît bien la réponse : personne. Ensuite les choses se gâteront sérieusement quand les flics rappliqueront et constateront qu'il n'a pas de papiers...

Inutile de perdre du temps. Une fois qu'ils seront chez elle, il avisera. Dans l'immédiat, il doit la rassurer.

Il parle d'un ton posé, presque joyeux en montrant son couteau à la lame effilée.

« Avec lui, aucun problème. Aucune porte ne lui résiste. On ne va pas appeler un serrurier, ça te coûterait une fortune, un dimanche… »

Prends-moi pour une imbécile, songe-t-elle.

« Dans deux minutes, tu seras dans ton lit et je te borderai ! plaisante-t-il d'une voix chaleureuse. Tu dormiras et je m'en irai. Tu as l'air d'avoir vraiment besoin de repos, Charlotte. »

Il brandit son couteau. « Ce couteau, c'est mon meilleur ami. Il me sert à tout », explique-t-il avec un grand sourire.

Charlotte frémit. « C'est une serrure trois points…, ment-elle d'une voix tremblante. Tu n'y arriveras pas. Il faut appeler un serrurier !

– On va bien voir », répond-il d'un air énigmatique.

Elle tente : « Tu as ton portable ?

– Oui, pourquoi ? »

Elle ment : « Je voudrais prévenir une amie. Elle viendra m'aider. »

S'il fait l'erreur de le lui prêter, elle composera le 18 et la police viendra à son secours.

« Tu connais son numéro par cœur ? »

Elle se trouble. « Ah, heu, je… »

Il tranche : « Patiente une minute, tu l'appelleras tranquillement quand tu seras chez toi. Je ne serai pas long. »

Charlotte n'insiste pas. Il se méfie, il a compris ce qu'elle comptait faire.

Il est malin. Mais elle le sera plus que lui…

Soudain un bruit, et un nouvel espoir : la porte du deuxième vient de s'ouvrir. « Chut ! S'il te plaît, ne fous pas le bordel », demande Anatol, en posant un doigt sur ses lèvres.

C'est M. Favier, c'est ça, son nom lui revient ! Son vieux voisin a finalement entendu son raffut. Il va monter, et sa seule présence mettra son agresseur en fuite. Ensuite, il l'accueillera chez lui, ils appelleront la police et tout sera fini.

Anatol est aux aguets, attentif autant à ses réactions qu'aux mouvements du vieil homme. Elle dissimule son soulagement. Tu ne t'attendais pas à ça, ordure ? se réjouit-elle silencieusement. Qu'est-ce que tu vas faire maintenant, hein ?

C'est le moment ou jamais. Elle ouvre la bouche pour appeler au secours, mais le vieux monsieur s'éloigne déjà. Cela ne servira à rien, elle renonce.

« Tu avais raison, il est sourd comme un pot, ce petit monsieur », se marre Anatol.

Quelle morgue, enrage Charlotte. Comment peut-il rire ? Il est tellement sûr de lui.

Il écoute se refermer la porte d'entrée. « Parfait, il n'y a plus personne dans l'immeuble, seulement toi et moi... Allons-y, nous avons assez perdu de temps comme ça, je n'ai pas envie de me faire virer en plus. »

Elle le regarde. Il ne sourit plus.

42

Tout en continuant à s'acharner sur la serrure, Anatol s'exclame :

« J'ignore ce qui t'a pris, Charlotte, mais tu ne risques rien avec moi, je te le jure. Je vais t'aider à rentrer chez toi et ensuite je te laisserai tranquille. »

C'est ça, songe-t-elle, après m'avoir violée, assassinée et avoir égorgé mon chat...

Elle tente de faire cesser ses tremblements, aperçoit son portable dans la poche de son jean quand il se tourne vers la porte. C'est le moment ! Elle tend la main pour s'en saisir. Mais il se retourne vers elle, croit qu'elle veut s'appuyer sur lui, lui prend la main pour la soutenir. Elle se laisse faire, au bord des larmes.

Alors, elle lève les yeux sur lui, et murmure d'un air contrit :

« Je te demande pardon, Anatol. J'ai parfois des crises de panique qui se déclenchent sans raison. C'est très aigu, quand ça m'arrive, je ne peux pas me contrôler. Je me suis affolée pour rien, je sais. Ça va mieux, maintenant. Je m'excuse pour tout à l'heure.

– Ce n'est pas grave, dit-il avec un sourire compréhensif. Ne pleure pas.

– Tu n'as pas trop mal à la tête ? »

Il se tâte le haut du crâne : « Un peu, mais ça va... Tu me diras ce qui t'effraie autant.

– Bien sûr, mais j'ai tellement mal à la cheville que je peux à peine marcher. J'ai vraiment besoin de me reposer...

– Quand on sera chez toi, on appellera SOS Médecins. »

C'est ça, fumier, pour qu'il constate ma mort !

« Tu ne veux pas appeler maintenant ? suggère-t-elle.

– Dans une minute, dès que nous serons chez toi. »

Elle s'appuie contre le mur, sur un pied, luttant contre la douleur. Une idée lui vient : « Et si tu remontais voir au cinquième ? C'est forcément là que mes clefs sont restées, quand j'ai fait tomber mon sac. »

Mais la ficelle est un peu grosse et il réagit comme elle le craignait, exhibant son couteau : « Avec ça, pas besoin de clef. »

Ce salaud ne veut pas me quitter des yeux.

« C'est une serrure trois points, insiste-t-elle.

– Non, Charlotte, c'est un modèle ancien. Regarde…

– Je n'y connais rien mais je sais que Jérôme a fait installer une trois points…

– Impossible… Et ton chat, il est passé où ? »

Elle ment : « Il a filé. Il aime bien se balader dans les étages… »

Anatol tend l'oreille : « Ah non, il est à l'intérieur. Écoute ! »

Grichka miaule de l'autre côté de la porte. Anatol sourit.

« Il a hâte de retrouver sa maîtresse ! »

Quel cynisme… Elle a envie de lui sauter à la gorge. Elle feinte :

« Bon, ouvre alors, qu'est-ce que tu attends ?

– Ne t'en fais pas, dans quelques secondes tu seras chez toi… »

Il glisse la lame entre la porte et le montant. Il paraît totalement concentré sur sa tâche. Doit-elle en profiter pour courir se réfugier dans l'ascenseur ? Impossible, avec sa cheville, il la rattrapera avant.

Son téléphone n'est plus dans sa poche arrière. Elle ne l'a pas vu le prendre, mais il est vraiment méfiant. Où l'a-t-il rangé ?

Elle entend le pêne céder.

« C'est bon », dit-il en poussant délicatement sur la poignée.

La porte résiste. Le pêne réintègre son logement dans un bruit sec. « Et merde, j'y étais presque. »

Charlotte implore tous les saints du monde pour qu'il échoue. Grichka miaule de plus belle. « Eh bé, dit Anatol, il est vraiment impatient de te voir !

– Tu devrais plutôt aller chercher la clef là-haut, tente-t-elle à nouveau. Je suis sûre qu'elle y est. Je l'ai entendue tomber…

– Patiente une seconde, je vais y arriver. »

Anatol n'est pas homme à renoncer, c'est clair. La lame s'enfonce un peu plus loin, arrachant des miettes de bois tendre.

Le pêne glisse, va délivrer la serrure, mais au dernier instant il échappe encore à la lame. Anatol grogne, toujours accroupi, lève les yeux sur elle :

« T'inquiète, ça va marcher… »

Comment se sortir de là ? Une fois à l'intérieur, il la violera et la tuera. Et tout sera terminé.

De la rue, je distingue une lumière ténue dans son appartement. Elle vient de la chambre. Tu es rentrée, mon ange ? Que fais-tu, peut-être te reposes-tu en caressant ton chat ?
Ailleurs, seules les fenêtres du deuxième sont éclairées. J'ai croisé le vieux sourdingue, il a oublié d'éteindre avant de sortir. Le reste du bâtiment est noir. Il n'y a pas âme qui vive dans l'immeuble, c'est le moment idéal pour un tête-à-tête ! Elle doit se sentir bien seule, ma beauté blonde... Sois contente, j'arrive !

Elle pourrait hurler tant qu'elle voudrait, personne ne l'entendrait. En tout état de cause, cela ne s'est jamais produit par le passé. J'interviens tellement vite que l'effet de surprise joue à plein. Tout est question de technique, il me suffit de quelques secondes à peine pour les immobiliser. En plaquant ma paluche sur leur bouche (j'ai l'avantage d'avoir de grandes mains), je les repousse chez elles et je referme aussitôt. Elles sont tellement surprises qu'elles ne réagissent pas, puis tellement terrorisées quand elles sentent ma lame sur leur nuque qu'elles ne font pas un geste pour se débattre. Ensuite, d'un geste bref et efficace, j'entrave leurs mains dans leur dos. Enfin je pose un bâillon (je le retire plus tard quand elles sont calmées, mais surtout avant le moment crucial où j'enfile le sac plastique). En moins d'une minute tout est réglé. Ainsi maîtrisées, je les déshabille, quitte à découper leurs vêtements avec mon couteau. Je prends toujours soin de les plier sur une chaise, même déchirés. Vous le savez, je ne supporte pas le désordre.

Un jeu d'enfant… J'ai hâte de voir sa tête quand elle me découvrira !

Je m'applique à ne pas faire claquer la lourde porte cochère et jette un rapide coup d'œil dans la cour. La loge de la concierge est plongée dans le noir, les stores baissés. Elle aussi est de sortie !
Je me dirige sur la gauche, pour monter par l'escalier. Mon taux d'adrénaline monte déjà, lui. Enfin, je passe à l'action ! L'excitation me gagne.
Peut-être aurez-vous la chance de la ressentir un jour. C'est un moment magique, quand on voudrait que les choses s'accélèrent, quand on anticipe déjà le meilleur, mais qu'on voudrait aussi, tout à la fois, ralentir ces instants où tout peut encore basculer, où on peut encore renoncer, pour les savourer encore mieux. Ces instants où on est maître du temps.
Par exemple avec Madeleine. Il y avait en face de chez elle l'entrée d'un garage, d'où on avait vue sur les fenêtres de son appartement, dont toutes les pièces donnaient sur la rue. Je lui ai accordé quelques longues minutes de vie supplémentaires que j'ai passées à la regarder aller d'une pièce à l'autre. J'ai encore laissé passer une dizaine de secondes avant de presser mon index sur la sonnette. Elle m'a ouvert avec un si beau sourire !

Je suis au pied des marches, et soudain mon attention est attirée par un brouhaha venu des étages.
J'entends des voix, un homme, c'est sûr, une femme aussi ? J'essaie de saisir d'où elles viennent. D'assez haut il me semble. Est-ce que c'est au troisième ? On dirait. Ma blonde est avec quelqu'un et ils s'affairent à je ne sais quoi.
Je me concentre, grimpe prudemment à mi-étage : les bruits viennent bien du troisième. Ils essayent d'ouvrir une porte. Bizarre, on dirait qu'elle est allée chercher un serrurier.
Qu'a-t-elle encore mijoté pendant mon absence ?
Qu'est-ce qui se passe avec cette serrure ? Quelle poisse ! Tout était si bien engagé, et voilà que je rencontre obstacle sur obstacle.

À se demander si cette fille ne le fait pas exprès, rien que pour m'emmerder !

Ce n'est vraiment pas mon jour ! Il est déjà tard, mais je dois me rendre à l'évidence : il y a du monde dans l'escalier. Impossible d'agir pour le moment. Une fois de plus.
Je repars avec le sentiment désagréable d'être VRAIMENT MAUDIT aujourd'hui. Ou alors c'est elle qui a de la chance ?
Mais la chance finit toujours par tourner, comme disait ma mamie.

Du petit logement de la concierge filtre de la lumière. Elle est revenue. Et je ne l'ai pas vue ni entendue. Il faut que je me reprenne, je suis distrait. J'ai manqué de vigilance et les conséquences auraient pu être dramatiques. J'entends hurler sa télé. Je me demande toujours comment on peut supporter un son aussi fort.
En l'occurrence, tant mieux, cette vieille fouine n'a pas pu me voir entrer, ni repartir. Personne n'a repéré ma présence.
Cette certitude ne suffit pas à me calmer. Quand je fais demi-tour, je suis très dépité, fâché même, je vous l'accorde.

43

Charlotte se tient dos au mur, elle est si proche qu'elle pourrait presque toucher Anatol. Il sent la transpiration et l'odeur la dégoûte. Le jeune homme, concentré sur la serrure, fait à peine attention à elle.

Charlotte se souvient des articles parcourus dans la nuit : « *Les enquêteurs ont constaté que le tueur n'est jamais entré par effraction chez ses victimes. L'hypothèse est qu'elles lui ont ouvert en confiance, ce qui laisse penser qu'elles le connaissaient.* » Elle s'en souvient parfaitement : c'est Anatol qui le premier lui avait adressé la parole, sous prétexte de lui demander l'heure, car il n'avait plus de batterie sur son téléphone. Soi-disant. Les jours suivants, il l'avait saluée d'un grand bonsoir chaleureux quand elle passait. Un soir enfin, elle s'était arrêtée pour discuter.

Elle a une boule dans l'estomac. Il a manœuvré à la perfection.

« *La présence d'un chat est l'un des traits communs à cette série d'assassinats. Les enquêteurs ne rejettent pas l'idée que les relations entre le tueur et ses victimes se sont nouées grâce à leur chat...* »

Anatol lui avait parlé avec affection de son chat tigré, un mâle de deux ans qu'il avait appelé Nicolaï, et dont la photo figurait en fond d'écran sur son portable. « Il est magnifique ! » s'était exclamée Charlotte.

Si ça se trouve, ce n'est même pas son chat...

Elle s'est précipitée tout droit dans ses filets en lui présentant Grichka. Elle était descendue un soir avec son chat dans les bras. Il l'avait longuement cajolé, Grichka ronronnant quand il lui avait gratté le cou. « Tu es doux comme un agnelet, avait-il dit. Tu sais ce qu'on leur fait aux agneaux, dans mon pays ? On leur coupe le cou, on boit leur sang et on les mange ! Je viens du pays de Dracula. » Il avait éclaté de rire, et elle aussi, cette imbécile. Pour s'amuser, il avait refusé de lui rendre Grichka et elle s'était mise à lui courir après sous l'échafaudage. « Je l'adore, ton chat ! Je vais le manger ! Non, plutôt boire son sang, comme Dracula ! » Ils avaient ri de si bon cœur…

Comment se méfier d'un garçon aussi drôle et gentil et que Grichka semblait autant apprécier ? Il est un peu farouche, son matou, et ne fait pas ami-ami avec n'importe qui. Malgré son instinct si sûr, a-t-il pu se faire piéger par ce psychopathe ?

Anatol a bien caché son jeu.

Elle aussi va faire semblant, et jouer un personnage qu'elle n'est pas. Elle est plus futée qu'il ne se l'imagine, elle peut le piéger, elle aussi. Où a-t-il pu cacher son portable ? Sans doute dans la poche de sa veste. Mais laquelle ?

« Tu vas y arriver, s'entend-elle dire. Enfonce davantage la lame… Un peu plus haut… Doucement… » N'en fais pas trop, se modère-t-elle.

La troisième tentative est la bonne. Il donne un petit coup et la porte s'entrouvre.

« Ça y est ! s'exclame-t-il d'un ton réjoui, on peut entrer… »

Il pousse la porte, mais quelque chose la bloque. Passant la tête dans l'ouverture, il voit la grosse commode au milieu du couloir. « C'est quoi ce bazar ? s'étonne-t-il. Que fout ta commode dans ton entrée ? Ah, tiens, regarde, ton chat est venu t'accueillir ! »

Il se penche pour attraper Grichka. Si elle en avait le courage, elle lui donnerait un grand coup de pied dans les côtes et elle l'enverrait valdinguer. Mais c'est alors que Grichka se faufile entre ses jambes pour sortir, puis, au lieu de la rejoindre, court se planter sur la première marche de l'escalier.

« Tu veux jouer ! » s'exclame Anatol, rigolard. Il avance à pas de loup vers l'animal. « Viens ici, vilain petit chat. » Elle ne comprend plus rien. Ce type est fou à lier. Tout ça semble tellement l'amuser, c'est déconcertant. « Minou, minou ! »

Charlotte n'hésite pas une seconde, elle n'aura pas de deuxième chance. Elle se précipite pour entrer, referme violemment la porte.

La clef est sur la serrure, elle la tourne en toute hâte. Finalement, elle peut se féliciter de l'avoir oubliée. De toute sa rage, elle repousse la commode devant la porte d'entrée, remet les lourds tiroirs en place. Puis elle se laisse tomber sur le parquet, dos appuyé contre le meuble. Avec son pied valide, posé à plat sur le mur, elle résistera à ses tentatives pour forcer le passage.

En face d'elle, la grosse horloge indique 6 h 50. Dehors, il fait déjà nuit.

Les larmes lui viennent : Grichka s'est sacrifié pour elle. Elle est incapable d'aller à son secours et, elle en est certaine, le monstre va se venger sur lui. Ce petit chat, c'est tout ce qui lui restera pour assouvir sa folie meurtrière.

Derrière elle, de l'autre côté de la porte, elle entend la voix d'Anatol, si douce qu'elle n'en est que plus effrayante :

« Charlotte, j'ai ton chat avec moi. Si tu veux le récupérer, il va falloir m'ouvrir !

– Jamais ! » hurle-t-elle.

44

« Qu'est-ce que je fais de lui ? » questionne Anatol à travers le battant.

Sa voix est douce, toujours aussi amicale. Mais sa fausse candeur ne la trompe plus.

De l'autre côté de la porte, le monstre tient son chat, la prunelle de ses yeux, en otage. Charlotte l'imagine évaluant ses chances qu'elle lui ouvre, l'oreille à l'affût du moindre de ses mouvements.

« Regarde par l'œilleton, Charlotte. Il est dans mes bras. »

Charlotte ne regardera pas. Il serait capable de l'égorger devant elle...

« Pauvre petite bête, insiste-t-il. Il réclame sa maîtresse ! »

C'est ça, prend-moi pour une conne. Mais elle se tait, il ne doit pas savoir qu'elle est là, juste derrière cette porte qu'il a su forcer si facilement.

Ouvrir, jamais. Ce serait se livrer à lui pieds et poings liés, et elle sait ce dont il est capable. Elle a lu tous les détails abominables de ses crimes. Charlotte tente d'ignorer l'idée atroce : devoir sacrifier son chat pour sauver sa propre vie ?

Il hausse la voix : « Tu veux récupérer ton chat, oui ou non ? » Il a l'air agacé.

Elle ne fait pas le moindre geste, reste muette, pétrifiée, pensant à sa boule de poils, l'autre amour de sa vie. Elle va le perdre. Elle se le reprochera toute sa vie.

« Merde, Charlotte, réponds-moi. Tout ça est ridicule. C'est quoi ton problème, à la fin ? »

La jeune femme se bouche les oreilles. « Va-t'en, par pitié... », supplie-t-elle d'une voix inaudible.

Elle voudrait tant se réveiller, que tout ça ne soit qu'un mauvais rêve, que tout redevienne comme avant. Oublier cette prédiction maudite, réaliser que sa cheville et son poignet sont intacts. Avec Grichka ronronnant à ses pieds et Jérôme qui la prendrait dans ses bras... Elle voudrait tant qu'il n'y ait jamais eu de tueur !

« Charlotte, insiste Anatol, réponds-moi, dis quelque chose, s'il te plaît... Je ne vais pas rester des heures à attendre ! »

Pas de menace, il parle d'une voix calme, comme si tout était parfaitement normal : il a rattrapé son chat, il veut seulement le lui rendre, ensuite il partira. Il s'en voudrait de l'abandonner sur le palier. « S'il file, je ne serai pas responsable. »

Charlotte se tait. Il tapote sur la porte : « Hé, tu me réponds ? Je vais me barrer ! Tu n'as qu'à juste entrouvrir la porte pour qu'il puisse entrer, je resterai à distance, n'aie pas peur. »

Il veut l'endormir, mais c'est un piège, elle n'y tombera pas.

Elle s'en veut tellement, elle a honte de sa lâcheté, mais pas question de céder. Elle se roule en boule, sanglote, le front sur les genoux. Elle a beau être meurtrie, bouleversée, elle ne reviendra pas sur sa décision : elle n'ouvrira pas pour sauver Grichka.

Ça lui apprendra à faire confiance à n'importe qui.

Elle retourne dans sa tête tout ce qu'elle sait de lui. A-t-il menti sur tout, son nom, ses origines, sa nationalité, le fait qu'il vive chez des parents au Blanc-Mesnil, dans un quartier difficile ?

Elle l'avait cru, quand il avait expliqué avec émotion qu'il travaillait jour et nuit, par tous les temps, pour subvenir aux besoins de sa famille restée au pays. Et il n'aurait pas de papiers ? Il lui a raconté n'importe quoi et elle, crédule comme elle est, elle a été ébranlée par son courage, la dureté de sa vie. Elle a cru tout ce qu'il lui a dit, il l'a manipulée comme une débutante. Tout ça par la faute de son cœur d'artichaut.

Ce n'est pas seulement l'échafaudage de l'immeuble d'en face qu'il surveillait, c'est elle... Depuis des semaines, pour bien préparer son crime. Charlotte n'y a pas vu malice quand il lui posait des questions sur sa vie. Il était aux premières loges. Il a tout appris de ses habitudes, a repéré son chat, il sait que Jérôme est en déplacement, que le bâtiment est quasiment désert ce week-end…

Elle aurait dû écouter Jérôme quand il lui a dit qu'il ne sentait pas ce type. Jérôme, j'ai tant besoin de toi…

Elle n'a plus qu'à attendre et à résister.

Elle soutiendra le siège le temps nécessaire, jusqu'à minuit, l'échéance que lui a donnée le voyant de Marrakech.

« *Tu mourras de mort violente le 28 octobre.* »

Passé ce délai, elle ne risquera plus rien.

L'horloge de la cuisine avance si lentement… L'aiguille est sur 7 heures pile, passe sur 7 h 01 dans un petit claquement sec. C'est désespérant : cela ne fait que dix minutes qu'elle a filé entre les doigts d'Anatol et s'est enfermée chez elle.

Encore cinq heures à tenir. Elle va y arriver.

En mémoire de son chat qu'elle a sacrifié.

Je suis presque arrivé à Convention quand je décide de retourner chez elle. J'ai besoin de comprendre ce qui se passe.

Je commence à craindre de ne pas pouvoir tenir le programme de ma soirée comme je l'avais prévu : commander une pizza et travailler sur mon prochain sujet. Aurore. Une avocate. Son chat s'appelle Mickey. Elle a déjà trente ans, elle frôle la limite d'âge, mais elle paraît moins, elle a un visage si ingénu!

J'aime beaucoup son prénom : Aurore. C'est à la fois charmant et touchant de penser qu'elle s'appelle Aurore et qu'elle est au crépuscule de sa vie.

Un jour peut-être, et ce serait la «cerise sur le gâteau» (comme disait mamie), je rencontrerai une femme nommée Vénus. Celle-là aura droit à un traitement de faveur, faites-moi confiance!

Je souris en y pensant, cela vous amusera peut-être vous aussi : j'ai prévu de m'occuper de la délicieuse Aurore au lever du jour! Je le lui ferai remarquer, avant de lui mettre le sac.

Mais ne nous emballons pas, il me reste quelques détails à vérifier à son sujet. Et pour le moment j'ai un autre souci, assez préoccupant. Les événements m'échappent, rien ne se déroule selon mon plan. Il est déjà tard, je devrais en avoir fini avec elle.

Que de temps perdu, ce dimanche. Je ricane : j'en suis à devoir effectuer des heures supplémentaires!

Je m'arrête au rez-de-chaussée et j'écoute. Le type, toujours le même, ne parle pas assez fort pour que je comprenne ce qu'il dit mais il paraît agacé. On le serait à moins avec ce genre de fille.

J'ai les nerfs en pelote. Inutile que je reste, cela ne ferait que m'irriter et perturber ma concentration.
Et si je m'offrais un double Whopper cheese au Burger King de Convention ? Avec un Pepsi, histoire d'en retrouver, du peps !
Bonne idée. J'ai réussi à me faire sourire. Il ne m'en faut jamais beaucoup pour retrouver un moral de vainqueur !

45

Épuisée, perdue dans ses pensées, Charlotte a presque oublié la présence du monstre sur son palier. Un petit coup frappé à la porte la fait sursauter.

« Charlotte, dit-il. Il faut que je descende reprendre mon poste en face. Mon remplaçant va arriver d'une minute à l'autre. Si je ne suis pas là, il avertira mon patron et ça va faire un drame. Je suis obligé de laisser ton chat. Tant pis pour toi s'il se sauve. Je t'aurai prévenue. »

Elle garde le silence. Encore un mensonge : la relève est à 20 heures. Il a encore une heure devant lui. Il la prend vraiment pour une imbécile.

« Pourquoi tu ne dis rien ? s'énerve-t-il. J'ai seulement voulu t'aider, Charlotte. Je ne comprends pas que tu me traites de cette façon. Ressaisis-toi et ouvre ! »

Elle s'interroge : elle l'a démasqué, alors pourquoi continue-t-il à la harceler ? Pourquoi ne fuit-il pas ?

« Très bien, je me casse, annonce-t-il d'un ton exaspéré. J'en ai ras le bol de ce cirque. Débrouille-toi toute seule. Salut ! »

Un silence. Il attend sa réaction.

« Tu m'as beaucoup déçu, Charlotte », conclut-il.

Elle entend la porte de l'ascenseur s'ouvrir, se refermer, l'appareil se mettre en marche.

Tandis qu'elle l'écoute descendre, elle se dit qu'elle aurait dû le menacer d'appeler la police. Elle s'en veut de ne pas avoir eu cette idée tant qu'il était là, ça l'aurait fait fuir et il aurait laissé Grichka en paix.

Il s'en va enfin, c'est le principal, se rassure-t-elle. Ou alors c'est un piège, il lui fait croire qu'il est parti, alors qu'il reste tapi quelque part. Elle va ouvrir pour chercher son chat et il en profitera pour lui sauter dessus.

Se redresser lui réclame un effort pénible. Elle ne peut plus compter que sur son pied droit. Enfin debout, elle scrute le palier par l'œilleton. Personne, mais cela ne prouve rien. L'ascenseur a effectivement quitté son étage. Elle cherche Grichka, l'appelle, espérant qu'il se montre. S'il était là, elle l'entendrait miauler, il gratterait à la porte. Ce monstre l'a pris avec lui !

À cloche-pied, elle va à la fenêtre de la cuisine. Dehors, il pleut toujours, une pluie drue, glaciale, tenace.

Elle inspecte les entrailles sombres des échafaudages dont les grandes toiles vertes se creusent sous le poids de l'eau. Quelques-unes ont été arrachées par le vent et pendent lamentablement jusqu'au sol. Charlotte se penche un peu plus et aperçoit des jambes, dans un pantalon de grosse toile marron. Les jambes bougent, disparaissent de sa vue.

Ce n'est pas Anatol, il portait un jean. Voilà une autre paire de jambes derrière l'échafaudage, tout au bout sur la droite. En jean. C'est peut-être Anatol mais elle n'en est pas sûre, il fait trop sombre à présent pour qu'elle puisse voir si le pantalon est déchiré sur le tibia, comme elle l'avait remarqué. Et pour reconnaître les chaussures de mauvais cuir noir.

La rue est calme, aucune voiture ne circule, elle entend des voix.

Des gens qui s'abritent là en attendant que la pluie se calme ? Anatol qui discute avec celui qui vient le relever ? Si c'est bien lui, elle aura le temps d'ouvrir et de récupérer son chat, mais prudence... Elle ne sortira pas avant d'être certaine que la voie est libre. Grichka ne se manifeste toujours pas.

Putain, il faut qu'ils se montrent pour qu'elle en ait le cœur net.

Elle saisit un verre sur l'étagère et de sa main valide le jette sur l'échafaudage. Bien joué, le fracas du verre brisé fait sortir les deux hommes de leur tanière. Ils sont dans la rue, ils tentent de comprendre d'où est venu ce bruit.

Ils lui tournent le dos, regardent vers l'échafaudage où s'est produit l'impact. Le plus grand est bien Anatol. Il a une main dans la poche de sa veste, de l'autre il fume une cigarette.

Pas de chat avec lui.

Il se retourne. Elle ne recule pas, choisit de l'affronter, soutenir son regard, silencieuse. Il a compris que c'est elle qui a jeté quelque chose contre la façade.

« Où est mon chat ? » crie-t-elle.

Il hoche la tête d'un air de dépit, tend le doigt vers l'immeuble. Elle le voit parler à son compagnon qui la regarde à son tour, puis hausse les épaules, d'un air de dire : Laisse tomber, c'est une cinglée. L'autre, un Black de taille moyenne mais tout en muscles (malgré le temps plus que frais, il ne porte qu'un tee-shirt moulant), retourne sous les échafaudages. Anatol lève à nouveau les yeux puis fait un geste nerveux de la main, comme pour lui signifier : Dégage, je t'ai assez vue.

Elle crie : « Ne reviens plus, sinon j'appelle les flics ! »

Il secoue la tête d'un air écœuré, se détourne et disparaît sous les bâches. « Salaud ! » hurle Charlotte dans le vide. Inutile d'alerter l'autre gardien. Prévenu par Anatol, il ne bougera pas.

Charlotte repart le plus rapidement qu'elle peut dans l'entrée, enlève une fois de plus les tiroirs, pousse un peu la commode, entrebâille la porte.

Elle n'en croit pas ses yeux : Grichka est là, assis sur le paillasson, bien sage, tout mignon.

Il entre tranquillement, en frôlant ses jambes. Elle le caresse, jubile de sa victoire. Elle a son chat avec elle.

7 h 28. Dehors la pluie a cessé, il fait nuit noire.

Charlotte souffle. Plus que quatre heures et demie à tenir.

Anatol a perdu et dès demain, elle ira le dénoncer à la police.

D'ailleurs, s'appelle-t-il vraiment Anatol ? Sans doute pas…

Elle se traîne jusqu'à la fenêtre. Elle n'aperçoit plus personne, n'entend plus rien venant des échafaudages désertés.

Avec cette pluie, la lumière crue, ces clients bruyants et la mauvaise musique en fond sonore, j'ai préféré ramener chez moi le menu Burger King. Double cheese XXL, frites et Pepsi.
Attention, je ne suis pas du genre à me laisser aller ! Je m'entretiens par une séance quotidienne en salle de sport, du running, et je surveille mon alimentation. Sauf les jours comme celui-ci, bien sûr, où je peux m'accorder une petite entorse à ma règle...
J'ai savouré mon dîner confortablement installé dans mon gros fauteuil de cuir. Il occupe une place énorme dans mon studio, mais je ne m'en séparerai jamais. Il me vient de ma chère maman (c'est assise dedans qu'elle passait des heures à broder) et pour moi, il n'existe pas de meilleur endroit pour me délasser et évacuer le stress.
Et Dieu sait que j'en ai besoin.

Je pense à elle.
Elle sera là devant moi, du ruban adhésif vert (j'aime cette couleur symbole d'espoir) sur la bouche, les mains attachées derrière le dos avec une cordelette de chanvre. C'est ma signature, et je sais que la police s'échine à chercher où j'ai pu l'acheter. Ils ne trouveront jamais, à moins d'aller fouiller au fin fond de l'Ardèche, où, il y a trois ans, j'ai effectué une descente très agréable des gorges du Verdon, en canoë. J'en avais profité pour m'approvisionner en corde. Je réfléchissais déjà à ce que j'avais envie de faire, à l'époque. Mon plan mûrissait...
La corde lui fera mal, et je m'en excuserai auprès d'elle. Mais pour lui apprendre à ne pas se plaindre et qu'elle comprenne bien que je fais ce qui me plaît, je tirerai un peu plus dessus.

Elle sera nue, recroquevillée en position fœtale. J'aurai ôté ses vêtements que j'aurai soigneusement pliés sur une chaise (vous le savez, j'aime l'ordre). J'aurai beau lui dire gentiment de ne pas pleurer, elle continuera à sangloter.

Certaines sont ainsi, que voulez-vous ? Mais il faut les comprendre, elles sont si fragiles. Pauvre ange. Cela ira mieux quand je lui parlerai.
Je parlerai de moi, de mon métier, de mes amis, de mes loisirs (il est important qu'à ce moment de son existence, elle sache à qui elle a affaire) et, bien sûr, de la raison pour laquelle je l'ai élue, elle. Il est essentiel qu'elle sache qu'elle n'a pas été choisie au hasard. Je flatterai sa beauté, sa grâce, la perfection de son corps et, bien sûr, la splendeur sublime de sa chevelure, que je caresserai longuement. Ensuite, je retirerai le bâillon dans l'espoir qu'elle me parle.
À l'exception de Madeleine, aucune ne l'a fait. C'est dommage, car il est important d'échanger entre êtres humains, et cela en toute situation. J'aimerais qu'elles me disent ce qu'elles ressentent, quelle impression je leur donne. Et pas seulement qu'elles hurlent de terreur. C'est inutile, inconvenant et ça m'ennuie.
Madeleine s'est révélée une perfection en la matière. Une voix douce, sensuelle, elle a tout tenté pour que je l'épargne. Je ne pouvais pas, évidemment, je le lui ai expliqué très gentiment. Quelle voix ! Je voyais bien qu'elle avait peur, mais qu'elle s'efforçait de ne pas le montrer. Elle ne me quittait pas des yeux, parlait, parlait. Une mélopée envoûtante. Elle se voulait forte, courageuse. Elle n'a pas chouiné, pas supplié. J'étais sous le charme et j'ai pris tout mon temps avant de lui mettre le sac plastique sur le visage. Elle mérite 10 sur 10 !

Revenons à mon affaire du jour. Avec tout ces retards, je vais être contraint de faire le travail plus rapidement que d'ordinaire. Heureusement son chat n'a pas l'air farouche et plutôt familier avec les étrangers. Celui-là se laissera trancher la gorge sans faire de difficultés.

Avant de m'occuper d'eux, j'enfile toujours des gants épais, car on ne sait jamais, avec ces sales bêtes. Ils m'ont été bien utiles pour attraper le chat de Sybille qui s'était caché dans la penderie (j'ai perdu un bon quart d'heure à le trouver). Il a tenté de me griffer méchamment quand je l'ai saisi par la peau du cou. Ensuite, il a moins fait le malin !

J'ouvre les yeux...

C'est la première fois de ma vie que je m'assoupis dans la journée. Oh, ça n'a pas duré longtemps, quelques secondes seulement, mais j'ai dormi pour de bon. Incroyable.

Il y a vraiment quelque chose qui ne tourne pas rond avec cette fille et il est temps d'en finir.

J'espère que le serrurier a décampé. La plaisanterie a assez duré. Luttant contre l'agacement qui me gagne, je m'équipe. À présent, je suis pressé, dans deux heures, au grand maximum, il faut que cette histoire soit réglée.

En sortant de chez moi, j'enclenche le chronomètre de mon portable.

J'embrasse ma Vénus, elle va me porter chance.

46

Charlotte ne fera plus d'erreurs. En premier lieu, elle ne quittera plus son poste de guet, assise par terre, appuyée contre la commode, ne serait-ce qu'une seule seconde. Elle a pris un coussin, a récupéré de l'eau, un Coca, un paquet de gâteaux, des chips, une banane. De quoi tenir le temps qu'il faudra. Elle s'est armée d'un autre petit couteau et d'une grande pique à brochette. L'autre jour, au bureau, Guillemette a amusé tout le monde en racontant une histoire qui avait circulé sur Twitter. Un boucher avait poursuivi un de ses clients et l'avait planté à mort.

Le bureau avait déliré : « L'histoire ne dit pas si c'était une brochette de poulet ou de mouton ! »

Elle avait oublié qu'elle en avait parmi ses ustensiles de cuisine. Ça fera une arme redoutable. De la main, elle en éprouve la solidité.

Elle demeurera le temps qu'il faudra assise là, jambe tendue, bloquant la commode de son pied droit calé contre le mur du couloir face à elle.

Elle essaie de détecter le moindre bruit venant de l'escalier, mais impossible avec le vacarme de la télé, depuis que son vieux voisin est rentré de promenade. Inutile de taper du poing sur le plancher, il n'entendra pas. Ce serait risible si sa vie n'était en jeu : s'il lui arrive quelque chose, M. Favier ne s'apercevra de rien.

Et elle crèvera comme ça, ses hurlements couverts par le son de la télé à la con de ce vieux handicapé de la feuille. Quand les flics l'interrogeront, il répondra qu'il n'a rien entendu !

Ce n'est vraiment pas de chance d'avoir comme seul voisin proche un sourdingue.

Elle n'a pas allumé, elle préfère que l'appartement reste plongé dans la nuit, éclairé seulement par la lumière jaunâtre des lampadaires de la rue. Elle a même coupé le courant : s'il parvient à entrer, il ne pourra pas allumer. Elle a reçu une légère décharge quand elle a baissé le levier du disjoncteur général. Elle a un petit rictus nerveux. Ce serait trop bête de mourir électrocutée ! Est-ce considéré aussi comme une mort violente ? Elle en sourit presque. Le danger, le vrai, est tapi ailleurs...

Si jamais il parvient à forcer l'entrée, elle aura un avantage sur lui : elle connaît les moindres recoins du trois-pièces. Ombre invisible, elle sera davantage en sécurité dans le noir. Il la cherchera sous le lit, dans les placards... Elle sait où elle ira : sous les coussins du grand canapé. Comme il ne la trouvera pas, il pensera qu'elle a fui l'appartement !

Et puis elle a sa pique. Elle s'enfoncera dans son bide comme dans du beurre ! Qu'il vienne, il sera bien reçu !

Charlotte est maintenant décidée à vendre chèrement sa peau. Elle a encore un peu moins de quatre heures à tenir. Pas grand-chose. Finalement, toute seule, elle ne s'en est pas si mal tirée...

J'ai hâte de pouvoir me dire : Voilà, c'est fait ! Et ce fut un régal ! Ce dossier-ci réglé, passons au suivant...

Je touche avec ravissement mon Opinel, parfaitement aiguisé, dans ma poche droite. En marchant je m'assure que ma banane, autour de ma taille sous mon blouson de cuir, est bien fixée.

Je me sens sûr de moi, et parfaitement serein. Cette fois, elle ne m'échappera pas !

Lorsque je suis sorti la pluie avait cessé, mais il y a des flaques d'eau partout et une voiture m'éclabousse. Les gens ne respectent plus les autres de nos jours.

Je me laisse aller à l'injurier. C'est une erreur.

Voilà une autre précaution à prendre, capitale : ne jamais attirer l'attention sur soi.

Prudence et discrétion, je ne le rappellerai jamais assez, sont les deux premiers commandements pour des gens comme nous.

47

Dès qu'elle étend son pied gauche et touche la paroi, sa blessure se rappelle à elle.

Ah, si elle pouvait marcher, elle serait loin maintenant. À l'abri. Oubliée, sa résolution de ne plus bouger, elle ne peut pas rester ainsi, avec cette patte en carafe, elle doit s'occuper de sa cheville.

Elle se relève sans pouvoir retenir un cri de douleur et va en claudiquant à la salle de bains. Sans allumer, elle farfouille dans le placard, vérifie à la lumière de la rue que c'est la boîte de Doliprane qu'elle cherchait. Elle avale deux cachets d'un coup.

Grichka ne la quitte pas d'une semelle, il la suit en se frottant à ses jambes, manquant plusieurs fois de la faire trébucher. Elle ne le repousse pas, sentir la chaleur du poil épais de son allié est rassurant.

Elle s'assied sur le rebord de la baignoire, passe sa jambe sous le jet glacé de la douche pendant quelques minutes. Le froid lui fait du bien.

Elle coupe l'eau, jette un coup d'œil vers la porte d'entrée, écoute. La télé s'est tue au deuxième. Elle n'entend pas un bruit. Alors elle remet sa cheville sous le jet d'eau quelques secondes encore, fermant les yeux de plaisir.

Elle se souvient qu'elle a quelque part un tube d'Arnigel. Elle renverse dans le lavabo le contenu du tiroir mais au milieu des produits de beauté, elle ne déniche qu'une pommade contre les démangeaisons. Elle ne trouve pas non plus la bande Velpeau qu'elle était sûre d'avoir mise là.

Avec son obsession de l'ordre (« chaque chose à sa place »), Jérôme a dû les ranger dans un endroit improbable. Elle peste contre son amoureux. Avec lui, elle ne retrouve jamais rien. « Ça t'apprendra à tout laisser en bordel. Tu dois être plus ordonnée, ma chérie ! » la sermonne-t-il chaque fois.

S'il voyait l'état de l'appartement en ce moment, il deviendrait fou, s'amuse-t-elle. Il est tellement soucieux du rangement que cela devient parfois insupportable. Mais ce n'est qu'un petit défaut. « Et il range, en plus ? Plains-toi ! Tu ne trouveras jamais mieux que lui », affirment ses copines.

Carole lui avait dit : « Ne le perds pas, celui-là !

– Jamais, s'était-elle exclamée. Bientôt j'aurai la bague au doigt, les filles ! »

Elle sautille jusqu'à la cuisine, vide le bac à glaçons dans un sac plastique, l'applique contre sa cheville en l'emmaillotant d'un torchon.

C'était le conseil d'Anatol... Elle jette un œil dans la rue, scrute l'échafaudage, ne voit personne. Ce n'est pas forcément bon signe, Anatol n'abandonnera pas aussi vite. Elle doit rester vigilante à tout.

Elle repart à cloche-pied dans l'entrée, mais le torchon se dénoue, le sac tombe au sol dans un bruit mat. Les glaçons se dispersent, glissent sur le parquet, sous la commode, filent jusque dans la salle de bains. Elle en récupère le plus possible, abandonne ceux qui sont trop loin.

Elle se rassoit contre la commode, s'applique à renouer solidement le torchon autour de son pansement glacial.

Très vite, le froid endort la douleur.

Elle se concentre, à l'affût du moindre signe de présence. Si l'assassin approche, elle l'entendra...

Les minutes s'égrainent lentement, silencieuses et mornes.

Elle fixe l'horloge : 20 h 22.

Elle prend Grichka sur son ventre, le caresse, l'embrasse dans le creux de l'oreille. « Nous sommes dans de drôles de draps, mon gros minou », murmure-t-elle. Une douce torpeur s'empare d'elle. Elle se prend à compter les secondes, l'œil fixé sur la trotteuse.

Elle frotte ses yeux de l'index et du majeur. Elle est si fatiguée… Ses paupières se ferment, sa tête s'incline, son corps glisse sur le côté.

Le sommeil l'emporte.

Elle rouvre les yeux dans un sursaut. Combien de temps est-elle restée assoupie ? Une vingtaine de minutes à peine. L'horloge brille dans la nuit : 20 h 45.

Les glaçons ont fondu, formant une flaque, elle a les fesses trempées.

Charlotte tremble de s'être laissée aller : si le monstre avait forcé la porte, elle n'aurait pas eu le temps de réagir.

Elle ne peut pas rester dans le noir, elle risque de se rendormir, elle doit remettre l'électricité. Elle hésite à manipuler le disjoncteur, après la décharge qu'elle a reçue tout à l'heure. Avec le manche de son petit couteau, elle remonte le levier, provoquant une petite étincelle. Elle retire sa main aussitôt.

Tout lui semble un rappel à l'ordre : la mort peut frapper à tout instant.

48

Elle s'assure que rien n'a bougé pendant qu'elle dormait. Tout est en place, le vase toujours en équilibre précaire. Pas un bruit dans la cage d'escalier.

D'où vient ce malaise qui l'étreint ?

Une à une, les images lui reviennent. Elle a fait un mauvais rêve pendant qu'elle était assoupie.

Jérôme était là, elle se précipitait vers lui. Il la prenait dans ses bras rassurants, caressait ses cheveux, disait qu'elle ne risquait plus rien, répétait qu'il l'aimait. Elle était heureuse, souriante et confiante. Puis elle le sentait s'éloigner, elle voulait l'étreindre mais il la repoussait, de plus en plus violemment. La détaillait d'un œil glacial. « Je n'y peux rien, disait-il, mais c'est aujourd'hui que tu dois mourir. »

Ces images, elle a l'impression de les avoir déjà vécues.

Jérôme tenait Grichka par la peau du cou. « Je commence par lui ou par toi ? » demandait-il, souriant. Dans son autre main se trouvait un sac plastique. Dans son regard, elle lisait du désir, une gourmandise cruelle.

Chaque détail de ce cauchemar reparaît avec précision et surtout le regard glaçant de Jérôme. Son trouble vient de là, ce sentiment de plus en plus net du danger qu'il représente.

Le doute s'insinue tel un poison mortel tandis que l'image de l'homme aperçu au coin de la rue, plus tôt dans l'après-midi, lui revient en mémoire.

Elle se raisonne : Qu'est-ce qui me prend ? Jérôme est à des milliers de kilomètres et à cette heure, qui sait où il est, toujours dans le désert ? Quelle heure est-il, là-bas ? Peut-être dort-il déjà ?

Il doit être dans tous ses états de ne pas réussir à la joindre. Si seulement il pouvait demander à Pierre ou à un autre de ses copains de passer chez elle voir ce qui se passe.

Elle doit arrêter. À ce rythme, à soupçonner tout et tout le monde, elle va finir par péter les plombs. Si ça se trouve, elle s'est gourée sur toute la ligne pour Anatol. Elle n'ose y penser...

Elle doit garder les idées les plus claires possible pour ne pas dérailler à nouveau. L'autre n'attend que cela, alors qu'elle doit encore tenir plus de trois heures.

Elle éteint dans l'entrée.

Elle ferme les yeux, s'oblige à respirer à fond, se surprend à compter les secondes. Elle n'en peut plus de rester sans rien faire, elle en vient presque à espérer qu'il attaque. Tout plutôt que cette attente intolérable. Quand il s'apercevra qu'il ne parvient pas à ouvrir la porte, il se résignera enfin et partira.

Elle, elle ne bougera plus d'ici jusqu'à minuit. L'heure de sa délivrance.

C'est alors qu'elle entend comme un grattement, si ténu qu'elle se demande si elle n'a pas rêvé. Ça recommence. Elle tend l'oreille et elle comprend : quelqu'un est en train d'ouvrir la porte de l'appartement voisin en essayant de ne pas faire de bruit. Elle se lève tout doucement, colle son oreille au mur mitoyen.

Oui, il y a quelqu'un, elle en est certaine.

Ce ne sont pas les Pelletier, c'est sûr : chaque fois qu'ils entrent ou sortent, ils font un ramdam infernal avec leurs gosses. Et de toute façon, ils sont en vacances aux Canaries pour une semaine. Ils le lui ont dit, tout fiers, quand ils sont venus lui demander de relever le courrier dans leur boîte aux lettres.

Mais aucun doute, ce sont bien des pas, comme des glissements sourds sur le plancher. Comme si quelqu'un avançait sur des patins, en catimini.

Le monstre s'est introduit chez eux.

Il est là, tout proche, de l'autre côté de la cloison. Il n'a pas abdiqué.

Petit, je détestais ça, mamie me surnommait « mon chat », ou « chaton ». Je vous ai raconté son amour (dévorant) pour ces animaux de malheur (et ils l'ont bien récompensée de ses largesses). Pour elle, c'était une façon de me dire à quel point elle m'aimait. Mais ce surnom, je le devais aussi à ma grande agilité. Ma grand-mère avait beau me l'interdire, j'adorais grimper sur le toit de sa maison. Ça m'amusait de la rendre folle d'inquiétude et de colère quand elle me découvrait perché sur la cheminée. Je promettais de ne plus jamais recommencer, et bien sûr je remontais à la première occasion. Je trouvais ça facile, à huit ans, j'étais déjà si vif que j'étais capable de grimper plusieurs étages par la gouttière si l'envie me venait. Petit, c'est par là que je passais pour regagner ma chambre au second quand maman me mettait dehors en plein hiver. Je faisais tellement de bêtises.
Monter par la gouttière, je l'ai expérimenté à plusieurs reprises pour chaparder dans les appartements. Ma souplesse et ma musculature compensent ma taille et mon poids.
J'ai aussi une capacité étonnante : je suis capable de me mouvoir dans l'obscurité totale, comme les chats. Je flaire, je sens la présence des objets, des meubles, des obstacles. Je les effleure sans jamais rien renverser. Un talent précieux. À l'époque où je n'étais encore qu'un adolescent un peu timide, plusieurs jeunes femmes ont eu droit à une visite surprise et nocturne. Il ne fallait pas qu'elles laissent leur fenêtre ouverte. Mais en été, à cause de la chaleur, c'est tentant ! Erreur funeste qu'elles réalisaient trop tard.

Il fallait voir leur tête quand elles se réveillaient et découvraient un intrus penché au-dessus d'elles, qui les dévisageait. J'étais encore mineur et je me contentais de pénétrer chez elles, de les regarder dormir et d'attendre leur réveil pour le seul plaisir de profiter de leur terreur. Je filais aussitôt par où j'étais entré.
Un vrai chat, je vous dis ! Mamie avait raison de me donner ce surnom.

Lorsque j'arrive dans sa rue, je remarque les volets fermés, les lumières éteintes. Sans doute s'est-elle mise au lit. Dort-elle déjà ? En approchant, j'entends deux types en train de discuter derrière les bâches qui recouvrent l'échafaudage en face de son immeuble. Je hâte le pas, ils ne m'ont pas repéré. Je ne cherche pas à savoir qui c'est. Peut-être ce gardien avec qui elle a sympathisé. Je les ai déjà vus discuter.
Il faudra que je sois très prudent en repartant, et m'assure que la voie est libre.

En arrivant au troisième étage, il me vient une idée. Ces souvenirs m'ont donné envie d'entrer chez elle par effraction et de la surprendre pendant son sommeil. Ce sera inédit et très excitant. Quand elle me découvrira dans sa chambre, ce sera, je n'en doute pas, un moment très jouissif. Cet instant fugitif où apparaîtra dans son regard l'étonnement, puis la stupeur et la terreur. Je vais adorer. Je veux ressentir ma puissance, qu'elle comprenne qu'elle est ma proie. Soumise, vaincue, et moi, en maître absolu.
Oui, c'est décidé, ce soir avec ma blonde, je vais jouer au chat !
Mamie me traitait souvent de tête de mule. « Toi, quand tu as une idée en tête tu ne l'as pas au pied », me disait-elle.

Du coup, il n'est pas encore assez tard et je dois attendre. Car je ne suis pas certain qu'elle dorme.
Il me faut me montrer patient, mais cette journée m'a appris à l'être !

Mon regard s'arrête sur la porte de l'appartement voisin. Et si j'entrais là, pour attendre tranquillement, au lieu de retourner chez moi une fois de plus ? Je suis las de ces allers et retours, et je sais que les Pelletier sont absents pour la semaine.

Avec mon passe-partout, je pénètre chez eux en un tournemain. (Petite remarque en passant : les gens devraient être plus attentifs à la qualité de leurs serrures. Après, on s'étonne qu'il y ait tant de cambriolages.)

49

Toute la journée, Charlotte est passée du chaud au froid, de l'espoir au désespoir. Et là, d'un seul coup, une tornade de vent glacial l'emporte.

Quelqu'un s'est introduit dans le logement voisin. Un cambrioleur ?

Non, ça ne peut être que lui, le monstre. Il n'a pas renoncé, et ne renoncera jamais. Mais pourquoi serait-il entré à côté ? Comment espère-t-il l'atteindre ? Il mijote forcément quelque chose, mais elle n'arrive pas à comprendre. Doit-elle tenter de lui parler à travers la cloison ? Négocier, le supplier ? Lui promettre qu'elle ne dira rien ? Elle divague. Il se sait démasqué, il doit la faire taire à jamais. Il doit la tuer.

Elle réalise soudain que la faim la tenaille. Dans la tourmente, elle n'a presque rien avalé de la journée. Elle engloutit la banane, la moitié des biscuits, vide d'un trait la canette de Coca. Ça la tiendra éveillée.

Dans quelques heures tout sera terminé, et elle ouvrira une bouteille de champagne, se promet-elle. Elle en a toujours une au frais.

Elle sourit, se laisse emporter par l'espoir. C'est un monstre mais pas un passe-muraille, il ne va quand même pas défoncer le mur !

Tout de même, qu'a-t-il pu imaginer ? Que fait-il dans l'appartement vide ? Elle a beau se creuser la tête, elle ne comprend pas sa stratégie.

Elle écoute en retenant son souffle, l'oreille collée au mur. Tout est silencieux maintenant.

Mais elle sait qu'elle n'a pas rêvé, quelqu'un s'est bel et bien introduit dans l'appartement des Pelletier. Elle a entendu le parquet craquer. En ce moment, il doit se déplacer le plus doucement possible dans la pièce. Elle s'est déjà plainte au syndic que les appartements sont mal insonorisés et qu'on entend tout chez les voisins. Au moins ce soir, elle s'en réjouit. Elle l'a repéré et elle a sur lui un maigre avantage : il ne peut savoir qu'elle l'a entendu, et qu'il ne la surprendra pas comme il l'espère.

Elle passe en revue toutes les hypothèses.

Est-ce qu'il projette de s'aventurer par l'extérieur, de passer par les balcons ? Il prendrait le risque de faire une chute du troisième étage, surtout avec cette pluie qui rend tout glissant, et aussi d'être vu de la rue.

Le balcon étroit court devant le salon et sous une partie de la fenêtre de la cuisine. Deux mètres seulement le séparent du balcon voisin et pour passer de l'un à l'autre il pourrait s'aider du rebord d'une vingtaine de centimètres de large qui s'étend sur la façade entre les deux appartements.

Voilà ce que réalise, paniquée, Charlotte.

C'est périlleux. Mais ce type est un dingue, il ne reculera devant rien.

Jérôme avait fanfaronné : « Si un jour on laisse les clefs à l'intérieur, je pourrais passer par l'appartement des voisins et entrer par la porte-fenêtre, tu ne crois pas ? » Il avait l'air tellement sérieux. Elle avait frémi et lui avait fait promettre de ne jamais essayer.

« Tu n'aurais pas envie de t'occuper d'un tétraplégique ? avait-il continué en se laissant tomber par terre et en faisant le mort.

– Arrête, ce n'est pas drôle, avait-elle grondé en s'approchant.

– Je suis paralysé… sauf du kiki ! » Il avait éclaté de rire en l'attirant à lui. Ses plaisanteries de gamin… Ce souvenir lui arrache un sourire.

« Quand je pense que j'ai cru un instant qu'il pourrait me vouloir du mal. Je suis vraiment tarée... Pardon, mon amour », murmure-t-elle, au bord des larmes.

Il était redevenu sérieux : « Il faudra se préoccuper de ce truc-là. Un voleur un peu casse-cou pourrait profiter de ce petit rebord pour entrer chez toi. Les Roms sont forts pour ça, ils dressent leurs gosses. D'ailleurs, ton Anatol, il ne serait pas plus rom que roumain ? Il en a bien la tête. »

Elle était sur le point de se fâcher, de le traiter de sale raciste, mais, comme toujours, il l'avait apaisée grâce à son sourire lumineux, avant de l'embrasser sur le coin des lèvres.

Le doute revient : Anatol a l'habitude des échafaudages. Il lui avait dit un jour qu'il n'avait jamais le vertige. C'est sûr, il s'apprête à passer par la façade.

J'ai enfilé mes gants de chirurgien.

Les volets sont clos, l'appartement est plongé dans la pénombre. D'instinct, j'en devine aussitôt l'agencement. Il est à peu près identique à celui de leur voisine, avec seulement une chambre de plus au fond du couloir.

J'avance prudemment, j'évite de justesse une petite voiture qui traîne par terre et, tel le chat, sans un bruit ni une hésitation, je vais jusqu'à la chambre des enfants, au fond à droite. Je grimpe sur le lit superposé.

Quand j'étais petit, je rêvais d'en avoir un. «Tu es fils unique, tu n'en as pas besoin», disait ma mère en haussant les épaules. Un jour, j'avais dit que j'aimerais avoir une sœur. «J'ai assez de soucis comme ça avec toi», avait-elle répliqué avant de refermer la porte de la cave. Dans le noir complet, j'étais allé m'allonger sur mon matelas, comme chaque fois. Encore une chose que je dois à ma mère : grâce à cet entraînement quasi quotidien, j'ai peaufiné mon aptitude à me mouvoir dans l'obscurité complète.

J'ai développé un sixième sens, très utile, merci à toi, chère maman.

J'ôte mon blouson, retire mes chaussures, pose ma banane sur la moquette et je m'allonge confortablement, entouré de dizaines de peluches. Ici, bien installé, le temps va filer tranquillement. Pour un peu, je fermerais les yeux et je m'endormirais...

Mais non, je me redresse, décidé à ne plus perdre de temps. Elle doit dormir.

J'ai hâte d'en finir avec elle. Le moment est venu.

50

Charlotte se précipite à cloche-pied vers la fenêtre.

Elle a repris sa pique : s'il tente quelque chose, elle le repoussera sans hésiter, et tant pis s'il s'écrase sur le trottoir.

Ce sera de la légitime défense.

Elle ouvre la fenêtre en faisant le plus de bruit possible, elle veut que le type d'à côté sache qu'elle l'a repéré. Grichka grimpe sur le comptoir et passe sa tête dehors. « Descend de là ! » peste-t-elle en l'attrapant pour le jeter derrière elle sans ménagement. Le chat s'éloigne d'un air vexé.

Elle sort la tête, se penche pour voir. La fenêtre de l'appartement voisin est close, les volets fermés. Tout l'appartement semble plongé dans le noir

« Ah, oui ! jubile-t-elle, il m'a entendue et il hésite à se lancer maintenant que l'effet de surprise est passé. Lâche ! On réfléchit avant de s'offrir un vol plané de trois étages, hein ? »

Elle se sent invulnérable.

« Je sais que tu es là, triomphe-t-elle. Viens, je t'attends, enfoiré ! » Mais ses paroles se perdent dans les bruits de la ville.

Une grosse lune ronde apparaît entre deux nuages, éclairant la rue sombre. Elle jette un regard vers le trottoir d'en face.

D'abord elle ne comprend pas.

Mais si, c'est bien Anatol qu'elle aperçoit dans le halo de lumière. Sous l'échafaudage, il est toujours en discussion avec le jeune Black de tout à l'heure.

Tout se brouille dans son esprit. Si ce n'est pas Anatol, qui est l'intrus dans l'appartement voisin ?

Elle l'observe. Il discute, elle est trop loin pour entendre ce qu'ils se disent. Elle les voit rire. Est-ce qu'ils se moquent d'elle ?

Anatol allume une cigarette. Il n'a pas levé les yeux vers ses fenêtres, elle en est sûre, il va revenir !

La lune se cache derrière les nuages. La rue n'est plus baignée que par la lumière blafarde des rares lampadaires. Déserte.

Charlotte est perdue. L'embellie n'aura duré que quelques minutes. Elle doit se décider vite et ne pas se tromper.

Que faire ? Elle est face à deux menaces, et ne sait de laquelle elle doit se protéger.

Abandonner son poste du guet, au risque de voir surgir derrière sa fenêtre celui qui s'est introduit dans l'appartement des voisins ?

Retourner dans l'entrée pour faire front si Anatol vient forcer sa porte ?

Elle entend maintenant des pas sur le palier.

Elle n'hésite plus. Elle abandonne la fenêtre, reprend son poste de garde par terre, devant sa porte, le dos appuyé contre la commode, bloquant sa position avec son pied droit.

Un bref coup de sonnette – il sonne pour s'annoncer, quel machiavélisme ! – suivi du cliquètement d'un trousseau de clefs. Le sang de Charlotte se glace.

Ce fumier avait bel et bien la clef.

L'affrontement est pour maintenant.

À moins de deux heures du coup de gong.

51

Quand elle tourne la tête sur sa gauche, elle voit l'horloge de la cuisine : 22h06. Le temps passe si lentement, minuit est encore si loin…

Brusquement, l'idée se fait jour dans son esprit : et s'ils étaient deux ? Deux complices, Anatol et le type bizarre du cinquième. Cela expliquerait tout. Qui se méfierait de deux hommes qui se présenteraient à une porte, pour une réparation, par exemple ? On n'a jamais vu de serial killer agir en duo ! Et voilà pourquoi il n'y a jamais d'effraction ! Peut-être même qu'ils se partagent la tâche, l'un s'occupe des chats, l'autre des femmes. Deux pervers complètement dingues qui se sont trouvés ! C'est atroce.

Mais pour elle à présent, maintenant qu'ils se savent découverts, ils ont décidé d'agir autrement, l'un tentera de forcer la porte, tandis que l'autre passera par les balcons. Elle est prise en tenaille, piégée.

Elle en a la certitude, et elle enrage : comment les flics n'ont-ils pas pensé que le monstre pouvait avoir un complice ? Comment peut-on être aussi nul ? Quels connards !

À deux contre une… Elle préfère ne pas y penser.

Bien sûr, la commode est lourde, difficile à bouger, mais elle y est bien parvenue, elle, une petite nana toute fluette. Ses efforts risquent de ne pas servir à grand-chose face à la force d'Anatol.

La pique qu'elle tient dans une main lui semble tellement ridicule. Et le petit couteau dans l'autre, toujours douloureuse, encore plus. Elle le laisse tomber au sol.

« Je suis fichue. »

La sonnerie retentit une deuxième fois, plus insistante. Quelqu'un tourne la poignée, en vain.

Puis tout s'accélère.

Elle entend le cliquètement d'une clef qu'on introduit dans la serrure. Toujours accroupie, le dos contre la commode, elle brandit sa pique, haletante, affolée à l'idée que son complice peut surgir face à elle, derrière la fenêtre, d'un instant à l'autre. Elle gémit, pourquoi n'a-t-elle pas pensé à fermer les volets ?

Combien de temps la lourde commode la protégera-t-elle ?

La porte s'entrouvre à peine, se heurte aussitôt à la commode. Le vase qu'elle avait posé sur le meuble s'écrase à terre dans un grand fracas de verre. On secoue la porte à présent.

Elle imagine Anatol s'énervant, poussant de toutes ses forces sur le battant en grognant.

Je suis là, ordure, et tu ne passeras pas si facilement, songe-t-elle, mâchoire crispée.

Les coups contre la porte ont cessé. Que fait-il ? Elle n'ose pas se retourner pour voir ce qui se passe, elle garde l'œil rivé sur la fenêtre, s'attendant à voir surgir d'une seconde à l'autre son acolyte. Mais rien. Que font-ils ?

Elle repère des bruits confus, comme s'il fouillait dans des poches ou un sac. Cherche-t-il un outil ? Son couteau ?

Il est si près qu'elle perçoit un bip, un clavier de portable. Il appelle quelqu'un.

Retenant son souffle, elle attend. Personne ne répond, apparemment. Ou peut-être envoyait-il un texto à son complice ?

« Et merde, c'est quoi ce bordel ? » Il a pesté à voix haute.

Cette voix…

52

« Charlotte ! Charlotte, tu es là ? Est-ce que tu m'entends ? Qu'est-ce qui se passe ? »

Cette voix ! Non, c'est impossible, elle est en train de devenir folle !

Elle se retourne en repliant les jambes, et une nouvelle poussée dans la porte la prend par surprise. La commode recule de plusieurs centimètres et Charlotte est projetée contre le mur. Elle attrape sa cheville blessée avec un gémissement de douleur.

La commode recule encore. Déséquilibrée, Charlotte voudrait se relever, mais sa cheville se dérobe sous elle. Elle se met à genoux, se tourne pour faire face à son agresseur en reprenant son petit couteau dans sa main libre. Elle ne se rendra pas sans lui faire mal, le plus mal possible, avec ses armes dérisoires qu'elle brandit au-dessus d'elle. Elle lève les yeux, voit une main se glisser par l'entrebâillement de la porte, chercher à tâtons l'interrupteur. Elle va lui planter sa pique dans la main…

« Charlotte ! Tu es là ? »

Elle aperçoit cette chevalière, qu'il porte toujours au majeur de sa main gauche. Sa chevalière. Elle suspend son geste.

Elle ne peut plus faire un mouvement, elle a l'impression d'être prise dans un bloc de glace. « Non, non, pas toi… », souffle-t-elle d'une voix blanche.

La lumière jaillit dans l'entrée, tandis qu'une voix puissante s'exclame : « Putain, qu'est-ce qui se passe ? Charlotte ! » La commode s'écarte encore, l'ouverture est suffisante à présent. Il apparaît dans l'encadrement de la porte.

Et se fige en la découvrant, assise par terre, recroquevillée contre le mur.

« Charlotte ? Mais bon sang, qu'est-ce qui se passe ?

– Non, non… Non, pas toi… », répète-t-elle d'une voix misérable.

Jérôme la dévisage d'un air atterré : l'appartement transformé en scène de guerre, sa fiancée prostrée, l'air folle de terreur, une pique à brochette dans une main, un couteau de cuisine dans l'autre. Il est sans voix.

Charlotte le fixe avec la même stupeur. « Jérôme ?… »

Elle ne peut ajouter quoi que ce soit. Ce qui l'étreint, l'empêche de respirer, est pire que la peur : c'est donc lui ? Non, pitié, Seigneur, pas lui… Pas mon…

Elle tente de se remettre debout, sa cheville cède, elle retombe par terre et se met à sangloter, tout en suppliant d'une voix à peine audible :

« Ne m'approche pas. Va-t'en. Par pitié.

– Charlotte, mon amour… Qu'est-ce qui t'est arrivé ? Qu'est-ce qu'on t'a fait ? N'aie pas peur, c'est fini, je suis là ! »

Il se penche sur elle, Charlotte recule, essaie de lui échapper en se traînant sur le plancher. Jérôme écarquille des yeux inquiets. Il semble tout aussi perdu qu'elle. Il est clair qu'un drame s'est noué ici.

« Je suis là maintenant, mon cœur. Je ne sais pas ce qui s'est passé, mais tu ne risques plus rien, je suis là, mon amour. Je suis là. C'est moi, Jérôme ! »

Charlotte le dévisage, muette, anéantie.

« Qu'est-ce que tu fabriques avec cette brochette à la main ? »

Il vient s'accroupir devant elle, caresse ses cheveux blonds, son visage, essuie ses larmes, pose un baiser sur son front. Il la prend dans ses bras, tente de la relever, mais elle pèse une tonne. Elle se sent incapable de bouger. Elle se laisse faire quand il lui prend la pique des mains. Elle lâche le petit couteau.

« Il ne manquerait plus que tu te blesses », gronde-t-il doucement.

Elle l'écoute dans un brouillard lui expliquer qu'il a décidé de rentrer plus tôt que prévu. « Je voulais te faire la surprise. » Il sourit. « Et pour une surprise, c'est une surprise... »

« Je devais arriver ce matin, mais le vol a été dérouté sur Bruxelles à cause du brouillard à Paris. Ensuite il a fallu prendre un car. Je ne te raconte pas le bordel. J'arrive seulement maintenant. »

Il plaisante d'un ton un peu forcé : « Et voilà ce que je trouve en arrivant : une putain de commode qui bloque la porte ! Et ma chérie que j'aime, allongée sur le plancher ! » Mais le cœur n'y est pas, il redevient sérieux. « Je suis désolé, j'aurais dû te prévenir, j'ai essayé de te téléphoner, encore tout à l'heure dans l'escalier, mais ça ne répondait jamais.

– Ça n'aurait servi à rien, j'ai perdu mon portable... Le monstre me l'a volé, chuchote-t-elle.

– Le monstre ? Quel monstre, mon amour ?

– Celui qui me poursuit depuis des heures. »

Elle lève des yeux pleins de larmes vers Jérôme, elle se tait. Il la regarde avec inquiétude.

« J'ai eu peur en découvrant la porte bloquée, tu sais », lui dit-il tout en se relevant pour aller fermer la porte. Il revient vers elle, l'aide à se relever, elle se laisse faire. Quand il l'attire dans ses bras, la serre de toutes ses forces, elle ne résiste plus.

Elle prend soudain conscience qu'elle est sauvée. Avec son Jérôme, elle ne risque plus rien. Au diable l'Égorgeur de chats ! Ce qui arrive est tellement extraordinaire ! Elle se laisse conduire vers sa chambre par l'homme de sa vie.

« Tu vas t'allonger un peu, et puis tu vas tout me raconter, lui glisse-t-il dans l'oreille. Je suis là maintenant. Je vais m'occuper de toi. »

Il l'aide à retirer son jean, l'oblige à se mettre au lit.

Elle se laisse aller dans les bras de son sauveur. Elle se fout à présent qu'il y ait quelqu'un dans l'appartement des voisins, et de tout le reste… Elle ferme les yeux, se laisse bercer par les mots apaisants, la chaleur de son corps serré contre le sien.

« J'ai eu si froid… », dit-elle d'une petite voix, puis, comme une gamine prise en faute : « Je suis désolée pour tout ça, pardonne-moi pour le désordre, mon amour…

– Chut, ma Charlotte, ça n'a aucune importance, je suis là maintenant ! » Elle sourit quand il proclame avec fermeté : « Mais quel bazar ! Il va falloir que je remette de l'ordre dans tout ça ! »

C'est vrai, tout va rentrer dans l'ordre. Elle se sent bien. Enfin.

53

Il est 23 heures passées, au cadran de la montre posée sur la table de nuit. Nue sous sa couette, Charlotte se laisse dorloter.

Jérôme a déniché le tube d'Arnigel au-dessus du meuble de la salle de bains et masse doucement sa cheville avec la pommade fraîche. Il l'a examinée et l'a rassurée : « Tu n'as rien de cassé, c'est juste une foulure. Laisse-moi faire... »

Elle a d'abord grimacé, mais le contact de ses mains la réconforte. Jérôme est silencieux, appliqué. Elle voudrait qu'il ne s'arrête jamais. Enfin, il est là. Elle ne veut plus dormir, elle a décidé qu'elle tiendra jusqu'à minuit et fêtera avec son amoureux la fin de son calvaire. Elle garde toujours au frais une bouteille de Cristal de 2010, au cas où une occasion se présenterait.

Et là, c'est une grande, une immense occasion !

Plus rien ne peut lui arriver maintenant que Jérôme est à ses côtés et la protège. Elle ne bougera plus de son lit, il veillera sur elle. Elle est euphorique : elle ne mourra pas aujourd'hui, à moins que l'immeuble ne s'effondre !

Elle a renvoyé Jérôme à la cuisine tout à l'heure quand il est arrivé avec la bouteille et deux flûtes, « pour se remettre de leurs émotions ». Pas question de faire sauter le bouchon avant l'heure fatidique. Il a cédé, en se moquant un peu, l'air intrigué : « Tu as raison, soyons précis, avant l'heure, c'est pas l'heure ! »

Elle lui a demandé d'aller regarder par la fenêtre pour voir s'il y avait du monde chez les voisins, si les volets étaient toujours tirés. « J'ai entendu du bruit chez eux, alors qu'ils sont partis en week-end. Ça me rassurerait que tu ailles voir.

– Bien sûr, si ça peut te faire plaisir ! »

Depuis le balcon, il lance d'une voix forte : « RAS ! Y a personne, les volets sont fermés. Aucune lumière.

« À mon avis, dit-il en revenant à la chambre, tu as eu des hallucinations. Mais rien d'étonnant, ma pauvre chérie, vu l'état dans lequel je t'ai trouvée… »

Elle insiste pour qu'il aille voir sur le palier.

« À vos ordres, chef ! »

Rien ni personne, bien entendu.

« Tu es rassurée, maintenant ? »

Charlotte est contrariée. Il semble prendre tout cela à la légère et paraît un peu sceptique. Bientôt il va dire que je suis folle…

« Je suis sûre d'avoir entendu quelqu'un, insiste-t-elle. Il était dans l'appartement d'à côté. Ce salaud a dû filer quand il t'a entendu arriver. Il faut appeler la police. Il était là, j'en suis certaine.

– Bien sûr… »

Charlotte le sent préoccupé. Il est vrai que ses propos sont confus, ses explications brouillonnes. Mais on serait perturbé à moins, non ?

Elle a raconté à Jérôme que le tueur de blondes est à ses trousses depuis ce matin. Il l'a écoutée patiemment, d'un air interloqué.

« Le tueur de blondes… Pardonne-moi, mais je ne comprends pas grand-chose, Charlotte. Le mieux, c'est que tu dormes et que tu te calmes. Demain, tu m'expliqueras tout ça à tête reposée. »

Elle veut répliquer qu'elle a besoin d'en parler, qu'il faut qu'elle se libère du trop-plein d'angoisse qui la tenaille encore, mais il l'interrompt d'une voix aimante :

« Tu sais, j'ai eu la trouille comme jamais quand j'ai essayé d'ouvrir la porte et que je n'y arrivais pas. J'ai cru qu'il t'était arrivé quelque chose de grave. »

Charlotte est émue par cet aveu : « Je comprends, je suis désolée de t'avoir fait peur, mon pauvre amour… Mais je me défendais du mieux que je pouvais…

– Bien sûr… Le principal, c'est que tu n'aies rien et que je sois là avec toi…

– Tu ne me laisses plus, promis ?

– Juré ! »

Elle réclame un baiser, qu'il pose délicatement sur son front.

D'un coup, une bouffée de haine resurgit. Fumier de voyant, avec ses prédictions à la con. Il lui a fait passer la pire journée de sa vie.

Elle trouvera le moyen de se venger de lui. Elle ne sait pas encore comment, mais il paiera… « Celui-là aussi, ce sorcier à la con, il faudra en parler aux flics !

– De qui tu parles ? s'enquiert Jérôme.

– Du soi-disant voyant de Marrakech, bon Dieu, réplique-t-elle avec agacement. Je t'en ai parlé des milliers de fois…

– Ah, oui… Excuse-moi. »

Elle a l'impression qu'il répond ça pour lui faire plaisir, mais ne sait pas de quoi elle parle. Tout se confond, s'embrouille dans sa tête. Demain, après une bonne nuit, j'y verrai plus clair dans ce bordel sans nom, se dit-elle.

Jérôme lui raconte rapidement son séjour à Dubai, moins intéressant que prévu. Il avait vite fait le tour des gens qu'il devait voir. « Du coup, je pensais te faire plaisir en rentrant plus tôt. C'est un peu raté. »

C'est vrai. S'il était arrivé ce matin comme il le prévoyait, elle n'aurait pas vécu ce cauchemar. Tout ça à cause de cette compagnie aérienne de merde.

« L'important, c'est que tu sois rentré juste à temps ! proteste-t-elle. Sans toi, je ne sais pas ce que je serais devenue. Je serais morte ! » Elle s'emballe : « Violée, zigouillée ! Et Grichka, égorgé… Voilà comment tu m'aurais trouvée ! »

Il sourit : « Tu exagères... »

Elle frissonne, les yeux humides : « Non, Jérôme, pas du tout, je pourrais être morte, à cette heure... »

Il laisse échapper un rire un peu nerveux : « Bon, tu es saine et sauve, et nous sommes ensemble, c'est le principal. Je te promets que la prochaine fois, on s'organisera pour partir tous les deux. » Il laisse passer un silence : « Je m'en veux vraiment de t'avoir laissée seule ce week-end à Paris. »

À nouveau, il la serre longuement dans ses bras. Elle ne se lasse pas de ces moments tendres.

« Tu te sens mieux, maintenant ?

– Oui, vraiment, tu n'imagines pas à quel point, mon amour !

– Tout va bien... Repose-toi et n'y pense plus.

– Jamais je ne pourrai oublier, Jérôme.

– Calme-toi...

– Écoute, je voudrais vraiment te raconter ce qui s'est passé. Ça me ferait du bien, je t'assure. Tu veux bien ? »

Il a un petit haussement d'épaules résigné : « Si tu veux... C'est peut-être mieux que tu te débarrasses de tout ça, après tu pourras passer une bonne nuit.

– Merci, mon amour. C'est tellement bon de t'avoir !

– C'est vrai ! plaisante-t-il. Allez, raconte-moi tout. D'ailleurs moi aussi, j'ai besoin de comprendre.

– De comprendre ?

– Ce qui t'a mise dans cet état, Charlotte. Ce n'est pas normal. Regarde l'appartement. Regarde-toi. On dirait qu'une tornade a tout dévasté...

– Jérôme ! Je lutte depuis minuit contre un tueur en série, je n'ai pas dormi de la nuit ni de la journée, et toi, tu ne trouves pas normal que je sois dans cet état ? J'ai vécu l'enfer, il faut que tu me croies. » Elle ravale les larmes qui lui montent aux yeux : « J'ignore comment je suis toujours vivante. C'est un miracle, je t'assure ! J'ai passé la journée à me cacher, j'ai passé des heures à me geler dans un placard, j'ai la cheville en compote, je me suis blessé la main, et tout ce que tu trouves à dire c'est que je dois me calmer et que tu ne comprends pas !

– Ne te fâche pas, Charlotte, je suis désolé, excuse-moi. Mais tout cela semble tellement....

– Tellement ?

– Incroyable.

– Incroyable ? hoquette Charlotte. Et les filles qui ont été assassinées avec leur chat, c'est incroyable ? Il n'y a rien à comprendre, sauf qu'un psychopathe, un fou, me pourchasse depuis vingt-quatre heures et que je me suis démenée toute la journée pour lui échapper. »

Il l'attire contre lui, murmure : « OK, calme-toi, Charlotte, et reprends tout depuis le début.

Elle commence : « Je me suis réveillée vers 1 heure du matin... je suffoquais, j'étais en nage...

– Attends juste un instant, coupe-t-il, je reviens. » Il se lève pour quitter la pièce.

54

« Avale ! » Jérôme tend à Charlotte un verre d'eau et un cachet. « Il faut que tu prennes ça… Ça va te faire du bien.

– C'est quoi ?

– Un calmant, c'est très léger, juste pour t'aider à te détendre, ma chérie. »

Elle adore quand il l'appelle « ma chérie ».

« Plus tard, rétorque-t-elle. Je veux garder les idées claires jusqu'à minuit.

– Charlotte, je suis là maintenant, il ne va rien se passer ni avant ni après minuit, bois ! Ça va te relaxer, crois-moi… Minuit, c'est encore loin. »

Qu'est-ce qu'il raconte ? Une demi-heure à peine, se retient-elle de répondre. Elle vide le verre d'un trait pour faire passer le médicament.

« Parfait. Je t'écoute. Je veux que tu me racontes tous les détails.

– Tu te souviens de la prédiction de ce soi-disant devin ou je ne sais quoi, quand j'étais à Marrakech avec les filles ? On en a pourtant assez ri tous les deux.

– De quelle prédiction parles-tu, mon cœur ?

– Que je mourrais le 28 octobre ! De mort violente !

– Le 28 octobre ? Aujourd'hui ? Ah oui, c'est marrant !

– Ça n'a absolument rien de marrant. Tu te rappelles, je t'avais tout raconté. Tu avais même noté la date dans ton agenda. »

Elle lui refait le récit de leur dernière soirée à Marrakech, et de leur rencontre avec le sorcier.

« Franchement, je ne me souviens pas de cette histoire, dit-il avec une moue dubitative. Tu es sûre de m'en avoir parlé ? »

Charlotte le regarde d'un œil noir, sans répondre.

« Bon, bon, je n'ai rien dit… Pourquoi tu ne me l'as pas rappelée avant que je parte ? Je ne t'aurais pas laissée seule. » Il ouvre son agenda. « Tiens, regarde, le 28 octobre, il n'y a rien… »

Charlotte se trouble.

« Je n'y pensais plus, à cette histoire, c'était tellement idiot, reconnaît-elle. Ça m'est revenu d'un coup en pleine nuit après cet affreux cauchemar et je me suis affolée. Tu es la seule personne à qui j'en ai parlé, tu sais, tu ne t'en souviens vraiment pas ?

– Je ne sais plus, Charlotte, peut-être que tu m'en as parlé, ça ne me dit rien…

– C'est fou, j'étais pourtant sûre…

– Tu as probablement raison, j'ai dû oublier, ce n'est pas très important, si ?

– Si, c'est très important… », murmure-t-elle avec désespoir.

Il a l'air tellement désinvolte ! Et tellement sincère. Mais comment a-t-il pu oublier ? Il l'avait félicitée d'avoir tenu tête à cet escroc : « Moi, je lui aurais foutu mon poing dans la gueule ! » Il avait même rigolé : « Donc le 28 octobre, je me retrouve célibataire ? Chic ! »

Elle tente de se raisonner. Il n'avait pas compris que cette prédiction l'avait inquiétée, il a vraiment oublié, ce sont des choses qui arrivent. Elle s'en était fait toute une histoire, alors que pour lui ce n'était qu'une anecdote sans importance. Voilà pourquoi il a oublié.

Mais son inquiétude ne se dissipe pas. « Tu comprends, le danger n'est pas écarté, insiste-t-elle, nerveuse, il faut que je tienne jusqu'à minuit. »

Jérôme la dévisage d'un air soucieux.

« Bon, écoute, minuit, on n'y est pas encore, il faut que tu me dises en détail tout ce qui s'est passé aujourd'hui, mon bébé. »

« Mon bébé » ? C'est la première fois qu'il l'appelle comme ça ! C'est trop mignon ! Charlotte se sent fondre. Si ça se trouve, il a décidé de la demander en mariage !

Elle lève les yeux sur lui, il semble vraiment affecté de la voir comme ça, il est inquiet pour elle, c'est tellement adorable. Son attention la réconforte et la comble.

Elle lui refait le récit de sa journée depuis son réveil. Il pose mille questions, lui demande des précisions, est-elle bien sûre de ce qu'elle a vu, entendu ? Il se montre parfois tellement insistant qu'elle a l'impression désagréable qu'il cherche à démêler le vrai du faux.

Tour à tour, il s'énerve : « Cette connasse de concierge, elle va entendre parler de moi demain. » Plaisante : « Le petit père du deuxième, je vais lui acheter un Sonotone de compétition. » La taquine : « Je vais faire faire une statue de Grichka. Tu vois, je ne suis pas rancunier ! » Rouspète : « Tu es sortie en culotte ? Devant tout le monde ? Et comment tu as pu rester aussi longtemps dans ce cagibi infect, mon pauvre cœur ? Il ne manquerait plus que tu aies attrapé la crève. »

En revanche, la séquence avec Anatol ne le fait pas rire du tout.

« Depuis le temps que je te dis que ce sale type n'est pas net ! Je n'ai jamais compris ce que tu lui trouvais. Je t'avais mise en garde, mais tu ne m'écoutes jamais !

– Je ne fais que ça, t'écouter, proteste-t-elle. Il paraissait si sympa… Je me suis fait avoir…

– Ma pauvre chérie, tu es tellement naïve, parfois. Je vais appeler son patron dès demain, il ne te harcèlera plus. Mais bon, tout de même, de là à en faire un tueur en série… »

Charlotte fronce les sourcils.

« Ce qui est embêtant, poursuit Jérôme, c'est que personne à part toi n'ait rien vu. Il n'y a aucun témoin de toute cette histoire, ma pauvre chérie… »

Charlotte le dévisage, consternée. Il ne me croit pas, se désole-t-elle. Elle s'emporte : « Écoute, Jérôme, ce sale type, comme tu dis, est suspect. Je suis convaincue que c'est lui, le tueur que la police recherche des semaines. Il a déjà violé et tué trois femmes. J'ai failli être la quatrième, et toi, tu restes les bras croisés, à réfléchir. Il faut appeler la police et le faire arrêter, Jérôme, il est dangereux. Moi, j'ai eu de la chance. Au final, heureusement que je me suis réveillée en me rappelant la prédiction du voyant. D'une certaine façon, ça m'a sauvé la vie ! Mais il va recommencer ! Si ça se trouve, il est en train de recommencer, en ce moment même !

– Allons, allons, du calme, ma chérie, tu t'emballes, tu ne crois pas ? C'est grave, d'accuser quelqu'un... Il faut des preuves, des témoins. Je ne dis pas que tu as inventé tout ça, mais peut-être que tu as cru entendre ou voir des choses ? Tu es si fatiguée... Ça peut arriver de se tromper.

– Se tromper ! Mais qu'est-ce que tu racontes ?

– Écoute, tu es un peu surmenée, ces temps-ci, non ? Tu es sur les nerfs. Avec la fatigue, parfois...

– Parfois quoi ? Tu ne me crois pas, hein ? le coupe Charlotte, avec indignation. Tu penses que j'ai inventé toute cette histoire, c'est ça ? »

Elle se redresse, furieuse : « Tu me prends pour une folle, j'ai compris ! Très bien, si tu ne veux pas prévenir les flics, je vais le faire ! »

Jérôme lui prend la main dans un geste d'apaisement, les yeux pleins de compassion et d'affection : « Excuse-moi, ma chérie, que quelqu'un puisse s'en prendre à toi me semble tellement irréel, en plus un tueur en série. Ça paraît fou, je n'arrive pas à réaliser ! Pardonne-moi. J'imagine tout ce que tu as enduré. Mais je suis là maintenant... » Il se lève, dit : « Tu as mille fois raison, je vais appeler la police.

– Tu veux que je leur parle ?

– Non, ce n'est pas nécessaire pour le moment, il faut que tu te reposes. Tu leur expliqueras tout quand ils viendront, ne t'en fais pas. Essaie de te détendre, mon amour, ferme les yeux, essaie de ne plus y penser pour l'instant, je m'occupe de tout. »

Ne plus y penser ? Impossible, songe-t-elle. Les événements de la journée l'ont marquée à jamais. Il lui faudra des mois avant de s'en remettre.

Jérôme allume la lampe de chevet, éteint le plafonnier et sort de la chambre. Pourquoi s'enferme-t-il dans la cuisine ? Il veut l'épargner. Qu'elle n'entende plus parler du calvaire qu'elle a vécu. Il sera bien temps tout à l'heure, quand les flics seront là. Il est toujours si délicat et attentif. Charlotte se rend compte que son amour pour lui ne cesse de grandir.

Charlotte essaie d'écouter mais il parle à voix très basse et elle n'entend rien. Il rouvre la porte, termine sa conversation : « Très bien. Nous vous attendons, merci. »

Il revient dans la chambre, visage fermé : « Ils prennent l'histoire très au sérieux. Ils vont venir.

– Merci, mon amour. Ils arrivent ?

– Bientôt... Sinon tu dois passer au commissariat demain matin.

– Demain ? Ils ne sont pas pressés. C'est dingue ! Tu es sûr qu'ils croient à mon histoire ?

– Évidemment. »

Il la serre contre lui. Quel bonheur de se retrouver dans ses bras, elle en oublie presque ce qu'elle a enduré aujourd'hui. Elle sent son énergie revenir, elle a envie de rire, à présent.

« Je t'aime tellement ! » déclare-t-elle avec exaltation.

Il se relève. « Je reviens, je vais faire une tisane. Ça t'aidera à te relaxer.

– Ah non, pas avant le champagne !

– Ah oui, c'est vrai.

– En plus, j'ai faim, maintenant, je n'ai presque rien avalé de la journée.

– OK, je vais te préparer quelque chose.

– Tu me sauves la vie, mon amour.

– D'accord, mais calme-toi. Ce n'est pas tout à fait fini… »

Pourquoi dit-il ça ? Et ce ton énigmatique… Son regard est d'un coup devenu étrange, comme indifférent à tout ce qui l'entoure.

55

Charlotte s'abandonnerait volontiers à la douce chaleur de la couette. Mais le champagne est au frais, pas question de ne pas trinquer à sa victoire. Après, promis, elle dormira. Ce sera si bon... Jérôme lui tiendra la main, elle fermera les yeux...

Soudain, une pensée lui vient. « Dis donc, lance-t-elle, ta valise, tu ne l'as pas oubliée sur le palier ? »

Il répond de la cuisine :

« Ah si, quel con ! Je vais la chercher... Surtout que je t'ai rapporté un petit quelque chose. »

Elle sourit. Jérôme ne l'a pas oubliée. Un bijou acheté au souk de l'or ? Elle l'entend ouvrir la porte, refermer, il revient vers la chambre : « Ah, mais non, où ai-je la tête ? Ma valise a été mal orientée à Bruxelles, dans le bordel de l'annulation du vol. Ils doivent me la renvoyer.

– Tu ne l'avais pas en cabine ? Tu as horreur de mettre tes bagages en soute, d'habitude.

– On m'a fait cadeau d'une bouteille de vin, du coup j'ai été obligé de la mettre en soute.

– Ah, zut, j'espère qu'elle ne sera pas perdue.

– Mais non. Ils m'ont assuré qu'ils la livreront chez moi dans la journée de demain. Ne t'en fais pas, tu auras ton cadeau ! »

Confuse, elle s'excuse : « Ce n'est pas à ça que je pensais...

– Tu es sûre ? dit-il en souriant. Bon, je vais remettre un peu d'ordre, c'est Beyrouth, ici ! »

Il s'éloigne. Charlotte le connaît, lui qui ne supporte pas le moindre grain de sable qui perturbe son quotidien, il prend sur lui, mais cette histoire de valise doit le rendre malade. Pauvre amour !

En deux temps, trois mouvements, il remet la commode à sa place, passe l'aspirateur pour nettoyer tous les résidus de verre éparpillés dans l'entrée. Tout en faisant d'incessants allers-retours entre la chambre, pour lui demander si ça va, la cuisine où il fait bouillir de l'eau et prépare un sandwich au jambon et la salle de bains, il s'affaire sans ronchonner.

« Quand même, quel souk ! s'étonne-t-il. C'est comme à Marrakech », ose-t-il plaisanter.

Quand il découvre la bouteille de bordeaux presque vide au pied du lit, il plaisante : « Je vois qu'on ne s'en fait pas ! »

Charlotte regarde sa montre : dans douze minutes, il sera minuit.

Elle s'en fout que les flics viennent ou pas. Elle est focalisée sur cette échéance. Celle de la délivrance.

Elle entend Grichka miauler au pied du lit. « Chacha ! Viens voir maman ! » Les yeux clos, sa main quitte le confort douillet de la couette à la recherche de l'animal. Il miaule encore et quand elle veut le caresser, il s'écarte. « Tu veux jouer, mon pépère ? » Il se glisse sous le lit. Elle se met à plat ventre sur le matelas, se penche pour regarder dessous, tâtonne pour l'attraper. Il s'est réfugié hors de sa portée. « Viens ici, coquin ! » Mais il répond par un nouveau miaulement.

Elle sent quelque chose de tranchant. « Aïe ! » Elle s'est coupée. Elle se penche un peu plus pour regarder ce qu'elle a touché. C'est la lame du grand couteau qu'elle a vainement cherché tout à l'heure. Il est là, coincé derrière le pied du lit. Elle avait pourtant regardé partout. Comment a-t-il pu atterrir ici ? Peu importe, elle n'en a plus besoin maintenant. Elle le remet sous le lit précipitamment. Il ne manquerait plus que Jérôme le voie ! Il s'inquiéterait encore plus.

Grichka a sauté sur le lit et s'est installé sur son ventre, comme à son habitude. Il est redevenu parfaitement calme. Pourquoi a-t-il miaulé tout à l'heure en se faufilant sous le sommier ? Elle comprend et sourit : futé comme il est, il a voulu lui montrer où était cachée son arme. Elle le caresse, il ronronne. « Il n'y a plus de danger, mon cœur. Jérôme est là. »

Elle sent ses poils se hérisser quand elle prononce le nom de son amoureux.

Sans trop savoir pourquoi, elle se penche pour reprendre le couteau, examine son vieil allié perdu, puis le glisse sous l'oreiller. À portée de main…

23 h 51.

« Tu sais où est rangé le grand couteau ? demande Jérôme de la cuisine.

– Heu, non…, répond-elle, évasive. Tu le cherches pour quoi ?

– Pour couper des oranges. Je te prépare un jus. »

Un jus d'orange à cette heure ? Quelle drôle d'idée.

« Non, je ne sais pas. »

Pourquoi répond-elle cela, au lieu de lui dire que le couteau est ici ?

Elle se tourne sur le côté. Quelque chose tombe sur la moquette. C'est le portable de Jérôme, il a glissé de la couette.

Génial, elle va pouvoir s'appeler, et retrouver enfin son téléphone ! Jérôme n'aime pas trop qu'on touche à ses affaires, mais à situation exceptionnelle…

La sonnerie familière retentit. Tout près. La chaise à côté ? Il n'y a rien, que le blouson de Jérôme. Elle se lève, fouille les poches. Son portable est là, dans une poche de côté. Elle le regarde sans comprendre.

Passé le moment de surprise, elle coupe la sonnerie en toute hâte. Jérôme, toujours dans la cuisine, n'a pas réagi. Ouf, il n'a pas entendu.

Il doit bien y avoir une explication. Il l'a trouvé qui traînait quelque part et, dans un réflexe, l'a mis dans sa poche. Ce n'est pas plus compliqué que ça.

Elle avait pourtant fouillé partout…

23 h 56.

« Tout va bien, Charlotte ?

– Oui, oui…

– Tu n'as besoin de rien ?

– Non, non.

– Tu veux toujours du champagne ? »

Elle n'en est plus si sûre. Plus que quatre minutes à tenir. Il ne peut plus rien se passer. Jérôme repart. « J'ai encore la salle de bains à finir. Après, on trinque. »

Cette histoire de téléphone la contrarie. Prise d'un doute, elle reprend le portable de son fiancé, ouvre l'historique des appels. Le sien est tout en haut, ensuite, il y a toute une liste de numéros et de noms inconnus.

Mais pas le 17. Le numéro de la police.

Il a menti, il n'a pas appelé les flics. Il n'a rien cru de tout ce qu'elle lui a raconté. Il la croit paranoïaque, folle, il la traite comme une gamine !

Son cœur se serre : il lui ment depuis le début.

Mais non, Jérôme veut juste la protéger, il a dû penser que l'intervention de la police ne ferait que la perturber davantage et qu'elle a besoin de repos. C'est pour son bien qu'il n'a pas appelé.

Et si elle avait complètement déraillé aujourd'hui ? Quand elle y repense, les événements de la journée lui reviennent dans un brouillard opaque, comme dans un mauvais rêve. Aurait-elle inventé toute une histoire qui n'existe pas ? Depuis qu'elle s'est réveillée au milieu de la nuit, elle est en plein délire, emportée par une panique irrationnelle. Elle sait bien qu'elle a disjoncté. Elle s'est comportée comme une cinglée, en petite tenue dans la cour, avec son couteau, à hurler… La honte. Heureusement que l'immeuble était vide. Jusqu'à accuser ce malheureux Anatol qui n'a fait que se tromper d'étage et ne cherchait qu'à l'aider. Dingo, hystérique et ingrate, bravo, Charlotte !

23h59 : le cauchemar ridicule va s'achever dans une minute. Elle commence le décompte à voix basse. Pour elle seule.

« Allez, c'est bon, champagne ! crie-t-elle à Jérôme.

– Super, j'arrive, claironne-t-il. Ferme les yeux. »

Charlotte obéit. Enfin minuit ! se réjouit-elle silencieusement. Son soulagement est tel, elle en pleurerait.

« Ah, tu as récupéré ton téléphone ! »

Elle rouvre les yeux, soudain en alerte. Il ne se fâche pas qu'elle ait fouillé dans sa veste ? Il déteste qu'on touche à ses affaires.

« Oui, je l'ai trouvé dans la poche de ton blouson, répond-elle avec méfiance. Je ne sais pas ce qu'il faisait là...

– Je l'ai trouvé coincé derrière la poubelle, à côté du radiateur, quand j'ai rangé, répond-il négligemment. Je me demandais pourquoi tu ne répondais pas mais il était sur silencieux. »

Qu'est-ce qu'il raconte ? Elle a déplacé deux fois la poubelle, elle l'a même vidée ! Si le téléphone avait été à côté, elle l'aurait forcément vu. Elle se sent de plus en plus nerveuse. *« Sur silencieux »*... Elle ne met jamais sur silencieux quand elle est seule... Décidément il a réponse à tout, se dit-elle.

Il lui montre la bouteille de champagne avec un grand sourire :

« Voilà, ma chérie, tes désirs sont des ordres. On va trinquer. À nous ! »

56

À moi, surtout ! ne peut s'empêcher de penser Charlotte. Pour la centième fois de la soirée, elle regarde sa montre. Minuit et une minute !

L'heure fatidique est dépassée ! Elle est sauvée.

Elle voudrait courir se jeter dans les bras de son amoureux, mais elle a besoin d'en avoir le cœur net :

« Jérôme, la police, elle va venir ?

– Mais oui.

– Tu les as bien appelés ?

– Oui, oui... Pense à autre chose. Je suis là, c'est le principal, non ?

– Qu'est-ce qu'ils ont dit ? »

Il ouvre la fenêtre en grand. Il secoue un peu la bouteille, le bouchon saute bruyamment, s'envole de l'autre côté de la rue. « Champagne ! »

Charlotte n'arrive pas à se réjouir. L'incertitude la tracasse. Elle n'est pas satisfaite.

« Jérôme, qu'est-ce qu'ils ont dit, ils t'ont cru ?

– Qui m'a cru ?

– Je te parle des flics, Jérôme !

– Ah oui, bien sûr qu'ils m'ont cru, ne t'inquiète pas...

– Si, justement, je m'inquiète. Jure-moi que tu les as appelés.

– Je n'ai pas envie de jouer à ce petit jeu. Buvons plutôt ! Ensuite tu te reposeras en attendant minuit... »

En attendant minuit ? Qu'est-ce qu'il raconte ?

Il caresse ses cheveux blonds : « Tu en as vraiment besoin... »

Il remplit les coupes. Charlotte pose la sienne sur la table de nuit.

« Tu ne bois pas ? » s'étonne-t-il.

Elle frissonne.

« Tu ne les as pas appelés, Jérôme. Tu me mens. »

Jérôme se crispe, finit sa coupe, la regarde. « Allons, bois un coup.

– Non, je n'ai plus envie…

– Bon, il est temps d'être un peu raisonnable, Charlotte, je ne sais pas ce qui te prend…

– Il me prend que tu me mens et je n'aime pas ça.

– Ne dis pas ça, proteste-t-il. Je ne te mens jamais, qu'est-ce que tu racontes. »

Mais sa voix sonne faux.

Jérôme dépose un baiser sur sa joue. Elle se laisse faire sans bouger, sur ses gardes. Son inquiétude grandit. Trop de détails ne collent pas. Son retour plus tôt que prévu, précisément aujourd'hui, le jour où le voyant a annoncé sa mort ? Lui qui déteste tant changer ses plans ? Pourquoi assure-t-il qu'il n'était pas au courant de la prédiction ? Et sa valise ? Elle est bizarre, cette histoire d'avion dérouté sur Bruxelles… Peut-être devrait-elle appeler Air France pour vérifier si c'est vrai…

Et son portable, qu'elle retrouve comme par hasard dans son blouson ? Pourquoi ne le lui a-t-il pas rendu aussitôt ?

Mais, surtout, elle a la preuve qu'il n'a pas appelé la police !

Elle se redresse, s'assoit sur le lit. Sa main glisse sous l'oreiller, saisit le manche du couteau.

« Qu'est-ce que tu faisais tout à l'heure, au coin de la rue ? » demande-t-elle brusquement.

Jérôme se fige, fronce les sourcils.

« De quoi est-ce que tu parles ? J'ai passé l'après-midi dans un autocar !

– En tout début d'après-midi. Je t'ai vu, tu étais en bas. Tu t'es vite caché, mais je t'ai vu !

– Arrête avec ces délires, maintenant, ça suffit. Je ne comprends rien à ce que tu racontes…

– Tu comprends parfaitement…

– Ma chérie…

– Arrête, avec tes "ma chérie" !

– Écoute, Charlotte, si tu continues sur ce ton, je te préviens, je m'en vais !

– C'est ça, va-t'en ! Laisse-moi tranquille ! »

Jérôme se radoucit. Il s'approche, veut lui prendre la main. Elle la glisse sous la couette. Il supplie presque : « Mais enfin, qu'est-ce qui t'arrive, mon amour ? Reprends tes esprits et calme-toi. »

Il tente de la prendre par les épaules. Elle se dégage d'un mouvement brutal, sort du lit, se réfugie dans le fond de la pièce, dos à la fenêtre. La douleur à sa cheville est si vive qu'elle manque de tomber.

« Fais attention, Charlotte, tu vas finir par te faire mal. Viens, on va boire un coup, plutôt, ça nous fera du bien, on a besoin de se remettre de nos émotions, tu ne crois pas ? » Il lui tend sa coupe. « Allez, Charlotte, trinquons à notre amour, c'est tout ce qui compte ! »

Il veut me soûler.

« Ne t'approche pas ! » D'un geste vif, elle brandit le couteau caché derrière son dos. Jérôme a un mouvement de recul.

« Qu'est-ce que tu fais avec ce couteau ?

– Je me défends ! Ne m'approche pas !

– Calme-toi, Charlotte, ordonne-t-il. Qu'est-ce qui te prend, bon sang ? » Il s'avance vers elle, la main tendue. « Donne-moi ce couteau, ne fais pas l'imbécile. »

Il semble vraiment abasourdi. Quel comédien ! se dit Charlotte.

« Viens le chercher ! Tu es prévenu, je te plante.

– Charlotte, s'il te plaît. Arrête ce cinéma. Ce n'est pas drôle du tout. »

Il panique. Elle triomphe : « Tu ne me fais plus peur, Jérôme. Je ne risque plus rien, l'heure est passée, je suis sauvée ! »

Elle le toise d'un air de défi : « J'ai gagné, tu comprends, j'ai gagné ! »

– Qu'est-ce que tu racontes ? Tu as gagné quoi ? Donne-moi ce couteau et va te coucher. Tu vas te blesser, avec tes conneries ! »

Elle court vers le lit, saisit son portable. Elle le menace : « Je vais appeler les flics.

– Je ne sais pas à quoi tu joues, tout ça est ridicule.

– Tu es un menteur ! hurle Charlotte. Un menteur et un monstre !

– Par pitié, tais-toi ! Arrête. »

Elle hurle à présent, les yeux révulsés : « Je te hais ! »

Le ton de Jérôme devient suppliant : « Moi, je t'aime, mon cœur... »

« Recule ou je te plante ! » ordonne-t-elle en pointant le couteau vers lui.

Sous la menace, il fait un pas en arrière.

« Je ne comprends rien du tout. Tu dois absolument te calmer, Charlotte. Je vais appeler SOS Médecins, je pense que tu es à bout de nerfs...

– Arrête avec tes simagrées ! Va-t'en ! hurle-t-elle. Disparais de ma vie.

– Tu ne peux pas dire ça, je t'aime et je sais que tu m'aimes.

– C'est fini, je te déteste ! Dégage !

– Non, je ne partirai pas, Charlotte. »

L'air soudain résolu, Jérôme s'avance, parvient à saisir la main qui tient le couteau. Elle résiste, se débat, donne des coups dans le vide. Il est plus fort qu'elle. Elle finit par lâcher son arme. Elle lutte de plus belle. Elle hurle « À l'aide », « Au secours ! » par la fenêtre restée ouverte. Pourvu que quelqu'un l'entende !

Jérôme est plus fort, il la retient, plaque sa main sur sa bouche : « Ça suffit maintenant ! Tais-toi, tu vas alerter tout le quartier. »

Charlotte s'affole, tente de le mordre. Grichka se précipite à ses pieds comme s'il venait à sa rescousse. Elle recule, dos à la rue, le bas des fesses contre la balustrade. De toutes ses forces, elle cherche à se dégager des mains de Jérôme, qui, maladroitement, tente de la maîtriser. Elle panique, hurle de plus belle, se retourne dans l'espoir d'apercevoir quelqu'un à une fenêtre, dans la rue… Si Jérôme ne la tenait pas, elle s'effondrerait au sol, vaincue par la douleur à sa cheville.

Mais c'est alors que Grichka passe à l'attaque. Le gros chat, héroïque, se jette toutes griffes dehors sur la jambe de Jérôme. Surpris, le jeune homme lâche sa maîtresse et recule. Charlotte perd l'équilibre, bascule en arrière, sur la balustrade. Le vieux garde-corps de bois vermoulu cède sous son poids. Combien de fois s'était-elle promis de le changer…

Horrifié, Jérôme la voit tomber. Il se jette en avant, tend la main. Mais Charlotte est déjà trop loin, elle disparaît dans le vide.

Jérôme se précipite à la fenêtre, voit son corps nu s'écraser, trois étages plus bas, sur le toit d'une camionnette en stationnement. Il tressaute quelques instants, durant lesquels Jérôme, tétanisé, ne peut détacher son regard de celui de Charlotte, qui semble le fixer. Puis elle glisse lentement, avant de disparaître sur la chaussée, derrière le véhicule. Une traînée de sang est aussitôt effacée par la pluie qui redouble.

Tout est allé si vite.

Entre le pouce et l'index, il attrape machinalement une mèche de cheveux blonds restée prise dans un éclat de bois.

Quel vol plané ! Impressionnant !
C'est quand même stupéfiant. Mourir comme ça.. Je donnerais cher pour savoir ce qui s'est passé au troisième.
J'étais presque arrivé à l'angle de la rue quand j'ai entendu le hurlement. J'ai juste eu le temps de voir le corps s'écraser sur une camionnette garée en contrebas.
Une main pendait sur le côté, puis lentement le corps de la fille a glissé jusqu'à la chaussée ruisselante. J'ai dû me retenir d'approcher. Nous sommes tous un peu voyeurs...
J'ai levé la tête vers le troisième étage. La fenêtre de la chambre éclairée était ouverte en grand, j'ai aperçu son copain, Jérôme, pétrifié. Une fraction de seconde, j'ai eu l'impression que nos regards se croisaient. Mais ce n'est peut-être qu'une impression.
Est-ce qu'il a pu la pousser dans le vide ? Il serait moins minable que je le pensais. Mais pourquoi aurait-il fait ça ?
Peu importe. Cette petite garce est morte et elle l'a bien mérité. Finis, les caprices et les minauderies. Elle ne valait pas toute la peine que je me suis donnée pour elle, finalement.

Mais tout de même, ce final inattendu était spectaculaire. Quel plongeon ! Je me sens un peu vengé de tout ce temps perdu.
Ce dimanche 28 octobre n'était pas mon jour, en revanche, c'était bien le sien !

Je résume : j'étais confortablement installé dans le petit lit superposé, lorsque je me suis relevé décidé à en finir. J'ai même lancé

mon chrono, quand j'ai entendu un boucan de tous les diables venant du palier.
Il ne m'a pas fallu longtemps pour comprendre : son mec, Jérôme Verdier, censé être à Dubai, se pointait chez elle alors que personne ne l'attendait. Ni elle, ni moi. Ce type n'était tout simplement pas prévu au programme.

À partir de cet instant, j'ai su que l'affaire ne se ferait jamais. J'ai décidé d'abandonner cette sotte à son sort, à sa vie de Mme Tout-le-monde. Elle ne saurait rien de l'extase réservée à mes élues.
Combien de fois me suis-je présenté : six, sept? La dernière a été celle de trop. À cause de cette petite imbécile, j'ai passé une journée épouvantable avec des allées et venues incessantes, sous une pluie battante, dans le froid et l'humidité. Je ne suis pas près de l'oublier, ce 28 octobre.
C'est fini, Charlotte, tu n'auras plus un regard ni une pensée de moi, JE TE QUITTE!
Ne voyez pas là un geste magnanime de ma part. Et surtout pas de la lâcheté, parce que j'ai échoué aujourd'hui (ce que je reconnais volontiers, par ailleurs). Je ne ressens ni colère, ni dépit.
Seulement de l'indifférence.
À présent, la simple idée de la toucher me répugne.
Je vous devine étonnés? Je suis ainsi : quand je ne sens plus les choses, je change de sujet et je tourne la page. Il y a une chose qu'il faut que vous saisissiez bien : ce ne sont pas les circonstances qui guident mes actes, c'est tout l'inverse. C'est moi qui commande. C'est moi qui contrôle tout!

Allons, cette histoire est terminée.
Ce soir, à minuit passé, alors que je viens de rentrer chez moi, j'ai une pensée attendrie pour Aurore, qui m'attend et ne sait encore rien de moi. Il y a aussi cette Véronique, une blonde magnifique, dénichée dans le 16e au Monoprix de l'avenue Mozart… J'arrive, mes belles blondes! Je suis certain d'une chose : ces jeunes femmes ne me feront pas faux bond (sans jeu de mots!).

Aux suivantes !

Dans la vie, il faut toujours aller de l'avant, ne jamais regarder en arrière, m'a appris ma mamie.

Bref, et ce sera le mot de la fin, si vous êtes blonde, jolie, âgée de vingt-cinq à trente ans, et que vous possédez un chat, vous devriez commencer à vous inquiéter ! (Ou à vous faire belle !)

Et sachez que j'ai l'intention de ne plus me cantonner à Paris. Je vais élargir mon champ d'action. À la banlieue d'abord, puis pourquoi pas à la France entière ?

Maman, paix à son âme, m'a toujours dit qu'il fallait avoir de l'ambition.

Je regarde Vénus. Si pure, tellement belle. Ce Botticelli était un grand artiste et ma maman l'a sublimée dans son canevas magnifique.

Je suis fatigué, il n'est pas encore minuit. Je ferme les yeux et m'endors aussitôt.

57

L'heure de la mort de Charlotte sera établie aux alentours de 23 h 15, heure de l'appel de Jérôme aux secours.

Ce dimanche 28 octobre, la France passait à l'heure d'hiver.

Dans son édition du mardi 30 octobre, *Le Parisien* titrera : « Mort violente dans le 15e : une jeune femme défenestrée. Son fiancé suspecté. »

Placé trente-deux heures en garde à vue, Jérôme Verdier a échappé à une inculpation pour assassinat et préméditation. En revanche il devra répondre devant une cour d'assises aux accusations d'homicide par imprudence et de mise en danger de la vie d'autrui.

Il a été incarcéré pendant deux mois avant de bénéficier d'une liberté sous caution fixée à cinquante mille euros, avec interdiction de quitter le pays.

Il a perdu son travail, vit chez ses parents où il attend son procès, prévu l'année prochaine.

On le dit très déprimé. Il peine à se remettre de la mort brutale de son amie.

Jérôme jouera gros au tribunal, la partie civile étant décidée à requalifier la mort de Charlotte en assassinat.

Depuis le début de l'instruction, Jérôme s'en tient à sa réalité des faits : un funeste et terrible concours de circonstances dont il a été le témoin impuissant.

C'est sa ligne de défense.

À son procès, il pourra compter sur l'habileté de son avocat (un ténor du barreau) qui se fait fort de convaincre le jury qu'il s'agit d'un dramatique accident. Son conseil s'appuiera sur les témoignages de quelques-uns de leurs anciens amis, qui confirmeront l'amour qui les liait, la tendance à la paranoïa de Charlotte et son état de surmenage. Autre élément pour la défense de Jérôme : la présence dans le sang de la victime d'un taux d'alcool élevé et de traces d'un puissant calmant.

En revanche, il aura contre lui le témoignage de la gardienne de l'immeuble, Mme Antonia Carvalho. Interrogée, elle a décrit un homme agressif et autoritaire (ce qu'ont confirmé d'anciennes relations amoureuses).

Et surtout celui d'un témoin de la chute de la jeune femme : un sans-papiers moldave, du nom d'Anatol Popescu. Il affirme, alors qu'il était resté sur place en compagnie d'un des gardiens de nuit des échafaudages, avoir entendu des cris « apeurés » de la jeune femme, des « appels à l'aide ». Ces cris, qualifiés de « hurlements », ont attiré son attention, ce qui fait qu'il l'a vue tomber. Ibrahim Dembélé, l'autre gardien, a confirmé devant le juge d'instruction les propos de son collègue.

Dans sa déposition, Anatol Popescu a indiqué qu'il avait aidé la jeune femme, blessée à la cheville, à rentrer chez elle dans l'après-midi : « Elle était apeurée, elle avait un comportement bizarre, dans un état de stress intense, comme si elle avait peur. »

Les enquêteurs ont été intrigués par le fait que l'appartement soit parfaitement rangé quand la police est arrivée sur les lieux. Cela ne cadrait pas avec les déclarations de Popescu qui a décrit un « grand désordre, avec une commode tirée derrière la porte ».

Jérôme Verdier devra aussi s'expliquer sur sa présence à Paris, alors que tout le monde le croyait à Dubai. La partie civile estime en effet que c'est un point crucial qui prouve son implication dans la mort de la jeune femme.

Il devra également affronter les parents de Charlotte, qui, au dernier moment, se sont portés partie civile. Ils l'appréciaient, ils le détestent désormais, d'une haine tenace qui n'effacera jamais leur profonde douleur. Il leur faut un coupable et ils ne lui pardonnent pas qu'il ait dit, pour se défendre, que leur fille était hystérique.

On s'attend enfin à une bataille d'experts psychiatres, confrontés à une personnalité difficile à cerner pour certains et totalement ordinaire et saine pour les autres.

Les plus optimistes pensent qu'il écopera d'une peine légère de trois ou quatre ans de détention dont une partie assortie d'un sursis.

Les plus pessimistes annoncent une condamnation sévère. Quinze ans, minimum.

Peu estiment qu'il bénéficiera d'un non-lieu.

À ce jour, l'Égorgeur de chats court toujours.

On vient de lui attribuer une nouvelle victime. Une jeune femme blonde, avec son chat. Pour la première fois, le crime a été commis en dehors de Paris, à Saint-Maur.

Aux obsèques de son amie Charlotte, Sylvia, venue de Los Angeles, a ému toute l'assemblée quand, en larmes, elle a raconté leur virée inoubliable à Marrakech, trois ans plus tôt.

« Notre amitié, a-t-elle déclaré en conclusion, autant que le destin de chacune se sont noués ce week-end-là. Ces trois jours heureux sont passés beaucoup trop vite. »

Au même moment, à deux mille cinq cents kilomètres de là, un voyant annonçait à un couple de Colmar qu'ils allaient gagner une grosse somme à l'EuroMillions avant la fin de l'année.

La prédiction les a beaucoup amusés car ils n'y jouent jamais.

Imprimé en France
par Normandie Roto Impression s.a.s. à Lonrai
N° d'impression : 1901361

MIXTE
Papier issu de
sources responsables
FSC® C003309
FSC
www.fsc.org

Les papiers utilisés dans cet ouvrage
sont issus de forêts responsablement gérées.